걸었네

혜민라이프

누군가
그 길을 함께
걸었네

애피타이저

한 걸음, 두 걸음 걸어 보았습니다.
때로는 골목길도 걸었고
때로는 오솔길도 걸었고
가파른 산행도 했습니다.
때로는 지치는 길도 걸었습니다.
길은 하나로 통합니다.
어쩌면 생각하기에 따라서
여러 갈래로 뻗어 나갈 수도 있습니다.
이 길은 내가 걸어온 길입니다.
또 누군가가 걸어가야 할 길입니다.
하지만 이 길은 이정표가 없습니다.

내 자취를 남기고 싶었을 따름입니다.
오해가 없었으면 합니다.
누구든 상관없습니다.
내 발자국이 흔적으로 남는 것처럼 당신들의 발자국도
흔적으로 남겠지요!
꽃은 사랑처럼 사시사철 만개합니다.

잊지 마세요.

사랑은 언제나 불나방처럼 자신을 태우고 또 태운다고.

풋풋한 사랑도,

성숙한 사랑도,

아련한 사랑도,

약속된 사랑도,

걸어봐야 아는 겁니다.

따스한 어느 봄날

장순

CONTENTS

차례

한 걸음

1

아직도 거기 있나요?
이젠 기다리지 마세요.
당신이 기다리면 기다릴수록 부담만 커지니까요.
이제는 말할 수 있어요.
당신은 결국 나의 운명의 상대가 아니라는 것을요.
미안해요.
진작 말했어야 했는데.
이젠 미련을 남기지 마세요.
우리 서로 기억하지 말기로 해요.

빈말이었을 게다.
그렇게 위안해 본다.
그러나 그 말이 왜 이렇게 뼈에 사무치는지 모르겠다.
당신은 항상 미안하다는 말을 했었다.
그러나 그 미안하다는 말이 이제는 왜 이렇게

그리운지 모르겠다.

기억하지 말자고 했지만, 당신은 더 기억하고 싶었는지 모르겠다.

낡은 단어들,

그러나 자꾸만 생각나는 단어들.

당신은 미안하다는 말만 했을 뿐

사랑한다는 말은 한 번도 한 적이 없다.

더 서러워서 나는 당신을 자꾸만 기억해 낸다.

내가 생각하는 한 당신은 아직도 그곳에 있을 것이다.

내가 외로움을 타는 것처럼 당신은 외로움을 지우기 위해

그곳에서 기다리고 있을 것이다.

이제는 말하지 않아도 알 수 있다.

지금도 당신은 미안하다는 말로 나를 밀어내겠지.

내가 알고 있는 당신은 그렇다.

2

이 두통은 뭐지?

무언가 다가오고 있는 것 같은 불길함.

그래도 나는 아무것도 할 수가 없다.

누구를 탓할 수도 없다.

그냥 기다리고 있을 뿐.

기다리는 것보다는
먼저 다가서는 것이 좋을 것 같은데.
그런데 그러지 못해서 안타깝다.
너를 지켜본다.
부디 스쳐 지나가는 바람이기를 바라면서.
엉뚱한 곳으로 나를 이끌어 돌이킬 수 없는 상황을
만들지 않기를 바란다.
그러나 그것은 내 바람일 뿐이다.
불행한 일은 순식간에 다가오는 법이다.
반면 행복은 아주 가까이에 있다.
다만 불행할 때 비로소 알게 되는 것이다.
거대한 움직임이 느껴진다.
그 누구도 거부할 수 없는 무언의 힘.
그렇다고 언제까지 바보처럼 아무것도 하지 않은 채
앉아 있을 수만은 없다.
무엇이든 해야 한다.
일탈도 가능하다면 해야 한다.
지켜보고, 바라본다고 해서 달라질 것은 아무것도 없다.
받아들이지 않을 거라면,
스스로 포기하지 않을 거라면 당장에라도 일어서서
걸어가야 한다.
누구나 할 수 있는 일이다.

3

그녀들을 바라보고 있었다.

하지만 내가 바라본 것은 그녀뿐이다.

얼마를 그렇게 바라보고 있었는지 모르겠다.

그리고 이 자리에 앉아

얼마나 많은 시간을 보냈는지도 모르겠다.

마냥 시간이 흘러갈 뿐이었다.

그래도 기다렸다.

혹시 그녀가 떠나갈까 봐,

그녀가 뒤돌아설까 봐.

나는 조마조마한 가슴을 힘겹게 부여잡고 있었다.

오늘은 그 어느 때보다도

간절하게 그녀가 그리웠다.

그래서 용기를 내기로 했다.

그러자 그녀가 한층 더 가깝게 느껴졌다.

온전한 나의 일부로 그녀를 남겨두고 싶었다.

누군가 도둑놈이라고 말해도

이제는 겁먹지 않을 것이다.

그리고 나는 그녀에게 향하는 길에

시공간이라는 모티브를 만들었다.

부디 힘들지 않은 길을 함께 걷기를 바라본다.

오랜만에 녹차를 우린다.
그녀에게 줄 사랑도 모자람 없이 우려 본다.
과거가 현재가 되고 현재는 미래가 된다고 하지만
시공간을 비틀면 미래가 과거가 될 수 있고
현재가 미래가 될 수도 있는 법이다.
나는 그 어디쯤인가를 걷는 중이다.
절대 방황하는 것은 아니다.
내게 존재하는 그리움과 소중함을 되돌아보는 중이다.

4

얼마 동안을 모른 체했을까?
지난 몇 달간의 기다림이 바보 같을 뿐이다.
이런 미련퉁이 같으니라고.
기다림도 때로는 잊어야 하는 것을.
그렇지 않고서는 쉽게 지치고 만다는 것을 왜 몰랐을까?

활기찬 아침이다.
밤을 지나,
새벽을 지나 마주한 아침은 항상 맑다.
멈추었던 걸음을 다시 걸어 볼 생각이다.

오늘 같은 날은 산행을 즐기고 난 뒤에
아이스 아메리카노 한잔 마시면 좋겠다.
언젠가 떠나보냈던 그 녀석과 함께!

현재의 시작은 그리움 때문이었을 것이다.
그리고 그 그리움은 어느 순간 기다림이 되어버렸다.
다가가면 소리 없이 멀어지는 실체 없는 존재.
어느 순간의 막연한 기억 속에서 희미해지고 마는
느낌 같은 것.
그 많은 일상을 모두 기억할 수는 없다.
기억하는 것은 고작 앙상한 뼈대뿐이다.
나는 그 뼈대에 달려 있었던 조각들을
오늘 간절하게 찾고 싶다.
그러다가 또 지치고, 또 아무 일 없었던 것처럼
갈 길을 재촉하겠지.

5

어떻게 되돌아 왔는지 모르겠다.
물론 나갈 때도 어떻게 나갔는지 모르겠다.
길을 걷다가 그만 길을 잃고 말았다.

그리곤 기억이 사라지고 말았다.
다행히 없어진 것은 없었다.
찾을 수 없는 기억들뿐!
할 수 없다.
그래도 미련을 버리지 못하고
기억 속을 파헤치다가 알 수 없는 두려움에
그만 잠이 들고 말았다.
사흘 동안 일어날 수 없었다.
사흘 동안 잠만 잤다.
세상은 그저 조용히 흘렀다.
마치 나란 존재는 없었던 것처럼.
나는 아직도 기억할 수 없음에 떨고 있다.
이러다가 영영 기억을 잃어버리는 것은 아닌지.
난감하기만 한 시간뿐이다.
애쓰지 않기로 했다.
생각해 내려 하면 할수록 점점 수렁 속으로 빠져드는 듯한
기분 나쁨이 싫다.
모든 것이 이미 벌어진 일이다.
연연해야 할 필요는 없다.
연연한다면 지는 것이고 또, 다시는 일어서지
못할지도 모른다.

6

항상 그런 식이다.
잊고, 잃고 반복하며 일상을 살아간다.
그러면서도 미련을 버리지 않고
잃은 것에 연연한다.
결국에는 포기하고 마는 것을.
며칠이 지나면 제자리인 것을 알면서도
제자리라는 것을 착각하게 된다.
나 아닌 너로 돌아가 버리고 만다.
그런 내가 싫다.
악연일까?
혹은 필연일까?
내 속의 너 말이다.
가까이해서는 안 되었을 존재.
도대체 무엇을 바라고 나에게 다가왔는지 모르겠다.
나는 뭐가 그리 좋다고 거부감 없이 너를 받아들인 것일까?
스쳐 지나갔어야 했다.
아예 무시해 버렸어야 했다.
일상을 살아가는 사람들의 다 같은 증상인가?
그러면 다행일 테지만 그럴 리 없다.
그렇다고 내가 특별하다는 말은 아니다.

일상을 걸어가고 있는 나에 대해서 생각하는 것뿐이다.
의문투성이가 많은 세상이다.
또한, 허점도 많은 세상이다.
이곳에 나는 왜 얽매여야 하는가?
오늘도 알 수 없이 그렇게 흘러간다.

7

아름다운 나의 너에게.
설마 나를 잊은 것은 아니겠지?
내가 너라는 것을 잊었다면
아마도 너는 존재의 가치가 없을지도 모르겠다.
하지만 나는 알고 있다.
아직은 포기할 때가 아니라는 것을.
그렇지만 내가 포기할 때면
너 또한 살아야 할 가치를 느끼지 못할 것이다.
우린 원래부터 하나였기 때문이다.
나도 네가 될 수 있고 너도 내가 될 수 있었지만
나는 오늘 처음으로 너에게 경고한다.
부디 자신을 사랑하고 있다는 것을 잊지는 말자.
서로 적이 될 필요는 없지 않은가?

우리가 정작 하나라면, 서로를 공유하는 것이라면
서로 믿어야 하는 것 아닌가?
왜 나를 잡아먹지 못해서 그렇게 집착하는데.
복잡해지는 그 무엇은 바로 너다.
굳이 힘들게 살아야 할 이유가 있을까?
너와 대화를 할 수는 없다.
그러나 우린 서로에게 쪽지를 남기곤 한다.
때로는 험악한 말투로, 때로는 달래는 말투로.
그렇지만 아직 합의점은 찾을 수 없었다.
나도 이런 내가 싫다.
너는 내게 패닉을 일으킨다. 그러나 이것만은 알아다오.
나인 너이기에, 그리고 너인 나이기에
혼자서는 존재할 수 없다는 것을.

8

언제였을까?
기억이 나지 않는다.
언제쯤일까?
알 수가 없다.
다시 너에게 묻는다.

그러나 소용이 없다.
너는 항상 묵묵부답이기 때문이다.
그래,
모든 것은 나의 몫이다.
일상에 충실해야 한다는 것.
그것만이 내가 할 수 있는 전부다.
어쨌든 너와의 통신이 언제가 될지는 모르겠지만.
그때 만나면 커피나 마시자.
아니, 밥이나 먹자.

만나지 못할지도 모른다.
너와 내가 만난다면 시공간이 뒤틀릴 테니까.
그러면 우리는 존재하지 않았던 것처럼 순식간에
기억들이 사라지고 말 테니까.
대답하지 않아도 좋다.
모른 체 지나쳐가도 좋다.
너는 너의 몫을 살아가고 나는 나의 몫을 살아가면
그만이니까.
알 수는 없지만, 어느 시점에서
우리가 만나야 한다는 것은 알고 있다.
그 느낌이 천천히 찾아 왔으면 좋겠다.

9

이제 가을비인가?

나는 감기에 걸리고 말았다.

그러나 병원도 약도 먹기가 싫다.

앓고 싶은 날이다.

일주일쯤 아팠으면 좋겠다.

그리고 개운하게 일어나 무작정 걷고 싶다.

아니, 걸을 수 있었으면 좋겠다.

오늘은 그냥 자고 싶다.

모든 것을 잊고 싶다.

이불 속에 파묻혀 땀을 흠뻑 흘리고 싶다.

그러다 보면 나는 꿈을 꾸고 있을 테지?

악몽이 아니었으면 좋겠다.

길몽이어도 상관은 없다.

잠을 잘 수 있다는 것, 그리고 꿈을 꿀 수 있다는 것.

얼마나 행복한 일인가?

나에게는 그렇다.

불면의 나날들은 악몽일 뿐이었다.

현실의 악몽!

그 현실을 꿈속에서나마 달래고 싶을 뿐이다.

10

산골짜기 발길 닿지 않는 오두막.

찾는 이 아무도 없다.

그래도 좋다.

외로움을 즐겨 볼 생각이다.

외로움과 친구 해 볼 생각이다.

그러다 보면 나에게 더 침착해질 수 있겠지.

오늘도 겨우겨우 엮어왔다.

그래도 포기할 생각은 없다.

살며시 촉촉한 바람이 찾아와

나에게 실없는 웃음을 안기고 휭하니 사라진다.

그래 나도 너처럼 어디든 달려갈 수 있었으면 좋겠다.

지금은 이곳에 있지만 언젠가는 나도

훨훨 날 수 있겠지.

오늘, 지금. 이 얼마나 행복한 시간인가.

다가섬도 다가갈 수도 없지만

나는 호응을 바라는 것이 아니다.

인생이라는 길 위에 서서 나를 돌아보는 중이다.

내 작은 공간에 나 자신을 가득 채워 본다.

오늘은 그다지 의미를 부여하고 싶지 않다.

때론 아무도 아닌 것이 좋을 때도 있다.

꼭 의미를 부여하고 싶다면 사랑한다는 것뿐.

11

미안하다.
진즉에 그 말을 해야 했다.
하지만 나는 도망치고 말았다.
그렇다고 변명을 할 수는 없다.
지금도 마찬가지다.
그 많은 시간이 흘렀지만
내가 너를 생생하게 기억하고 있는 것을 보면
나는 아직도 너를 사랑하고 있는지도 모르겠다.
그때로 돌아갈 수만 있다면.
그러나 이미 흘러가 버린 시간이다.
아마도 너는 내 가슴 한쪽에 영원히 상처로 남아 있겠지.
그 상처 때문에 나는 언제나 너를 그리워하게 될 것이다.
나는 너에게 다가가지 말았어야 할
사람이었는지도 모르겠다.
내 젊음은 왜 그렇게 악몽 같은 시간이 많았었는지 모르겠다.
내 젊음의 그리움과 안타까움은 모두가 내 탓이다.
어쩌면 지금도 악몽 속을 걸어가고 있는지도 모르겠다.

갑자기 우울해지는 건 너에게 미안하기 때문이다.
우리 다시 만날 수 있을까?
시간 위를 걸어 본다.
벌써 너는 저 앞에 가고 있구나.
걸음걸이가 비틀거리는 것을 보니
술 한 잔 거나하게 마신 모양이다.
그러나 나는 위로해 주고 싶은 마음이 없다.
녀석 참!
가지가지 하는구나.
내 마음과 어쩌면 그렇게 같을 수 있을까?

12

어쩌면 좋아?
입맛을 잃었어.
아직은 너를 잃지 않았으니 다행이다.
하긴, 언제나 그랬다.
나는 언제나 입맛이 없었고
모두가 네 입맛대로였으니까.
그래서 아직 너를 잃지 않았는지도 모르겠다.
입맛을 되살려 보지만 소용이 없다.

오늘도 역시 그래야 하는 건가?
오늘은 나에게 조금만 양보할 수 없을까?
오늘 하루만 내 마음대로 하고 싶은데.
이해해 줄 수 있겠니?
아니,
굳이 허락을 받아야 할 필요는 없다.
오늘은 내 마음대로 할 터이니 너는 그냥 나만 따라 다녀라.
싫다면 오늘의 약속은 없었던 것으로 하자.
뭐,
혼자 보고 싶은 영화를 보고,
내가 먹고 싶은 음식을 먹고,
발길 닿는 곳으로, 내 마음 내키는 대로 가면 그만이지.
오늘은 너 없이 나 혼자만으로도 충분할 것 같은데.
오해는 하지 말라.
네가 뿌리친 선택을 뒤로하고 내 나름의
선택을 했을 뿐이니까.
서럽다 말아라.
너의 선택이 나를 잃게 될지도 모르겠다.
사랑은 일방적인 것이 아니다.
상대에 대한 아주 조금의 배려다.

13

할 말을 잃었다.
생각해 보니 오늘 온종일 한마디도 하지 않았다.
시간도 벙어리가 되어 버리고 말았다.
휴대전화도 꺼 버렸다.
솔직히 전화 올 곳도 없지만.
그래서 더 미련스러운지도 모르겠다.
재촉하는 시간은 절대로 빠를 수 없다는 것을
나는 왜 모르는 것일까?
어쨌든 혼잣말이라도 해야 하나?
말아야 하나?
이 자식아!
할 말을 잃었다.
누군가와 밤이 새도록 대화하고 싶다.
이제 혼잣말은 싫다.
하루에 고작 열 마디!
상대도 없이 툭 튀어나오는 말에 나 자신도
놀랄 때가 있다.
외로운 사람은 한없이 외로워지는 밤이다.
사랑하는 사람은 할 말이 많아 헤어지기 싫은 밤이다.
내 기억에서 사랑을 꺼내 본다.

낡은 사진첩을 뒤적여 본다.

있다.

내 젊음을 탕진해버렸던 그 사랑.

14

어디에서부터 손을 댈까?

막상 엄두가 서질 않는다.

그래도 하루를 넋 놓을 수는 없지.

종잇장 찢듯 사정없이 시간을 찢어버린다.

어쩔 테냐?

바닥에는 온통 찢어진 종이뿐이다.

백지와 또 백지들!

백지 위에 아무것도 쓸 수 없었다.

아무것도 그릴 수 없었다.

공간이 되어버렸다.

스스로 만들어 놓은 공간에 어처구니없이 갇히고 말았다.

이런 것을 원했던 것은 아니다.

다만 지금이 싫었다.

다만 숨을 쉬고 싶었을 뿐이다.

그런데 삐뚤어지면 삐뚤어질수록 나 자신을 주체할 수 없었다.

시간은 난폭해졌다.

지금은 없었다.

시간이 멈추는 것 같기도 했다.

나도 멈추는 것 같았다.

그때 눈물이 속절없이 쏟아졌다.

얼마나 울었을까?

울지 않았는지도 모른다.

울음을 삼켰는지도 모르겠다.

남은 것은 텅 빈 그리움과 나뿐이었다.

너는 그 어디에도 없었다.

15

견디다 못해 시간이 자위한다.

녀석을 마주하고 있자니 하품만 나온다.

불쑥 튀어나온 기지개.

녀석의 자위가 왜 이리 지겨운지 모르겠다.

오늘은 좀비 영화를 봐야겠다.

아니, 지금이라는 좀비 영화를 보고 있는지도 모르겠다.

나는 오늘도 변함없이 씁쓸한 녹차를 내린다.

현실은 좀비 바이러스가 아닐는지?

삶의 의미가 퇴색되어가는 것 같은 이 느낌.

분명 바이러스 같은데.

아닌가?

밖에 나가는 것이 무섭다.

갑자기 돌변해버리는 나를 발견하게 될까 봐 그것이 두렵다.

나에게는 분명 내가 알지 못하는 바이러스가 있을 것이다.

그러나 알지 못한다.

시간이 자위하는 모습을 바라본다.

역겹고 구역질이 난다.

자위가 끝날 때 나는 좀 더 자유로울 수 있을까?

오고 가는 길에 특별한 무언가가 있었으면 좋겠다.

온전히 나를 위한 것이었으면 좋겠다.

오늘은 다른 길 위에 익숙하지 않은 내가

서 있었으면 정말 좋겠다.

16

그녀?

누구였더라.

무작정 사라진 그녀.

나는 지금 그녀의 바코드를 찾는다.

하지만 첫눈은 바코드로도 찍을 수가 없다.

그래서 우연이라도 그녀와의 스침을 생각한다.

어쩌면 그 스침을 느끼지도 못하고 지나쳤을 나의 그녀!

그녀가 바코드로 흔적을 남겼다면

쉽게 찾을 수도 있을 텐데.

그저 나의 희망일 뿐이다.

시간을 팔고 사는 세상이다.

그 속에서 그녀는 자신의 시간을 흔하게 써버리지는

않았을 것이다.

그녀는 현명한 사람이었다.

나를 떠난 것을 보면 알 수 있다.

내 삶의 허세를 그녀는 꿰뚫고 있었는지도 모르겠다.

그녀?

누구였더라.

그렇게 존재하기 싫었던 그녀.

그녀의 선택을 나는 존중한다.

또한, 그녀의 선택이 틀리지 않았기를 바란다.

17

헌책방에 들렀다.

시간으로 익어버린 종이 냄새가

마치 커피 한잔의 여유로움으로 느껴진다.

언제였던가?

헌책방에서 종이에 아무렇게나 쓴 문장의 나열을

편지봉투에 담아 너에게 보냈었는데.

그때 왜 너에게 보낼 생각을 했는지 모르겠다.

문득 떠오른 것이 너였다.

하지만 그뿐이었다.

그런데 나는 오늘 그 냄새에 취해 있다.

아! 내 젊음의 보금자리.

오늘 같은 날은 생선구이와 막걸리가 제격일 것이다.

거기 누구 없나?

시간 없니?

나에게 조금만 나누어 줄 수는 없을까?

그런데 왜 나는 그 이후로 그에게 다시는

편지를 쓰지 않았을까?

갑자기 부담스러워진다.

뭐 혼자 마시면 어떠냐.

기분에 취하고, 그리움에 취하고 술에 취하면

그만이지.

18

잘살고 있는 거지?
그런 거지?
궁금해.
우리 영원할 것 같았던 때를 생각하고 있어.
왜 요즘은 이렇게 생각이 많아지는지 모르겠다.
걱정하지 마.
너 때문에 그런 것은 아니니까.
그렇다고 네가 보고 싶어서 그러는 것은 더더욱 아니야.
단지 잘 지내고 있기를 바라는 마음뿐이야.
너는 내 생각하지 마.
그래, 강요할 것까지야.
내 생각 자주 해라.
나는 너에게 그리운 사람이 되고 싶으니까.
너만 나에게 그리운 사람이 되면 불공평하잖아.
까짓것 불륜을 꿈꿔도 좋고,
외도해도 좋다.
나를 제자리에 가져다 놓으면 될 터이니.

나를 생각하면서 술을 마셔도 좋다.
나쁜 놈이라고 욕해도 좋다.
취해서 우리 집 유리창에 돌멩이를 던져도 좋다.
너는 결국, 그러지 못할 것이다.
우리의 그때가 있었다는 것이 중요할 뿐.
스스로 가치를 매기지는 말자.

19

악어가 튀어나왔다.
녀석이 내 달을 반이나 훔쳐 먹었다.
괘씸한 녀석!
내 속에 숨어서 모반을 꾀하고 있었다니.
책을 덮는다.
설거지나 해야겠다.
빨래나 해야겠다.
집안을 푸닥거리해야겠다.
한동안 앓고 싶다.
그렇게 처절하게.
살아가는 방식의 문제인가?
나 자신을 괴롭히는 것은 아닌지?

어쨌든 악어가 뜯어 먹은 달은
무덤덤하게 다시 자라날 것이다.
그리고 만월에 내가 다시 반쯤 삼킬 것이다.
누가 삼켰는지 물을 사람도 없지만 만약에
그런 사람이 있다면 시치미를 떼겠다.
오리발도 내밀어 볼 생각이다.

20

언제쯤?
언제쯤일까?
그땐 그랬었는데.
그런데 시간의 흐름을 체감하는 순간
멈출 수 없음이 안타까웠다.
이제는 더 이상의 흐름 없이
가장 행복했던 시간의 한 곳에 존재하고 싶다.
하루의 시작이 우울했던 탓일까?
한때는 아이였고
한때는 소년이었고
한때는 젊었다.
삐삐도, 시티폰도, 휴대전화도 없었던 그때를 생각해 본다.

나는 당장 그에게로 갈 수 있다.
약속이 없어도 그에게로 달려가면 그만이다.
그리고 헤어짐이 없었던 것처럼 첫사랑의 느낌으로 다가가겠다.
그러면 넌 어떨까?
그때의 너는 분명 나를 받아줄 것이다.
그때였으니까 가능한 일일 테지만.
그냥 달려가고 싶다.
앞뒤 가릴 것 없이.
물론 취기를 탓하겠지.

21

그때는 네가 있어서 좋았다.
이제는 혼자다.
왁자지껄했던 지난날들.
그곳에 앉아
훤히 내려다보이는 파로호를 마주하고 있다.
이제는 텅 빈 곳.
그들은 모두 어디로 갔을까?
반가움 없이 나는 자리에서 일어서고 말았다.
언제 다시 올지 모르겠다.

어쩌면 이렇게 잊힐지도 모를 일이다.
시간은 참 난해한 것이다.
한순간 난감하게 만들기도 한다.
바보같이 어린아이로 만들기도 한다.
틈 사이로 보이는 공간!
우리가 놀고 있다.
낯선 우리거나, 낯익은 우리가 모여
실컷 노래를 부르고, 목청껏 떠들어 댄다.
그때는 즐거우면 그만이었다.
가릴 것이 없었다.
발가벗고 뛰어다녀도 누구 하나 뭐라고 할 사람 없었다.
젊음은 당연하다고 믿었다.
바람이 불면 한순간 흩어지고 마는 것을
왜 그때는 몰랐을까?
다시 돌아가고 싶지 않은 그날들이다.

22

무엇을 하고 있을까?
궁금해 죽겠다.
항상 그런 식이다.

그러나 곧 잊고 만다.

너에게만은 왜 그런지 모르겠다.

이제야

집착은 포기되고 말았다.

공항에서 잃어버린 여행용 가방처럼.

너는 그 속에 있을 것이다.

언제 잃어버렸더라?

가물거리는 기억의 저편.

너는 찾을 필요 없다고 했다.

나는 찾아야 한다고 했었다.

결국, 찾았지만

너는 여행용 가방을 끝끝내 버리고 말았다.

그리고 너는 싸늘하게 돌아섰다.

그래서 나는 더더욱 너를 찾지 않을 것이다.

집착은 처음부터 없었어야 했다.

나는 너에게 썩은 나무뿌리에 불과하다는 것을

나는 알고 있다.

썩은 뿌리에 희망을 부여하는 것은 바보 같은 짓이다.

네가 무엇을 하고 있는지 내가 알아야 할 이유는 없다.

너는 그저 너 자신이기 때문에.

나와는 아무런 상관없는 관계이기에.

23

반복되는 시간.

시간은 반복되지 않는다는 것을 나는 알지 못했다.

다만 흘러갈 뿐이라고 위안했다.

이제는 시간을 잡고 싶다.

그러나 반복되는 것이니

가볍게 여겨도 된다고 생각한다는 것은 무책임이다.

손을 뻗어 본다.

그리고 한 움큼 잡아 본다.

그러나 쉽게 잡히지 않는다.

시간은 원래 그런 것이다.

어쩌면 삶은 불타는 사막의 모래와 같은 것인지도 모르겠다.

움켜쥐면 스르르 손안에서 빠져나가는 고운 모래알갱이들.

잡힐 듯 잡히지 않는 것.

소리를 크게 질러 본다.

소리는 그 시간에 머물렀다.

이제 잡으려야 잡을 수 없다.

반복되는 것이니 나는 그 시간에 또 그렇게 소리를 지르겠지.

24

울컥 무언가 쏟아졌다.

네가 보고 싶다.

이제 곧 1주기구나.

금방이라도 달려와 술잔을 함께 기울일 것 같은데.

아직도 걷고 있니?

그래 너무 무리하지는 마라.

쉬엄쉬엄 가렴!

가다가, 가다가 지치면 쉬면서 내가 걸어가는 것도 보고.

다 그런 거라고 하더라.

마음 다잡아 보려무나.

다른 것은 없단다.

다만 한 걸음 더 앞서서 걸어갈 뿐!

뒤돌아보면 서러움만 쌓이고 미련만 남을 터인데.

가렴! 가려무나.

누군가 너의 발걸음을 막으면

그냥 무심코 넘어가거라.

이제는 감정도 메말라버린 흔적일 뿐이다.

이제는 우리의 몫이다.

그 강을 건넜는지 모르겠구나?

건너고도 남았을 시간이었겠지.

그곳의 흐름은 이곳의 흐름과 다를 터.
모든 것은 살아 있는 사람의 몫이다.
너의 영혼은 지워졌거나 아니면 다른 행성으로
여행을 떠났겠지.

25

시간을 게워낸다.
휴대전화는 먹통이 되었고 대답 없는 부재뿐이다.
안갯속인가?
차라리 그편이 나을지도 모르겠다.
그 속에서 촉촉한 너를 발견하고 싶다.
그러나 홀로인 내가 네가 되어 서 있다.
주위를 둘러보지만
온통 제각각인 시간의 조각들뿐이다.
조각은 퍼즐이 되고
결국은 맞출 수 없는 퍼즐이 되고
그림자가 되어,
짙은 안개가 되어 휑한 속마음 휘젓는다.
그럴 때 조각을 맞추는 것은 어쩌면 사치다.
누군가 숨겨 놓았을 것을.

누군가 원하지 않는 것을.
사랑아, 내 사랑아!
불러도 대답 없는 사람.
이 짙은 어디에서 오는가?
또 어디로 가는가?
나 다른 행성으로 떠나는 날 이렇게 짙은 안개가
마중 나왔으면 좋겠다.
한꺼번에 흘러 왔다가 나를 데리고 훌쩍
떠나버렸으면 좋겠다.
촉촉한 이 안갯속이 나는 좋다.
상쾌함을 느낄 수 있어서 더더욱 좋다.

26

속도를 가늠할 수가 없다.
그만큼 무뎌진 탓일까?
어쩌면 나는 멈추어 있는지도 모르겠다.
그냥 그 자리에.
뒤를 돌아보고 앞을 바라봐도
나는 좀처럼 방향을 잡지 못한다.
어쩌면 나는 익숙함에 안주하는 것을 택했을 것이다.

흐름은 중요하지 않다.
중요한 것이 있다면
그것은 비로소 볼 수 있는 나 자신을 발견하는 것이다.
그러나
비로소 보아야 지구라는 이 행성에서 내가 여행자라는
사실을 알 수 있을지도 모르겠다.
그래야 홀가분하게 떠날 수 있을 터이니.
속도를 가늠하기 시작한다.
그러나 너무도 익숙해진 탓에 나는 아무것도
가늠할 수 없다.
때가 되어야만 알 수 있을 것 같은데.
어디 기다려 보자!

27

매운 양념을 곁들여 본다.
차라리 숙성시킨 겨자를 잔뜩 바르는 것이 나을 걸 그랬나?
녀석을 그런 식으로 괴롭히고 싶다.
가까이 다가오기도 전에 저만치에서
나를 발견하고는 뒤돌아서는 녀석.
왜 나를 거부하는지 모르겠다.

난 언제나 기다리는 것에 익숙해져야 할까?

상관없다.

녀석이 다가오지 않으면 내가 다가가면 되는 것이니까.

일상의 난해함이 캡사이신을 흡입하도록 만든다.

그래 두고 보자.

곧 너는 나의 편이 될 것이다.

그리고 적어도 일상은 녀석이 아닌

나를 중심으로 흐르게 될 것이다.

나는 온전함을 원한다.

그리고 너를 원한다.

내 머릿속의 너

나 아닌 너

그리고 오늘!

무기는 준비되었다.

너를 생포할 작정이다.

먼저 숙성시킨 겨자 소스를 눈에 바를 테고

캡사이신 원액을 잔뜩 먹일 테다.

누가 이기나 어디 한번 해 보자.

결과는 불을 보듯 뻔한데.

28

쓰다.

언제나 시간을 먹어 왔지만

오늘처럼 쓴 적은 없었다.

시간이라는 녀석은 독감조차 걸리지 않는다.

앓는 법이 없다.

멈추지도 않고 계속해서 흘러간다.

결국, 나는 굴복한 채 녀석을 따라 흘러간다.

흐릿한 시간이 내게로 다가와 속삭이듯 말을 건다.

나는 인상을 찌푸릴 수밖에.

흐림과 지루함을 비행기로 접어 하늘 높이 날려본다.

그래도 쓰다.

언제쯤 맑고 달달할 수 있을까?

시간이 쓰다는 것은 결국, 내가 덜 성숙했다는

말이기도 하다.

커피 맛을 모르는 어린아이의 입맛처럼.

달다고 느낄 때쯤이면

머리가 백발이 되어 있겠지.

아니면 알아볼 수 없을 정도로 머리카락이 빠져 있거나.

쓴 것을 어쩌랴?

애써 맛을 꾸미고 싶지 않다.

애써 삶을 치장하고 싶지 않다.
보통인 채로,
그냥인 채로,
내 모습 그대로 표현하고 싶을 뿐이다.

29

그리 좋으냐?
나는 밥 먹듯이 묻는다.
그러나 너는 대답하는 법이 없다.
마치 벙어리인 냥.
물론 너는 벙어리가 아니다.
단지 내 앞에서만 입을 다물 뿐이다.
누가 우리 앞에 담벼락을 세웠는지 모르겠다.
그렇지만 우리의 관계는 절대 무너지지 않을 것이다.
필연 아니면 악연이겠지만.
담벼락에 나의 이야기를 놓아두면 너는 조심스럽게
그것을 가져간다. 그리곤 얼마 후
너의 이야기를 다시 담벼락 아래 놓아둔다.
어린 시절 교환일기처럼.
친구이기 때문에 그것이 가능하다고 생각했다.

그러나 그것은 나의 착각이었다.
너는 내가 되어가고 있었다.
너는 나를 갖고 싶어 했다.
그리곤 변하기 시작했다.
이제는 내가 알던 예전의 네가 아니다.
너는 욕심 많은 너일 뿐이다.
너를 감싸줄 생각은 손톱만치도 없다.
너는 쫓아내야 할 대상이다.
야속하다고 생각해도 어쩔 수 없다.
금기를 깬 이상 용서란 있을 수 없다.
온전히 나를 갖고 싶으면
교묘해지던가 철저하게 나를 짓밟아라.
그렇지 않고서 네게는 희망이 없으니
포기하는 것이 나을 것이다.
그때 다시 묻겠다.
그리 좋으냐?
너는 대답해야 한다.

30.

기다리지 않았다.

그리워하지도 않았다.

다만 네가 갔다가 되돌아오곤 했다.

그래서 오히려 편했다.

아니, 익숙해졌다.

너는 미련 없이 또 가려 한다.

그래,

오히려 그것이 나에게는 편할지 모른다.

네 마음대로 해라.

네가 그러든 말든 나는 이곳에,

이 자리에 그대로 있을 터이니.

너의 소리 없는 흐름에 나는 절대 귀 기울이지 않을 것이다.

그 흐름으로 나는 점점 성숙해지겠지.

아니, 아픔을 감추려하겠지.

바보처럼.

31

낮잠으로 오후를 깍둑썰었다.
하지만 개운하기보다는 뭔가 허전함이 느껴진다.
일상의 리듬이 깨졌기 때문인가?
엇박자로 흘러가는 오후를 살짝 지르밟는다.
그러자 마치 뱀의 꼬리를 밟은 듯 나를 물었다.
뒤로 물러서 보지만 소용이 없다.
젠장.
고양이한테나 줘버려!
아니,
개한테나 줘버려!
악몽 같은 이 하루를.
머리가 아프다.
두통약을 먹어도 소용이 없다.
낮잠에 얹혔다.
아마도 소화제를 처방해야 할 것 같은데.
사다 놓은 것이 없다.
바늘로 손을 따보지만 소용없다.
졸려서 잤을 뿐이다.
그것도 겨우 한 시간.
그것이 그렇게 잘못된 일일까?

초점을 잡을 수가 없다.
자꾸만 한쪽으로 치우친다.
중심을 잡을 수가 없다.
자꾸만 넘어진다.
방법이 없을까?
할 수 없이 다시 누웠다.
다시 자 보는 것이다. 이제는 낮잠이 아니다.
본격적으로 잠을 청해 볼 생각이다.
그래도 소용이 없다면 응급실에라도 가야 할 것 같은데.
그런데 겁이 나 잠을 잘 수가 없다.
그러고 보면 나는 찌질이 겁쟁이다.

32

모난 곳이 많아서였을까?
보기 싫은 사람을 대할 때면 괜히 화를 내고,
분위기를 망치려고 작정한 듯
정반대의 행동을 고집하곤 했다.
심지어 상대가 눈앞에 보이는 것조차 신경이 쓰이곤 했다.
왜 그렇게 악착같이 싸웠는지 모르겠다.
하지만 이제는 둥글어지고 싶다.

모난 곳이 많아 피하는 친구들도 생겼다.
날 선 비수가 되어 날아드는 어투를 좋아하는 사람은 없을 것이다.
알면서도 고치지 않으려고 우기는 것은 어리석은 짓이다.
또 내 성격에 맞지 않는다고 외면해 버리는 것 또한
옳지 않은 일이다.
혼자 살아가기에 세상은 만만한 곳이 아니다.
한없이 외롭기만을 고집하는 것은 나를 괴롭히는 짓이다.
나는 왜 그동안 모진 길을 선택했을까?
외로움이 지겹고 역겹다.
그러나 남의 비위를 맞추거나 아부를 떠는 일은 하고 싶지 않다.
그러다 보니 혼자였다.
모난 곳을 다듬어야겠다.
틀에 박힌 나를 다듬는 일은 결코, 쉬운 일이 아니다.
사포와 줄로 나를 다듬을 수 있을까?
힘들겠지만 시작이 반이라고 시작해 보기로 했다.
오늘은 쓸데없이 웃자란 가지치기를 해야겠다.
이제부터 소통이다.
물론 모난 곳에 대못을 박을지도 모르겠다.

두 걸음

1

이놈의 모기 녀석들이 파르티잔이 되었다.
언제부터였는지는 모르겠지만
한여름에는 없던 모기가 가을이 되어 나타나서
혼을 쏙 빼놓기 시작했다.
여름이었으면 그러려니 하겠지만
가을의 중간에서 혀를 걷어차게 하는
녀석들의 전투력은 불쾌감을 준다.
녀석들의 흡혈로 내 심장을 빼앗기기는 것은 아닌지.
어쨌든 나는 녀석들을 잡아야 하는 킬러가 되어 눈을 부릅뜬다.
나는 오히려 뱀파이어였는지도 모르겠다.
내 영역을 지키려고 안간힘을 쓰는 힘없는 뱀파이어.
흡혈을 당하면 그만큼 나도 흡혈을 해야 하므로
사생결단밖에 없다.
어리석은 녀석들.
너희가 인해전술로 나온다면 나는 화학무기를 사용하겠다.

나는 점점 킬러가 된다.
되도록 뱀파이어의 본성은 숨길 생각이다.
도전을 마다할 이유는 없다.
이건 자존심에 대한 문제다.
닥치는 대로 녀석들을 살상한다.
그런데 이 녀석들 만만한 녀석들이 아니다.
화학무기를 난사하는 사이, 아 어지럽다.
약을 치고 재빨리 빠져나와 10분 후에 환기를 시켰다.
그런데도 앵앵거리며 끈질기게 날아다니며 흡혈을 하는
녀석들은 뭐냐?

2

어디쯤이었을까?
너와 내가 손을 놓았던 자리가.
나는 그 어디쯤인가를 헤매는 중이다.
공간과 공간 사이.
그리고 그곳을 가로지르는 시간의 흔적들.
그때로 되돌아가고 싶다.
미련 때문은 아니다.
단지 놓쳐버린 젊음의 한창이 그리울 뿐이다.

잠시 뒤를 돌아본다.
그러자 그녀가 내게 다가와 뺨을 갈긴다.
그런데 넌 누구니?
네 짝사랑이야!

3

나는 어디 서 있나?
길을 잃은 채 어디로 가야 할지 망설이고 있다.
어쩌면 나는 오래전부터 길을 잃었는지도 모르겠다.
일상을 시간에 갇혀 발버둥 치고 있었는지도 모르겠다.
이정표를 찾아본다.
그러나 이 외진 길에서 이정표를 찾기란 불가능하다.
아,
나는 어쩌면 이정표 없이 길을 걸어 왔는지도 모르겠다.
결국, 나는 여기에 서 있다.
하지만 존재의 부재는 아직 이르다.
이정표 없이 걸어왔다면, 이정표 없이도 길을 찾을 수
있을 것이다.
내비게이션이 없을 때는 지도만 보고도 길을 잘 찾아다녔다.
하지만 요즘은 시동을 켜면 내비게이션이 작동한다.

나에게는 지금 그런 내비게이션이 필요하다.
하지만 인생의 방향을 알려 줄 수 있는 내비게이션이 있을까?
없겠지?
만약 그렇다면 인생은 재미없고 지루할 것이다.
일률적인 길로 사람들이 몰릴 것이다.
그런 내비게이션은 상상도 하지 말아야 할 프로그램이다.
나름의 이정표를 만들어 가는 것은 어떨까?
롤러코스터를 타더라도 그편이 나을 듯싶다.
나는 여기에 서 있다.
길을 잃은 것은 절대 아니다. 잠시 숨을
고르고 있다.
자 일어서자. 나의 이정표를 위해서.
우리의 이정표를 위해서.

4

어디까지 믿을 수 있을까?
밀고 당기면서 우리는
불신이라는 녀석을 우리 사이에 끌어들였다.
비단 연애뿐만은 아니다.
일상이 그랬다.

역시 그것조차도 지루한 반복뿐이었다.

이제 그만해.

나는 속절없이 발길질을 해보았지만 소용없었다.

그래.

차라리 불신을 믿자.

버리는 것 보다는 감싸는 것이 오히려 나을지도 모른다.

선과 악에 비할 바 아니지만,

믿음과 불신은 우리에게서 비롯되었다.

그것을 불식시켜야 하는 것은 우리의 몫이다.

애초에 만들지 말았어야 했을 대립.

선과 악인 신들의 싸움에 끼어들고 싶지는 않다.

하지만 우리의 대립은 충분히 풀 수 있을 것 같은데.

어디까지 믿을 수 있을까?

믿을 수 있는 것까지만 믿으면 된다. 그리고 그 나머지는

차차 알아 가면 그만이다.

생각이 나와 다르다고 몰아세울 필요는 없다.

개떼처럼 달려들어 물고 할퀴는 어리석은 일은

결코, 득이 될 수 없다.

분열만 초래할 뿐이다.

5

풍경이 있는 집.
상호가 마음에 들어 무작정 들어왔다.
테이블이 네 개가 놓인 아담한 가게.
아메리카노를 시켜놓고 앉아 주위를 둘러본다.
어느 지점에선가 멈추어버린 풍경.
알 수 없는 이 여운은 뭐지?
언제나 마주하고 앉아 있었던 그녀가 아른거린다.
그녀도 멈추어 있었다.
하지만 시간은 쥐도 새도 모르게 흘렀다.
서글프게 내려앉은 내 얼굴의 주름과 그 주름 사이에
멈추어 있는 그 시절이 그립다.
그 시절을 옮기고 수정할 수 있다면 얼마나 좋을까?
아니다.
있는 그대로가 그리움을 더 자극하기 마련이다.
실망하지 말자.
이대로 만족하는 거다.
이 분위기에 취하는 거다.
오래도록 이 자리가 남아 있었으면 좋겠다.
언제 찾아와도 익숙할 수 있는 곳.
그 시절이 그리웠던 것만큼 지금의 이 시간도

그리워질 것이 분명하다.

풍경이 있는 집의 어느 지점에서 멈추어버린 풍경을

사진에 담았다.

가슴에 담았다.

언젠가 스치듯 너를 만나게 된다면 이 풍경을

너에게 보여주고 싶다.

6

얼굴이 퉁퉁 부었다.

네가 퉁퉁 부었다.

시간이 퉁퉁 부었다.

일상이 퉁퉁 부었다.

거울을 비춰본다.

세상이 퉁퉁 부었다.

무언가 잘못되어 가고 있지만 알 수가 없다.

바라보는 내 시각이 퉁퉁 부었기 때문인가?

원래부터 퉁퉁 부은 것인가?

지난밤 누군가 가슴 저리게 울었나?

슬프지도 않은데 흐르는 이 눈물은 도대체 뭐지?

삶이 그런 것인가?

얼굴이 퉁퉁 부어 불어터지기 일보 직전이다.
세상도 그러하다.
이대로는 아무 곳에도 가지 못할 것 같은데.
며칠간은 외출을 삼가야 할 것 같다.
지난밤 가지 말아야 할 곳에 갔던 모양이다.
그렇지 않고서는 한순간에 이렇게 퉁퉁 부을 수는 없다.
내 시각이 문제인가?
아무리 거울 속을 들여다보아도 내 시각은 멀쩡하다.
슬픈 꿈을 꾼 것도 아니다.
불면증에 잠을 자고 싶어도 잘 수 없는 지경인 나로서는
이해가 가지 않는 일이 벌어지고 만 것이다.
대체 무엇 때문일까?
거울이 잘못되었나?
다른 거울을 들여다본다.
마찬가지다.
얼굴이 퉁퉁 부은 채 제자리로 돌아오지 않으면 어떡하지?
별일 많은 세상이다.

7

바람이 내 마음 같다.

창밖으로 보이는 사람들의 발걸음이 움츠러든다.

가만히 바람의 속마음을 읽어 본다.

화가 난 것일까?

급하게 달려왔다가 외면하고 휭하니 가버리는 녀석.

오늘은 나도 그렇게 너를 못 본 채 지나치고 싶다.

이 가을은 왠지 싱숭생숭하다.

다가가면 한 발짝 물러서고 다시 다가서면

질에 겁먹고 도망쳐 버리던 너.

그런 너의 뒷모습을 보는 것 같아 가슴이 아리다.

이제는 그런 너의 뒷모습조차도, 그림자조차도

볼 수 없는 나이가 되어버렸다.

세월이 흐른 지금도 마음만은 젊음인 것을,

계절의 속삭임에 왜 가슴이 설레지 않겠는가?

무뎌진 가슴도 사랑을 일깨우는 계절!

그 바람을 안고 싶다.

그 바람 따라 이곳저곳으로 흔들리고 싶다.

그 바람을 어디든 쫓아갈 수 있을 것 같은데.

한번 쫓아가 볼까?

쫓아가다가 어느 즈음 마음에 드는 곳에 앉아 너를 기다리면 너는 올 수 있을까?
그 시절의 사랑을 안을 수 있을까?
그래서 사람들은 사랑하고 추억을 만드는지도 모르겠다.
순수하면 그만이다.

8

문을 닫았다.
소리 없이, 흔적 없이 닫았다.
녀석,
그 요란스런 술주정은 들을 수 없는 것일까?

그 자리에 문을 열었다.
「소 주 한 잔」
정말 한 잔만 팔려고 상호를 그렇게 붙인 것일까?
어쨌든 나는 지금 그 앞을 무심코 지나쳐 왔다.
녀석이 기웃거린다.
아니, 낯선 얼굴이 기웃거린다.
외롭게 앉아 있는 어깨가 무거워 보인다.
저 어깨는 언제쯤 가벼워질 수 있을까?
소주 두 잔이었으면 더 좋았을 것을.

소주 석 잔이었으면 더 좋았을 것을.
한잔이라서 사람들이 머뭇거리는지도 모르겠다.
그 자리에 머물던 이들은 모두 어디로 갔을까?
한때는 왁자했었는데.
한때는 이런저런 사람들의 위안이 흘렀는데.
다시 그 자리에 누군가 모이기 시작하겠지.
마음에 맞는 이들이 모여 서서히 친해지고, 웃고,
떠들겠지.
낯선 이들은 낯익을 테고 술 익어가는 소리 한가득
주인장은 담고 또 담겠지.
그 자리가 빈자리가 아니어서 다행이다.

9

어디에 있는 것일까?
아무리 찾아봐도 너를 찾을 수가 없다.
어디로 사라진 것일까?
내 곁에 있었지만 정작 곁에 없었던 너.
너의 존재를 나는 확인할 수가 없다.
그 어디에도 너는 없다.
꿈이었을까?

그렇지 않고서는 그렇게 감쪽같이 사라질 수 없는 일이다.
너는 도대체 나에게 어떤 결과를 원하는 것일까?
결국, 가까이할 수 없는 것일까?
너의 의미를 나에게서 다시금 찾아본다.
어디엔가 숨어서 나를 지켜보는 것은 아닐까?
도대체 무엇을 원하는 거니?
네가 그립다.
너에게로 가고 싶다.
이정표를 남기지 않은 네가 원망스러운 날이다.
떠나면 그만이라고 생각했을 너.
일순간 나를 스토커로 만들어 버린 너.
어떻게 용서가 되겠니?
언젠가 불쑥 나타날지도 모르겠지.
그때 나는 너를 아는 체하지 않을 것이다.
나에게 너는 존재의 가치가 아니었다고 부정해 버리겠다.
그런 것쯤은 감수했을 터.
나는 스쳐 지나가는 인연 따위는 필요 없다.
모질게 너를 욕하고 또 욕할 것이다.
그러면 넌 배불러 더 잘 살겠지.
네가 어디에 있던 이제 나와는 상관없다.
누구세요?

10

내 마음을 가위로 싹둑 잘랐다.

내 머리카락을 미련 없이 싹둑 잘랐다.

반반의 비중을 가늠해 본다.

어느 정도를 너에게 주어야 할까?

나는 너에게 모두 주고 싶지만

나를 상실한 빈털터리가 되고 싶지는 않다.

그래서 내 마음을 반으로 잘랐을 뿐이다.

서운하니?

그럼 왔던 길을 되돌아가거라.

무책임하다고 탓해도 좋다.

그건 너의 선택일 뿐이다.

잘라낸 내 마음과 머리카락을 가져가다가 휴지통에 버려다오.

절대 뒤돌아보지는 마라.

잘라낸 내 마음의 상처가 덧날지도 모르니.

그것도 싫다면 그냥 길거리에 버려다오.

너에겐 그것밖에 되지 않으니 나에게도 역시 필요 없다.

성에 차지 않는 사랑은 빠른 이별뿐이다.

그것은 알고나 있니?

나는 여태까지 너의 마음을 볼 수 없었다.

아마도 무리한 만남이었던 듯싶다.

11

바람 부는 날이면 너에게로 가고 싶다.
그냥 바람을 따라가 본다.
바람은 늘 너를 피해간다.
취기 오른 바람도 너를 피해 가는 오후.
어디를 가든 마음에 내키지 않는다.
바람도 바람 나름인 것 같다.
어쩌다가 뜻하지 않은 곳에서 아주 우연히
너를 만나게 될지도 모르겠다.
하지만 달갑지는 않을 것이다.
오늘은 철저히 혼자가 되어 보도록 한다.
익숙한 곳을 벗어나 낯선 곳에 앉아 있는
나를 만나고 싶다.
네가 만약 나를 발견하더라도 낯선 사람이 되어다오.
처음 만나는 사람처럼.
유별나다고 말할지도 모르겠다.
그러나 때로는 그러고 싶을 때가 있다.
설명할 수는 없다.
사실 나도 그런 나를 이해할 수 없기 때문이다.
너는 그런 나를 감당할 수 있을까?

12

삶?

쓰거나 달다.

우린 천연 조미료를 기호에 따라 선택할 뿐이다.

알고 보면 주어진 시간은 그리 많지 않다.

때로는 생각하는 시간보다 훨씬 적을 수도 있다.

그래서 정신없이 달려 본다.

달리기 싫다면 걸어도 좋다.

함께 달리거나 걷는 것도 좋겠다.

규정은 없다.

멈추지만 않으면 된다.

포기하는 것은 각자의 몫이다.

굳이 완주는 필요 없다.

목적은 얼마나 자신의 삶에 만족하는지, 노력했는지
뿐이다.

삶은 때로는 짜기도 하고 맵기도 하다.

부디 잊지 마시길.

참!

참고로 행복한 맛과 불행한 맛도,

기쁨과 슬픈 맛도 있다는 것을 잊어서는 안 된다.

13

너에게로 가볼 생각이다.

일 년 만이구나.

너는 그곳 그 자리에 있겠지.

항상 너는 변함이 없을 테고.

나를 반겨줄까?

그냥 너는 웃는 사진 속 그 모습 그대로

나를 대해주겠지.

그래. 그냥 보고 싶다.

일 년 전 그날.

나는 참 많이도 울었다.

그러나 안다.

너는 언제나 내 곁에 있다는 것을.

텅 빈 빈자리로 마냥 바라보고 있다는 것을.

무뎌지면 가끔 그리워지는 존재라는 것을.

어울리지 않게 꽃 한 송이에 나의 마음을 담는다.

가까이 있어도 살다 보니 발길이 멀어지는구나.

점점 멀어지겠지.

그렇게 잊히는가 싶다가 외로운 나이가 되면

시도 때도 없이 찾아와 귀찮게 하겠지.

넌 아마 오지 말라고 손사래를 칠 것이다.

서운하다고 말하지 마라.
내가 살아 있는 한 너는 내 가슴에 있을 것이니.
흔적으로 남은 녀석.
흔적으로 남기에는 덩치가 컸던 녀석.
오늘따라 왜 이렇게 긴 한숨이 나는 걸까?

14

그리움이 머무는 오후.
문득 찾아오는 그리움은 때론 간절함을 동반하기도 한다.
시간의 흐름 속에 미련이
희미하게나마 남아 있기 때문일 것이다.
보고 싶다.
너의 흔적을 찾아본다.
오늘 오후는 그리움으로 쪽지를 접어 본다.
울컥,
가슴이 무겁다.
가슴이 시퍼렇게 멍들었다.
미처 전하지 못하고 벤치 위에 올려놓고 온 그 쪽지를
너는 읽었을까?
누군가는 읽었겠지.

미련이 한없이 소심해지는 오늘을 걸었다.
바람에 날아가지는 않았을까?
그렇게 너에게로 갔을까?
하늘도 시퍼렇게 멍든 날.
금방이라도 비가 쏟아질 것 같은데.
그 쪽지는 바람에 나뒹굴다가 읽히지도 못한 채
주눅이 들어 젖어버리고 말겠지.
누군가는 그 쪽지를 아무 이유 없이
밟고 지나가겠지.

15

마음이 허하다.
가슴이 텅 빈 것만 같다.
하루가 빈털터리가 되었다.
언제부터였을까?
어쩌면 늘 그랬는데
오늘에서야 알게 된 것일지도 모른다.
자꾸만 안절부절못한다.
이 불안함은 또 뭐지?
가을을 거닐어 본다.

그러나 자꾸만 배가 고프다.
어쩌면 좋지?
마음의 무게를 잃어버린 만큼
음식을 먹고 또 먹는다.
그래도 채워지지 않는 마음은 먹먹해진다.
차라리 슬픔으로
텅 빈 마음을 채우고 싶은지도 모르겠다.
우울한 것은 딱 질색인데.
웃을 수만 있다면 웃고 싶다.
누구든 나에게로 오라!
나, 몸 개그로 당신을 웃겨줄 테니.
아니면 나를 웃겨줄 사람 없나?
휴대전화의 연락처를 뒤적여 본다.
그러나 마땅한 사람을 찾을 수는 없었다.

16

언제부터 그렇게 집착했던 것일까?
언제부터 그렇게 머물러 있지 못해 안간힘을 쓰고
바보처럼 자신을 숨기려 했던 것일까?
모른다.

언제나 난 숨어 있었다.
있는 듯 없는 듯, 없는 듯 있는 듯.
그러다 보니 세상이 궁금하지 않았다.
다만 존재할 수 있을까가 문제였을 뿐이었다.
그래서 아프다.
생로병사의 사계절이 있다면 나는
두 번째 계절을 걷는 중이다.
앞으로 두 계절이 남았지만 아직은 아니다.
하지만 두 계절이 한꺼번에 올 수 있음을
간과하지는 않는다.
어차피 시간의 절차다.
두려워할 이유가 있다면 그것은 미련이다.
집착이 사라지고 난 자리에 남는 미련이라는 녀석은
집착보다 더 악바리다.
미련 때문에 고통스러울 수도, 평온할 수도 있다.
모든 것은 생각하기 마련인 것을.
왜 나는 훌훌 털어버리지 못하는 것일까?
점점 두려워지는 미련이라는 녀석.
나는 더 이상 녀석과 친해지지 않겠다.

17

두렵다.

언제, 어느 순간에 다가올지 모르는 녀석.

점점 가까이 다가오는 것을 알면서도

녀석의 실체를 파악할 수가 없다.

시간이 흐르면 알 수 있겠지.

가을은 점점 더 잔인하게 끝을 향해 달린다.

무얼까?

녀석의 정체는?

궁금하면서도 나는 녀석을 외면한다.

뒤돌아선다.

덧없이 걷는다.

걷다 보면 그 모든 것을 알게 될 터이니.

지금은 마냥 걷고 뛰고 할 테다.

그러다가 녀석이 오면 나는 감당할 수 있을지 모르겠다.

삶과 죽음의 사이에서 발버둥 치지도 못한 채

숨조차 쉬지 못할지 모른다.

너무 오래되어서 녀석을 잊은 걸까?

아니면 너무 익숙해서 녀석이 무뎌진 것일까?

자랑도 아닌 아픔을 이렇게 꺼내놓고 있다니.

나이가 들면 연약해지는 모양이다.

나의 나약함에 절로 고개가 숙여지는 오늘.
그 녀석이 오려 한다.
그 녀석이 나를 노려보고 있다.
그 눈빛에 나는 주눅이 들고 만다.

18

나를 노리는 녀석.
그건 어쩌면 나 자신일지도 모른다.
툭하면 외면해 버리는 너인 나에게
불멸을 꿈꾸지 못하도록 되새김하는 것일지도.
그러나 나는 언제나 자유로운 영혼이 되고 싶다.
그러나 나인 너를 나는 쓰레기통에 차마 버리지 못한다.
언제쯤 나는 자유로워질 수 있을까?
느리게 아주 느리게 시간의 자취를 따라가 본다.
그런데 왜 이렇게 숨이 차는 것이냐?
시간을 초월하려는 욕심 때문일까?
나는 그저 시간 속에만 존재해야 하는가?
나란 녀석,
그렇게 미련한 존재일까?
오늘도 나는 이곳에 있다.

나는 공간에 있다.

19

녀석이 춤을 춘다.
녀석은 늘 재빠르다.
벌써 내 일상을 배불리 뜯어 먹고 되돌아가려 한다.
그러다가 내일인 오늘이 되면
또 배고프다며 악착같이 달려들겠지.
녀석은 항상 그래 왔고 나도 역시 항상 받아주었다.
바보같이!
내가 춤을 출 수 있는 날은 언제일까?
녀석 아닌 내가!
그래, 녀석을 나라고 생각해 본다.
그러면 차라리 속은 편하겠지.
어쩌면 그러려니 하는 것이겠지.
덩달아 어깨를 으쓱해 본다.
한결 여유롭구나.
그러나 거짓이다.
내가 바라보는 녀석은, 나를 가장한 녀석은
짜인 각본이다.

영화를 너무 많이 봐서 그런가?
아니면 드라마를 너무 많이 봐서 그런 것일까?
오늘은 나만의 춤을 추어야겠다.
거짓 아닌 진실을 보여주겠다.
주인공인 내가 되어야 한다.
뒷방 신세는 내게 맞지 않는다.
당신도 부디 진실을 이야기할 수 있기를.

20

노려본다.
뒤돌아선다.
걸어간다.
다시 되돌아온다.
한숨을 내쉰다.
뒤돌아선다.
너의 어깨는 늘 무거워 보인다.
바보 같으니.
왜 혼자만 끙끙 앓는 것이냐?
다가가려 하면 그만큼의 거리를 두려 하는 녀석.
너 때문에 속 터져 죽겠다.

이 미련퉁이야.

그래도 너는 알지 못한다.

가까이 있어도 알지 못하는 그 사랑처럼.

아스라한 너!

이미 사라진 너!

아직 준비되지 않은 너!

그런 너이기에 나는 너를 놓지 않을 생각이었지만

결국, 놓고 말았다.

네가 나의 손을 잡아주지 않았기 때문에.

나는 더 이상 너의 손을 잡을 생각이 없다.

21

오늘은 멍하니 울고, 미친 듯이 웃었다.

세상은 있는 듯 없는 듯 그런 나를 관찰한다.

세상이 존재하는 한 대상이 필요하기 때문이다.

대상은 많지만

그중에서 나인 나,

내가 그 대상이라는 것은 어쩌면 다행이다.

그렇게 그림자로 남고 싶은 날이다.

그리고 너는

내 대상이 되었다.
그렇게 세상은 대상을 엮어 나간다.
불특정 다수의 대상.
그중에는 영혼을 파는 이도 있을 테고,
사랑을 파는 이도 있을 테다.
수요와 공급이 이루어지는 세상의 다른 단면이
너무도 투박하고 낯설다.
두려움이 나를 채근한다.
어쩌면 더는 견딜 수 없을지도 모르겠다.
그렇다고 포기할 생각도 없다.
점점 내가 아닌 나를 알게 되면서 초라해지는 나.
그럴 때마다 나는 나의 존재에 대한 의문을 느낀다.
평범할 수는 없을까?
그 평범함 속에 숨을 수는 없을까?
평온한 하루가 한없이 절실해진다.

22

문을 닫았다.
마음을 닫았다.
너의 전화를 받지 않았다.

그냥 숨을 쉬고 싶었을 뿐이다.
그나마 다행이다.
또 너에게 이끌리다 보면 오늘도
결국 너인 나이어야 하니까.
그래서 어쩌면 숨 막혀 죽을지도 모르니까!
나를 나에게로 내팽개쳐 본다.
스트레스와 여유가 공존하는 이 순간이
그냥 좋다.

23

내 마음속에 품은 너는 달이 되었다.
너를 보려는 순간,
하필이면 그때 구름이 지나가고 있었다.
너의 얼굴이 보고 싶다.
자꾸만 보고 싶다.
하필이면 오늘.
비가 올지도 모르겠다.
차라리 후련하게 비라도 내려라.
그리하면 울어도 너는 모를 테니까.
나는 그 빗물을 손으로 오그려 담아 다시

내 가슴에 그리움으로 채우겠지.

나는,

바보 같은 녀석이다.

실컷 울고 말 것을.

그랬다면 그리움 같은 것은 남아 있지도 않았을 것을.

너의 마지막 편지를 펼친다.

오래된 이야기.

아직도 선명한 너의 글씨체.

너를 닮아, 너의 얼굴을 닮아, 너의 성격을 닮아

버릴 수 없었던 그 편지.

남은 것은 그것뿐이다.

편지는 내 가슴에 담겼다.

'이쁨'이라는 말을 너는 자주 썼었다.

24

비가 오면 생각나는 너.

우산을 들고 서 있던 너의 모습.

바로 엊그제 같은데.

너는 어른이 되었다.

그때도 그랬다.

그러나 항상 어른이었던 것은 아니었다.
어린아이가 되어 눈물을 글썽일 때가
더 어울렸던 것 같은데.
지금 뭐하니?
바보.
너는 버스가 올 때까지 나를 감싸주었다.
그리고 결국 네 차례가 되자
너는 우산을 남겨놓고 떠나버렸다.
잘된 일이다.
아니, 아픈 순간이다.
나는 그때를 아직도 기억하는데
너는 어떨는지?
기억이나 하고 있을는지?
내가 다가서면 아플는지?
그리워할는지?
왜 갑자기 불공평하다는 생각이 드는 걸까?
나도 그때 버스에 올라야 했다.
마지막이라는 걸 알았다면 그랬을 것이다.
인생은 정말 모를 일들이 많다.

25

107-135.

너는 숫자로 남았다.

너를 바라보고 있자니

지난날의 잔상들이 스쳐지나 간다.

잘 있는 거지?

그런 거지?

너는 흐름 속의 멈춤이다.

나도 가끔은 너에게로 다가가 멈추고 싶다.

오늘처럼.

그래, 어쩌면 넌 바람이 되었는지도 모르겠다.

너는 비가 되었는지도 모르겠다.

너는 눈이 되었는지도 모르겠다.

그러나 너는 결국 슬픔인 것을.

그러나 너를 누군가는 기억하고 있음을

잊지는 마라.

네가 있어서 좋았다.

너는 아마 나비가 되었을 것이다.

바람 따라 훨훨 날아다니다가 흩어지고 마는.

서럽다 하지 않겠다.

부럽다고 할 수도 없다.

스스로 미약해지는 나를 보면 너는 실망할 테지만
한 마디 용기는 빼먹지 않고 해 주었겠지.
미안하다.
이제는 삶을 얕보지 않겠다.
슬픔도 간직하지 않겠다.
당분간 앞만 보고 가겠다.

26

분명 함께 있었다.
마주할 때는 몰랐었는데.
그런데 너는 내가 가기엔 너무 먼 곳에 있다.
네가 없는 이 자리는 너무 쓸쓸해서
다시 오지 않으려 했지만
그리움은 어쩔 수 없는 모양이다.
그리움과 미련은 곧 추억이 되겠구나.
문득 떠오르는 잔영들처럼.
기억이, 추억이 흐릿해질 즈음
아마도 나는 너의 곁에 있겠지.
사랑해서 아픈 날이다.
그리워서 자꾸만 가슴이 멍든다.

살아서 부끄러운 것이 아니라
혼자여서 속상하다.
누군가도, 누구의 누군가도 그래서 아픈 것을.
많은 사람의 슬픔이 있는 곳!
아픈 사연만 있는 곳.
천천히 방명록을 읽어 내려간다.
너의 이름을 적을까 하다가 포기했다.
무슨 말인가를 쓰려다가 말았다.

27

보고 싶어 무작정 걸어왔다.
그냥 무작정 네가 오기를 기다린다.
알면서도.
빈자리.
그 자리에 누군가는 웃고 가고,
누군가는 울고 가고 또 누군가는
온전히 쉬었다가 가겠지.
그래서 그 벤치가 그곳에 있어야 하는 이유인 것을.
너는 알았을까?
그래서 그 벤치를 지나치지 못하고 쉬었다가

가곤 했던 것일까?
가끔 와서 쉬어가라고 네가 마련해준 자리일까?
그래서 난 늘 그 자리에만 앉는다.
누군가 앉아 있다면 기다렸다가
꼭 그 자리에서 쉬어가곤 한다.
차마 낙엽도 외면하지 못하고 쉬어가는 그 자리.
너를 생각할 수 있는 그 자리.
이제는 내 자리.
하지만 소유하고 싶은 생각은 없다.
뭐든 공유하고 싶은 마음이다.
내가 이렇게 쉬어가는 것처럼 나보다 더 힘든
누군가도 쉬었다가 가겠지.
벤치가 이곳에 있는 한!

28

달이 붉다.
작년 오늘도 그랬을까?
나는 작년 오늘 무엇을 하고 있었을까?
작년 내일은 무엇을 했는지 기억이 생생한데.
그런데 작년 오늘은 기억이 없다.

의미 없이 퇴색되어 버린 작년의 오늘을 녹차로 우린다.
아마도 너에게 전화를 했을지 모른다.
전화했다면 취중이었을 것이다.
아마 수도 없이 전화했겠지.
전화기를 꺼놓은 줄도 모르고
밤이 새도록 전화를 했을지도 모르겠다.
끈질기게 이별을 부정했겠지.
속절없이 너를 탓했겠지.
다음날 한없이 후회했겠지.
다시는 전화하지 않겠다고 다짐을 하고 또 했겠지.

저린 가슴처럼 붉은 달!
피눈물에 확장된 공간!
너의 그 동공이 어쩌면 이리도 친근할까?
이 와중에도 색색으로 그려지는 내 삶이 추레한 날.

29

맑은 것도, 흐린 것도 아닌 흐름이 지속하고 있다.
이러다가는 정체성을 잃어버리고 말 것이다.
스스로 장황한 설명만 할 뿐 본질을 꿰뚫지는 못한다.

정답도, 해답도 없는 현실의 흐름이다.

그래 이대로는 안 된다.

흐름을 잠시 멈춤으로 전환해 본다.

언제나 흐르는 것은 아니다.

그러나 언제까지나 멈추는 것도 아니다.

하지만 지금은 멈춘다.

과거도 멈춘다.

아니다.

과거도 흐름 속의 잠시 멈춤이다.

나름 과거도 흐르기 때문이다.

시간이라는 그 동굴을 걸어야 하는 것이

나의 숙명이다.

거스를 수 있다면 얼마나 좋을까?

살아가야 하는 것은 운명이다.

거부해서는 안 된다.

결국에는 포함되어야 한다.

30

알 수 없는 일이다.

왜 이렇게 허전한지 모르겠다.

허전함 이외에는 아무것도 느껴지지 않는다.

허전함은 통증을 동반한다.

그래, 너는 통증이다.

이별 이후 늘 그랬다.

그 통증을 지우개로 지우고 싶은 날이다.

그러나 사랑했음을 부정하고 싶지는 않다.

아파야 한다.

속절없음도 받아들여야 한다.

의미가 없어질 때까지.

그래야만 더는 덧나지 않을 터.

자꾸만 나를 외면한다면 나는 어느 길,

어느 즈음에서

더 큰 후회를 하게 될지도 모른다.

차라리 지금 아파하자.

상처가 곪아 터지는 한이 있더라도 지금 이 순간

아파하고 서러워하자.

그러면 더 성숙해질 수 있는 것을.

그렇게 받아들이는 것이다.

두려워하지 않는 것이 이기는 것이다.

31

울렁거린다.

어지럽다.

걸을 수가 없다.

반드시 쓰러질 것만 같다.

꼭 죽을 것만 같다.

이런 일련의 반응이 나를 잠식 시키고 있다.

세상이 그렇고 내가 그렇다.

세상은 지금 공황장애 중이다.

약을 처방해도 그때뿐이다.

세상 속의 삶은 어려운 일일까?

아니다.

조금만 버티자.

바로 저 앞까지만.

아니다.

그냥 이 자리에 쭈그려 앉아 쉬어가자.

우기고 가다가 쓰러지면 더는 일어설 수조차

없을 터이니.

세상에 아직은 내가 있어야 하니까.

32

소리 없음.

그런데 왜 메아리가 들려오는 걸까?

환청인가?

익숙한 목소리.

점점 선명하게 들려온다.

뒷걸음질 치지만 소용이 없다.

메아리가 나를 점점 짓누른다.

아! 숨이 막혀온다.

도대체 네 존재는 무엇이냐?

다가가면 사라지고 마는 소리 없음.

정적!

그 속의 또 다른 꿈틀거림!

누군가는 꼼짝거리지 않는다.

얼음이 녹는 소리일까?

아니, 그저 소리 없음이 좋겠다.

33

나에게서 너를 보았다.

꽤 익숙해져 버린 너.

언제부턴가 나는 너를 닮아가고 있었다.

그리고 이별 후에야 그것을 알았다.

조금 더 일찍 알았더라면.

미련조차 남기지 않기 위해 불태워 버렸지만.

이런!

그래도 남아 있음을 잊었다.

너는 재가 되었고 내 기억도 재가 되었다.

그래서 끝난 줄 알았다.

하지만 사라지는 것은 없다.

반드시 흔적을 남긴다.

나에게서 너는 지울 수 없는 한 부분이 되고 말았다.

네가 원망스럽다.

너의 손을 놓지 않을 걸 그랬다.

너에게 다시 손을 내밀지 못하는 내가 부끄럽다.

자존심 때문만은 아니다.

이제는 자신이 없기 때문이다.

너를 책임질 수 없음이다.

나는 나를 다시금 돌이켜야 할 의무가 있다.

34

걷고, 달리고, 쉬고.

일상이 그렇고 삶이 그렇다.

그래서 사람들은 여행을 떠난다.

되돌아와야 한다는 부담을 떠안고.

삶이 그러한 것을 어쩌랴.

그냥 즐겁게 받아들이는 수밖에.

살아 있음이 그 얼마나 소중한 것임을

망각하지만 않으면 된다.

그래서 쉬고 또 쉬고 싶다.

그동안 나는 네가 되고, 너는 내가 되고 그리하여

하나가 되고 싶다.

이제는 외로워서 못 살겠다.

그냥 징징거려 본다.

바보같이 보여도 좋다.

사람은 완벽할 수 없으니까.

그냥 그 자리로 되돌아와 있으면 되니까.

술에 취해 본다.

그것도 나름 여행이다.

사랑이면 더 좋았을 것을.

취기가 나를 장악하는 순간 나는 내가 아닌

또 다른 내가 된다.
다음날 숙취에 머리가 아프겠지만.

35

빌딩 사이에 아슬아슬하게 걸린 달.
갑자기 이 별이 외계 행성처럼 낯설어졌다.
우주 공간의 어느 낯익은 별로 여행을 떠나고 싶어졌다.
여행자가 된다는 것.
흥미롭지 않은가?
지금은 처박아 두었던 우주선을 수리하는 중.
같이 갈 사람 손들어.
너는 왜 안 들어?
같이 가자?
달이 세 개쯤 걸린 행성으로 우리 같이 떠나자.
우주선이 수리되는 대로 연락할게.
잊지 마!
전화기 꺼놓으면 안 돼!
그냥 우리 훌쩍 떠나자.
그 행성이 질릴 즈음 다시 돌아오면 되잖아.
같이 갈 거지?

싫다면 강요하지는 않겠다.
이 일탈은 이 행성을 여행하는 여행자의 수칙에
어긋나는 일이니까.
어쨌든 우주선은 수리해 놓겠다.

36

달무리가 한없이 넓은 밤.
오늘은 달이 유난히 깊어 보인다.
달은 조금씩 아주 조금씩 지구와 멀어진다고 하는데.
달이 없는 지구를 생각해 본다.
그리고 네가 없는 나를 생각해 본다.
조금씩 아주 조금씩 익숙해지겠지.
그러다가 영영 잊히겠지.
지금 당장은 아니라도 언젠가는 그렇게 될 거야.
태양도 작은 위성 하나쯤은 상관하지 않을 거야.
오늘의 태양도 다 타버리고,
언젠가는 남김없이 다 타버려 어둠만 남겠지.
시간도 없어질 거야.
그래도 누군가는 기억하겠지.
아니, 그냥 흔적으로 남던가, 아니면 흔적도 없이

사라지고 말 거야.

걱정하지 마.

지금은 아니니까.

아직도 시간은 흐르니까 겁먹을 필요는 없잖아.

우리 사랑이나 실컷 하다가 그때 생각하자.

37

달을 중심으로,

하늘을 반으로 가르자 무지개가 떴다.

아래도 위도.

네가 생각나는 밤이다.

너에게 나는 어떤 존재였을까?

씹다가 단물만 쏙 빼먹고 뱉어버린 껌?

어쨌든 나는 한 번쯤 너에게로 다가가 무지개로 뜨고 싶다.

그렇게 네 곁을 서성거려 본다.

아니, 이제는 싫다.

아직 싱싱한 내가 있으니.

너도 거기에서 멈춰라.

그냥 남겨두자.

우리의 만남과 이별은 어차피 존재하는 이유였으니.

또다시 반복할 필요는 없다.

연연할 필요는 없다.

어차피 돌아서면 남인 것을.

그렇게 나는 남의 편이 될 것이다.

세 걸음

1

얼마 동안 이곳에 앉아 있었을까?

흩어지는 무리의 그림자들.

도심의 밤은 점점 취해가고,

점점 시들어 가고,

점점 혼돈 속으로 빠져든다.

그중에 한 조각을 떼어내 씹다가 흐릿해지는 나를 발견한다.

벌써 오늘이 되었구나.

자리에서 일어나 투덜투덜 걷는다.

걷다 보면 알겠지.

다들 걸었던 길이니까.

하지만 나는 그 길을 걷고 싶지 않다.

차라리 방황하는 것이 낫다.

어쩌면 사랑의 오만함이 불러온 결과일지도 모르겠다.

내가 지쳐 쓰러지면 네 책임이다.

그때,

네가 나를 찾았을 때는 그림자만 남겠지.
그 몹쓸 그림자.
편견은 없었으면 좋겠다.
길거리를 방황하다가 집에 들어와 기억을 잃겠지.
지난밤 무엇을 했는지,
누구와 함께 있었는지.
기억을 찾기 위해서 안간힘을 쓰겠지.
그 밤 너는 나를 찾아 밤새도록 헤매었는지 모르겠다.

돌아서면 남이 된다는 것을 잊고 살았다.
활활 불타오르다가 식어버린 열정.
한때는 모든 것을 다 주어도
아까울 것이 없을 것 같았다.
그런데 더는 줄 것이 없어지자
열정은 차갑게 식어버리고 말았다.
아마도 급하게 먹어버린 사랑 때문에 얹혔는지도.
아니다.
배고파서 사랑을 포기했는지도 모른다.
그래서 생각했다.

차라리 그럴 거였다면
영혼을 팔아먹지!
너와 나는 그랬다.
그때는 자신이 없었다.
사랑이 모든 것이 아닌 가난한 시절이었기에.
사랑만 먹고 살 수 있는 것은 아니기에.
그때는 거만하게 이별도 사랑이라고 생각했었지.
모르면서 아는 것처럼.
그렇게 배짱을 부릴 때도 있었지.

3

안경을 벗었다.
모든 가식과 거짓을 보느니
차라리 흐릿함이 나을 것 같아서.
오늘은 그렇게 관심 없이 눈과 귀를 닫을 생각이다.
아쉬움도 미련도 필요 없다.
너도 나를 알고,
나도 너를 알기에.
그리고 같이할 수 없음을 알기에.
그러나 그건 억측이었을까?

아니면 너에 대한 배려였을까?
이 자리에는 서글픈 미련만 남아 있구나.
인연은 없다.
필연도 없을 것이다.
다만 흩어지는 기억 속에 네가 있었다고 하자.

4

너를 그렇게 만날 줄은 몰랐다.
나는 어쩌면 아주 극적인
반전의 만남을 원했는지도 모르겠다.
흐름의 마주침.
복잡하거나 난해하지도 않았다.
무심코 스치고 마는, 미련도 우연도 아닌 외면뿐이었다.
나도 그렇고, 너도 그렇고!
흐름은 그 자체였다.
너도 그렇고,
나도 그러했을 것이다.
아픔을 지니지는 말자.
그리움도 지니지는 말자.
그것이 철 지난 우리의 사랑인 것을.

돌이키지는 말자.
그러나 사랑해!
그러면 된 것이다.
너의 사랑을 부정한다면 나의 사랑도
부정해야 할 터이니.
제발 우리는 젊다고 하지 말자.
너도 그리고 나도 잘살아왔잖아.
우리 미련은 남기지 말자.
오늘은 즐거웠다.
앞으로는 부담스러울지도 모르겠다.
그래도 변함없었다고 말하자.
그러면 그만이다.

5

마음이 연결되지 않는다.
그 끊김을 어떻게 이을까 생각 중이다.
하지만 마땅히 떠오르는 방법이 없다.
그렇게 무의미해졌다.
주고받을 수 없음이 갑자기 두려워진다.
삭막한 바람이 내 심장을 헤집어 놓고 줄행랑친다.

빌어먹을 녀석.
살아 있으므로 견뎌내야 하는 것,
당연하겠지만
그렇다고 손을 놓고 있을 수는 없다.
식은 내 가슴에 공유기를 달아본다.
너를 기다려 본다.
데이터가 떨어졌다면 지금 당장
와이파이존으로 달려가라.
와이파이도 찾을 수 없다면 커피전문점을 찾아
에스프레소 더블샷으로
너를 가져라.
네 삶을!
결코, 놓치지는 마라.
모든 것은 너에게 달렸다.

6

뭔가가 부족하다.
채우고, 채우고, 또 채워도
그 무언가는 채워지지 않는다.
늘 그랬다.

그 부족함으로 어쩔 수 없이
걸어가고 있는 것인지도 모르겠다.
아니 당연히 걸어가야 하는 길인지도 모르겠다.
변함없음이 어쩌면 다행이다.
욕심은 부리지 않겠다.
다만 부족한 뭔가를 알고 싶다.
악어가 나를 삼킬 때 그 흐트러지는 시간의 아픔.
뼈마디가 으깨지는, 살점이 찢겨나가는
상상을 해 본다.
나는 단지 먹이었을 것이다.
시간이 우리를 잡아먹는 것처럼!
우린 어쩔 수 없는 시간의 노예다.
강력한 힘이 함께 하시길!
이를테면 그 어느 영화의 포스처럼.
당신은 체질상 노예가 될 수 없다.

7

오늘은 그닥이다.
지금부터는 별 볼 일 없음이었으면 좋겠다.
그저 스치고 지나가는 시간의 무뚝뚝함을 바라본다.

그렇게 너를 생각하다가 지루해지고 만다.
무표정에 억지로 웃음을 삼켜본다.
그래도 변함없이 그닥이다.
다가가는 것도, 다가오는 것도 싫다.
의미를 담으려 해도 소용없다.
외로움 때문인가?
슬프지도, 기쁘지도 않을 어느 날로 기억될 시간이
안절부절못하고 있다.
어쩌면 좋지?
수면제를 먹는다.
어떡하면 좋지?
잠이 오지 않는다.
하여튼 자자!
악착같이 자보자.
그래도 어쩔 수 없다.
약으로 모든 것이 해결되는 것은 아니다.
그래서 그닥이다.

8

잔잔한 나의 연못에 돌을 던진 너는 누구냐?

내 평온과 안식은 형편없이 일그러지고 말았다.

내 꿈속에까지 들어와 창문을 깨뜨린 녀석.

또 무슨 짓을 할지 몰라 나는 전전긍긍이다.

도대체 너의 정체는 무엇이냐?

너란 존재.

어쩌면 또 다른 나 자신인지도 모르겠다.

그렇지만 나는 너를 받아들이고 싶지 않다.

너는 무서운 녀석이다.

나를 조금씩 뜯어먹다가 결국에는

내가 되어버리고 말 녀석.

들켜버려서 서운하니?

나는 그 누구도 믿지 않는다.

그 누군가가 나라 하여도 나는 절대 믿지 않을 것이다.

특히 너는 더욱 믿기 어려운 녀석이다.

서운해도 어쩔 수 없다.

너를 하루도 빠짐없이 감시해야겠다.

9

나의 귀에 대고 누군가 속삭인다.

하지만 나는 무덤덤할 뿐이다.

이제는 그 어떤 속삭임도 나를 설레게 할 수 없다.

이미 찌들고 무뎌진 지 오래다.

그러나 나는 감성 속을 걷고 싶다.

다시는 오지 않을 지금

이 계절의 끝자락에서 지푸라기를 잡아 본다.

점점 숨이 막혀온다.

파고를 몰고 오는 이 답답함.

사랑이 부족한 탓이다.

설렘이 그리운 탓이다.

나를 일깨워 줄 누구 거기 없나?

나는 깊은 숲 속의 잠자는 덧없는 녀석이다.

이제는 깨어나고 싶다.

그러나 나는 방법을 알지 못한다.

이 순간이 어쩌면 가위눌림일지도 모르겠다.

빨리 흔들어 깨워주렴!

빨리 키스를 부탁해!

아, 아무도 없다.

10

능구렁이가 나왔다.
녀석은 진지함을 모른다.
자신이 처해 있는 상황도
무개념으로 모른 체하고 만다.
진즉에 그랬으면
속이 편했을지도 모른다.
아프다고 하소연하다가 결국에는
나 아닌 네가 되어버린 나.

그렇게 슬그머니 담을 넘는 중이다.
자꾸만 부정하려는 나.
이제는 귀담아듣지도 않는다.
누가 말해도 마찬가지다.
자신만 믿는다.
그러다 보니 스스로 만든 창살에 갇히고 말았다.
그 막힌 창살을 능구렁이처럼 넘어다니는 나.
누가 막으랴.
스스로 모난 성격을 감싸는데.
자기 합리화에 언젠가 크게
상처 입을 수도 있다는 것을 왜 애써 감추려는 것일까?

당장은 모르겠지만, 나중에는 알게 될 것이다.
스스로 능구렁이가 아니라는 것을.

11

환절기도 계절일까?
아닐까?
살다 보니 그 모호함이
문득 발걸음을 멈추게 한다.
이것도 아니고 저것도 아닌 어중간의 그즈음.
사랑도 그랬다.
그즈음 어딘가에서 시작되었다가
그즈음 어딘가에서 멈추었다.
그래서 환절기만 되면 시름시름 앓는 것인지도 모른다.
그러나 조급해하지는 않겠다.
상처는 아물기 마련이니까.
상처 없이 삶을 받아들이기에는 너무 여릴 테니까.
환절기도 계절이다.
아파야 하는 그즈음 그 계절.
나에게는 앓아야 하는 계절이다.
앓고 나면 개운해지는 감기처럼.

12

달밤에 그림자가 춤을 춘다.
그러다가 그림자는 발가벗고 달리기 시작한다.
아마도 이맘때였을 것이다.
끝없이 달릴 것만 같았지만 결국에는
그 자리에 주저앉고 말았다.
그림자는 이제 춤을 추지도,
달리지도 못한다.
어느 순간부터 그림자는 일탈을 꿈꾸었다.
내가 이리 가면 녀석은 저리 갔다.
나에게서 떨어져 나가 되돌아오지 않으려는 녀석.
달밤에 녀석을 찾아 헤맸다.
그림자가 욕심이었음을 나는 그 밤 깨달았다.
그리고 녀석을 그 밤에 떼어내었다.
그제야 나는 홀가분하게 깊은 잠을 잘 수 있었다.

13

어느 순간부터 시간은 그리움을 차곡차곡 쌓았다.
자신을 과시하고 싶었을 것이다.

거대한 존재의 힘을 강조하고 싶었을 것이다.
나약함을 인식시키고 싶었을 것이다.
녀석은 그러면 그럴수록 무뎌짐을 이해할 수 없었다.
그리움은 어느새 익숙함으로 변했다.
시간을 뛰어넘고 싶다.
시간을 자유자재로 유영하고 싶다.
그동안 왜 틀에 받혀 있었어야 했는지 모르겠다.
자유형이든, 평형이든, 접영이든, 배영이든, 횡영이든
상관없다.
중요한 것은 시간을 뛰어넘을 수 있는가이다.
뛰어넘을 수 있으면 얼마나 좋을까?
하지만 시공간을 넘나드는 일은 대가가 필요할 것이다.
그만큼 큰 위험도 따를 것이다.
함부로 도전하지는 마시길.
자만하지 마시길!

14

우연히 아주 우연히 낭떠러지 앞에 섰다.
설마 했지만 역시였다.
나는 그 앞에서 망설이는 중이다.

그러다가 그 위에 징검다리를 놓아 본다.
삶이란 아슬아슬한 줄타기다.
떨어지더라도 다시 기어오르면 그만이다.
마음을 가다듬고 한 걸음 내디뎌 본다.
처음이 중요한 법이다.
그 뒤에는 점점 쉬워지는 것이다.
한 걸음 내디뎠을 때의 그 아찔함.
나는 날고 있는 것인가?
떨어지고 있는 것인가?
아니면 주저앉은 것인가?
아련해지는 시간과 공간 사이.
분명 내가 우연히 그곳에 서 있었다.
또다시 그곳에 선다면 망설이지 않겠다.
나 자신을 믿겠다.
절대 떨어지지 않을 자신이 있다.

15

여행 중일까?
어쩌면 나는 시간 여행 중인지도 모른다.
지금의 나란 존재는 과거에서,

또는 미래에서 왔을지도 모른다.
아니면 더 먼 곳에서 왔을지도.
단지 기억하지 못할 뿐이다.
여행은 아직 끝나지 않았다.
이곳에서의 주어진 시간이 끝나면
난 또 다른 곳으로 여행을 떠날 것이다.
이 행성에서의 짧지도, 그렇다고 길지도 않은
시간은 그대로 놓아두어야 한다.
다른 여행자를 위해서.
인정머리 없게도 이 행성의 어느 것 하나
반출할 수 없다는 것이 조금은 안타깝다.
시간 여행자의 수칙이니 어쩔 수 없지.
그때까지 그냥 즐기자!
기념품은 초급여행자의 호기심에 불과하다.

16

이 새벽에 내 임은 소리 없이 다녀가려 했나 보다.
흔적 없이 사라지려는 그림자.
그러지 않아도 나는 알고 있었는데.
발걸음도 숨죽일 필요까지는 없었는데.

모른 척 가만히 귀 기울이다가 문을 열어 본다.
임의 체취가 희미하게 느껴지는데.
임은 가랑비였을까?
첫눈이었을까?
달은 활짝 웃고 별은 총총 빛나는데.
아마도 미련 남겨두고 구름 따라 흘러가셨을 테지.
아니면 서럽게 울다가 지쳐 되돌아갔겠지.
그런 당신이 다녀간 밤은 나도 슬프다.
바라볼 수는 없지만 느낄 수 있어서 더 고약하게 아프다.
왜 먼저 갔는지.
언제까지나 함께 걸었으면 좋았을 것을.
이불을 뒤척이며 속절없이 흐르는 눈물을 소리 없이 닦는다.

17

당신의 그림자를 밟아 봅니다.
그러나 달빛에 드리워진
당신의 그림자는 좀처럼 따라잡을 수가 없습니다.
당신은 설렘으로 다가왔다가
왜 그렇게 서둘러 가는 건가요?
아직도 달은 중천인데 당신의 그림자는 흐릿해집니다.

조금만 더 머물 수는 없는 건가요?
뒤흔들어 놓은 내 마음은 어쩌라고.
혼자 감당하기에 내 가슴은 너무도 빈약합니다.
차라리 다가오지나 마시지.
불쑥 다가와 나 몰라라 가버린 당신.
야속한 사람!
그리워해도 소용없는 사람!
가까이 다가가면 미련은 버리라며 휭하니 떠나는 사람.
언제부터 당신은 그렇게 매정했나요?
정작 나보다도 더 많은 미련을 가지고 있으면서.
그래서 당신의 어깨가 늘 무거워 보입니다.

18

이놈의 몸무게는 종잡을 수가 없다.
순식간에 쪘다가 빠지기를 반복하니 말이다.
변덕스러운 녀석.
언제까지 그렇게 실없는 변덕을 부릴래?
급하게 살이 찌는 것을 보면 날 선 겨울인가 보다.
겨울잠을 자려고 그러나?
어쨌든 생활의 리듬을 찾는 것이 문제다.

당신이 나를 알아보지 못할까 봐 그것이 겁난다.

반가움에 달려갔을 때

나를 알아보지 못하고 지나치는 당신의 뒷모습을 상상해 본다.

엉망으로 변해가는 나.

언제나 반듯한 당신.

겨울잠을 자고 나면 나는 더 형편없어지겠지.

그렇게 당신에게서 점점 멀어지겠지.

지금부터 생활의 리듬을 타본다.

적어도 당신의 기억 속에서 지워지고 싶지는 않기 때문이다.

19

하루살이는 잠을 잘 수 있을까?

꿈을 꿀 수 있을까?

문득 단 하루를 생각한다.

그 하루에 나는 어떤 일을 할 수 있을까?

먼저 본능을 따르겠지.

하루살이처럼!

유충으로 일 년을 살다가 단 하루를 성충으로 사는 하루살이.

그 시작은 본능이다.

내 일상도 본능으로 시작된다.

그 속에 단상이 있을 테고 숨겨진 감성이 있을 것이다.
그러나 나는 왜 그런 것들을 잊고 살아가는 것인가?
하루가 다르게 낯설어지는 나.
하루가 다르게 변해가는 나.
이러다가 그 수많은 하루살이 중의 하나가 될지도 모른다.
처절해야 삶은 아니다.
내가 있어야 삶이 있는 것이다.
나 없는 삶은 무의미할 터.
나는 충분히 나를 보살펴야 할 의무가 있다.
그것이 내 존재의 가치다.

20

무심히 등을 돌리더니
결국에는 소리 없이 떠나버렸다.
나는 과거와 현재를 오가며 시간을 트집 잡는다.
공간을 살짝 비틀어 본다.
어쩌면 돌이킬 수 있는 반전이 발생할지도 모른다.
어쩌면 지금 이 순간에도
미래의 내가 나에게 다가와 있을지도 모를 일이다.
어디에선가 나를 지켜보고 있을 나.

어디에 숨어 있니?

내게 어떤 메시지를 전하고 싶겠지만

시간이 흐트러질까 봐 다가서지 못하는 너.

네 마음 다 안다.

다시 돌아가거라.

미래에서 나 너를 만나게 된다면

한번 호탕하게 웃어 줄 것이니.

나도 흐트러진 시간 속에서 영혼을 팔며 살아가기는 싫다.

21

발끝이 비틀거린다.

감각 없이 제멋대로다.

할 수 없이 주저앉고 만다.

다시 일어서려 하지만 일어설 수가 없다.

어떤 존재가 나를 옥죄기 시작했다.

마치 가위에 눌린 것처럼.

온몸의 감각이 무뎌진다.

내 마음과 몸은 결국 너로 인해 차갑게 식어버렸다.

아니, 다시 시작된다.

비움과 채움.

이제까지는 비움이었고
앞으로는 채움이다.
사랑을 비웠으니 앞으로는 더 많은 사랑을 채워야 한다.
바보처럼 이별로 울지는 않겠다.
울어야 할 나이도 아니다.
네 갈 길은 네가 알아서 가라.
내가 갈 길은 내가 알아서 갈 테니.
돌아갈 이유는 내게 없다.

22

앓던 발톱이 저절로 빠졌다.
앓던 사랑도 시간이 흐르면
내 기억 속에서 자연스럽게 지워지겠지.
대수롭지 않았던 사랑이 되어버리겠지.
그 의미만을 간직하겠다.
지난 사랑을 장식할 필요는 없으니까.
담담하게 걸어가다 보면
기억해야 할 별일이 더 많으니까!
미련은 그저 쓰레기다.
쓰레기봉투에 담아서 내다 버리면 그만이다.

더 무엇이 필요하겠는가?

모질다고 나를 욕해도 좋다.

그러나 이 모두가 네가 자초한 일임을 잊지는 마라.

그냥 너 혼자 비참하면 된다.

구질구질하게 술에 취해 전화하기 있기? 없기?

제발 징징대지는 마.

23

나는 이미 죽었는지도 모른다.

지금의 존재는 내 기억 속의 일부분이

투영된 것인지도 모른다.

현실과 과거와 미래가 공존하는

그 어디쯤에서 나는 타의에 의해 나를 잊지 않으려

안간힘을 쓰고 있는 것인지도 모른다.

과연 그 실체는?

어디엔가 메모리 된 내 기억을

누군가 간직하고 있을 것이다.

아직 폐기되지 않은 나.

나는 그런 나를 과연 찾아낼 수 있을까?

내 기억이 더는 반복되지 않도록 지울 수 있을까?

분명 이곳은 내 기억의 테두리다.
나는 누구의 소유가 된 것일까?
이 엄습해 오는 두려움과 공포.
만약 내가, 내가 아니라면?
있을 수 없는 일이지만 또 있을 수도 있는 일이다.
나는 이미 죽었을까?
나의 존재는 그냥 기억일까?
미처 지워지지 않은 의미!

24

죽음은 무엇일까?
혹 다른 행성으로 가는 관문은 아닐까?
일종의 통로 같은 것.
나는 우리가 영원한 여행자라고 생각한다.
그렇기에 이 행성에서
아주 멋진 추억을 만들고 또 간직하고 싶다.
내가 이 행성을 떠나는 그 날 결코 후회하고 싶지는 않다.
그리고 아무것도 남기고 싶지 않다.
그것은 시간 여행자의 수칙이기 때문이다.
누군가는 나를 기억하겠지.

그 누군가의 누군가도.

하지만 결국 잊히는 것을.

멋진 여행이 되기를 바라며 나는 오늘도 걷는다.

걷다가 버거우면 잠시 쉬어가는 곳이

이 지구라는 행성이다.

생각해 보면 시간이 너무 빨리 흐르는 것 같기도 하다.

나만 그렇게 느끼는 것일까?

25

지금의 내가 아닌 또 다른 나를 찾아본다.

그런데 아무리 찾아봐도 도무지 찾을 길이 없다.

나는 지금 숨바꼭질 중이다.

꼭꼭 숨어라. 머리카락 보인다.

이제는 꼭꼭 숨겨두었던 나를 찾을 시간이다.

더는 시간을 허비할 수 없다.

또 다른 본질을 생각한다.

나와 똑같은 나.

성격까지도 똑같은 나.

이 행성에 나와 같은 내가 존재할 법도 한데.

이를테면 기계 고장을 일으켜

이 행성으로의 여행을 먼저 떠났던 나와 그 후에
출발했던 내가 만나는 일 같은.
있을 수 있는 일일까?
그런 나와 마주쳤을 때 나는 당황하겠지.
그는 아마 나보다 나이가 많거나 어릴 것이다.
그렇다면 이 여행은 가치가 있는 것일까?
없는 것일까?
시간이 복잡하게 흐른다.

26

예전에는 사진 속의 내가 싫었다.
사진이라는 틀에 나를 가두는 것이 싫었다.
그런데 요즘은 왠지 나를 기록하고 싶어졌다.
진즉에 젊음을 기록해 두었으면 좋았을 것을.
젊음이 시들어 갈수록 연연하는 것이 많아졌다.
오늘에서야 선명한 나를 볼 수 있었다.
앞으로는 조금씩 흐릿해지겠지.
노안이 오는 것처럼 그렇게 자연스럽게
흩어지고 싶다.
그럴수록 연연하는 것이 많아질지도,

줄어들지도 모르겠다.
나는 오늘 욕심을 한 가지 지웠다.
나에게 남은 욕심이 많기에
한 가지쯤 지워도 망설여지지 않는 날이다.
그렇게 욕심을 줄이며
나는 욕심 없이 걷고 싶다.
그러면 미련 또한 남김 없어질지도 모를 일이다.
미련이 없다는 것은
이제 준비되었다는 말이기도 할 터이다.

27

낙엽이 가냘프게 흩날린다.
옷은 갈아입었지만 달아나는 계절이 아쉬워
그 뒷모습만 멍하니 바라본다.
그 앞을 가로막고 생떼라도 부리고 싶은 지금.
마음이 차갑게 식어 버리는 것만 같아 쓸쓸하다.
낙엽은 발걸음을 사각사각 설레게 하고 나는 걷는다.
걷다 보면 알겠지.
내 삶의 의미를.
스스로 자책하거나 우울하게 만들지는 않겠다.

다만 시간을 알고 싶을 뿐이다.
왜 시간을 걸어야 하는지?
왜 우리는 만남과 이별을 반복해야 하는지.
나뭇잎은 헌 옷이 되고, 낙엽이 되고
시간을 쌓아간다.
나도 그런 존재일까?
우리도 그런 존재일까?
나도 시간에 가냘프게 흩날린다.
그냥 나 자신을 맡겨본다.
그렇게 시간이 흐르면 알 것이다.
자연스럽게 알 것이다.
그래도 궁금하다.
이놈의 호기심은 어쩔 수 없는 모양이다.

28

태엽을 감는다.
그런데 좀처럼 움직이려 하지 않는다.
황소고집도 그런 고집이 없다.
황소의 뿔처럼 성나게 버티려는 녀석의
뒤통수를 냅다 갈긴다.

그러자 금방이라도 눈물을 흘릴 것 같은 커다란 눈으로

나를 바라본다.

녀석이 측은해 어깨를 토닥여 준다.

언제부터 멈추어 있었던 것일까?

그래서 그토록 걷고 싶어 앙탈을 부렸나 보다.

나도 언젠가는 멈추겠지.

그럼 누군가 멈춘 내 영혼을 다시 감아줄까?

그럴 일은 없을 거다.

영생을 꿈꾼다는 것.

허황한 일이다.

시작이 있으면 끝도 있는 법이다.

편의대로 만들어 놓은 시간도 언젠가 멈추겠지.

영원히 존재하는 것이 있을까?

29

내 임은 어디로 갔을까?

떠나겠다고,

다시 오겠다고 했던 것도 아닌데

왜 나는 여기에 서 있나.

온전히 보내주어야 함을 알면서도 기다리는 건,

임의 발자취를 따라 한없이 걷는 건 무슨 심보일까?
아마도 어느 곳에선가 내 생각 한 번쯤은 하겠지.

아니면 말고.
중요한 것은 아직도 기억하고 있다는 것이다.
언젠가는 잊히겠지.
그래도 원망하지 않기.
잠시나마 우린 서로의 일부분이었으니까.
책임지지 못할 만남은 욕심일 뿐이니까.
가까이하기에는 너무 많은 시간이 지났으니까.

30

새벽인데도 초승달은 아직 초저녁이다.
곧 태양이 떠오를 터인데
무슨 생각으로 그렇게 골몰하고 있는지 모르겠다.
나처럼 게으른 탓인가?
아니면 쉬어가는 것에 익숙해진 탓일까?
녀석이 왜 이리 측은해 보이는지 모르겠다.
하지만 그 느긋한 배짱이 부럽다.
녀석을 따라 나도 걷는다.

너의 그림자가 되어 본다.
그렇다고 너를 훼방하고 싶지는 않다.
너는 너대로 가라.
나는 나대로 갈 테니.
그러다 보면 어느 즈음에서 우리 서로를
이해할 수 있지 않을까?
나도 오늘은 느긋해질 요량이다.
너의 생각을 읽어 볼 생각이다.

31

어깨가 바닥에 힘없이 주저앉는다.
더는 걷지 못하고 한숨만 길게 내쉰다.
아침을 차곡차곡 걸어 지금으로 왔다.
그러나 지금은 또 다른 지금이 차지할 것이다.
미래는 현재가 되고
현재는 과거가 되는 순간이 바로 지금이다.
속절없이 흐르는 것.
흐르다가 메마르지 않는 한 계속해서 흐를 테지만
어느 한순간 멈출지도 모른다.
그 멈춤을 가늠할 수 없음이 안타깝다.

아직 내 시간이 흐른다는 것이 다행이다.
어느 공간에 갇혀 흐름 없는 멈춤이 되고 싶지는 않다.
멈춤을 나 스스로 정할 수 있으면 어떨까?
하지만 알 수 없는 것이 삶이다.
어쩌면 그것이 나름 묘미일지도 모르겠다.
스릴일지도 모르겠다.

32

흐름을 억지로 멈출 수는 없다.
그렇다고 덩달아 흘러가야 할 이유도 없다.
갑자기 핸드드립 커피가 내 발길을 잡는다.
그러나 이 시간에 핸드드립 커피를 파는 집이 있을까?
아른거리는 커피의 그윽한 향기.
나는 할 수 없이 그리움을 담아 녹차를 우린다.
오늘은 원두를 사야겠다.
그 그윽함을 마셔야겠다.
녹차는 녹차대로, 커피는 커피대로 나름의 풍미가 있다.
내 삶도 또렷한 향기를 지녔으면 좋겠다.
익숙하지도 낯설지도 않은 특유의 향기.
그 향기를 가득 담아 너에게 주고 싶다.

네가 싫어하지 않았으면 좋겠다.
그 향기에는 진실함이 담겨 있을 테니까.
그 향기를 움켜쥘 수 있는 사람이 너였으면 좋겠다.
조용히 앉아 내 가슴을 열어 본다.

33

내 몸에서 살포시 문을 열고 나와
내 몸을 천천히 살펴본다.
그러다가 코를 맞대어 본다.
물론 눈 맞춤은 있을 수 없다.
이 녀석 얼굴은 아주 크구나.
자신이 하는 일이 모두 옳다고 여기는 녀석.
한 치의 물러섬도 없이 고집을 부리는 녀석.
그래 너 잘났다.
언제까지 그러한 너를 마주할 수 있을까?
보면 볼수록 못생긴 얼굴.
녀석은 마음이 고와야 진짜 아름다움이라고
우기겠지만 그건 녀석의 오만이다.
편견으로 가득한 네게서 예쁜 마음이라니.
실없이 웃음만 나온다.

언젠가 네게서 나는 떠나겠지.
그리고 넌 차갑게 식겠지.
울컥 쏟아지는 슬픔.
그래, 난 녀석이 못생겨도 좋다.
나는 다시 너의 몸속으로, 나의 몸속으로 스며든다.

34

무엇을 할까?
나는 올 초에도 그런 생각을 하며 계획을 세웠지만
지켜진 것은 없었다.
지금이 문제다.
그러나 지금도 당장이다.
이런 식으로 무엇을 할 수 있을까?
문자를 나열하고 모으기를 반복한다.
그러나 문장은 자꾸만 흐트러진다.
아니 항상 그랬다.
나에 대한 문장을 나는 언제쯤 완성할 수 있을까?
어쩌면 흐지부지되어
그 날을 맞이하게 될지도 모를 일이다.
자꾸만 초췌해지는 모습!

그것이 나에 대한 문장의 전부일지도 모르겠다.

나를 움켜쥔다.

손에서 흩어지는 모래!

내게는 한 줌의 모래도 존재하지 않는다.

그저 허무해지는 순간,

너에게 달려가 내 모습이 어떤지 물어보고 싶다.

35

시간의 맛은 어떨까?

그러나 미각이 무뎌져서 맛을 느끼지 못한다.

무미건조한 맛,

조미료에 익숙해진 맛.

한순간 나를 깨울 수 있는 맛은 없을까?

내 일상의 맛은 틀에 박힌 곱빼기도 아닌 보통이다.

오늘은 어떤 맛일까를 상상한다.

그러나 마땅히 떠오르는 맛은 없다.

삶의 미각을 잃는다는 것은 슬픈 일이다.

오늘은 새콤달콤한 맛이었으면 좋겠는데.

그저 바람이다.

아! 어쩌면 나는 오감을 느낄 수 없는지도 모르겠다.

일상이 모두 같은 맛이다.
느낄 수 없는 맛.
비로소 나를 찾을 때 나는 오감을 되찾을 수 있을 것이다.
나 자신도 찾을 수 없는 복잡한 무뎌짐!
색다른 맛을 느끼고 싶다.
자고 일어나면 미각을 느낄 수 있을까?
누군가는 자고 일어났더니 세상이 달라 보였다는데.
그것까진 바라지 않는다.

36

시간이 온통 사방으로 흩어진다.
정신이 맥없이 흐트러진다.
그래도 세상은 아무 일도 없었다는 듯이 흘러간다.
잊히는 건 현실일 뿐이다.
그리고 기억 저편으로 누군가는 사라져 가고
누군가는 다가온다.
그렇게 채워지고 그만큼 지워지며 세상이 유지된다.
지워진다고 해서 의미가 없다는 것은 아니다.
충분히 있어야 할 가치가 있었기 때문에
존재했을 터이다.

부정도 긍정도 온전히 내 몫은 아니다.

잊히는 현실의 몫일 수도 있다.

37

눈을 감는다.

귀를 닫는다.

그러나 정적은 없다.

자꾸만 머릿속에서 뭐라고 주절거린다.

실성한 듯 까르르 웃기도 하고 엉엉 울기도 한다.

장단을 맞추기가 힘들다.

이 오후는 어디로 향하는가?

오늘은 네 장단에 맞추겠다.

나를 어디든 데려가 다오.

그것도 싫다면 그대로 멈춰다오.

아무것도 하기 싫다.

너도 그대로 멈춰라.

숨 쉬는 것조차도 버거운 날.

차마 한숨도 나오지 않는다.

그냥, 오늘은 그냥이다.

네 걸음

1

이 계절에는 왜 이유 없이 외로운 것일까?

하릴없이 캐럴이 울려 퍼지고

커피의 은은한 향기를 나는 멍하니 바라본다.

마주할 사람 없이.

이 시간에는 무리겠지.

젊음을 바라본다.

그때는 뭐가 그리 좋아 몰려다녔을까?

그 친구들은 지금 어디에 있을까?

가깝고도 아주 먼 시간.

그 어디쯤인가를 걷는다.

걷는데 꼭 이유가 있어야만 하는 것은 아니다.

걷고 싶을 때 걸으면 그만이다.

망설일 이유도 없다.

다가서면 만날 수 있는 추억이라고 생각했다.

그러나 지금은 그 추억들이 점차 희미해진다.

이러다가는 기억 속에서 모두 지워지겠지.
아니, 흔적은 남아 있겠다.
이 계절에 외로워지는 탓이다.

2

나도 언젠가는 잊히겠지.
지워진다는 것,
어떤 기분일까?
내가 없을 그 빈자리에 살며시 서 본다.
어쩌면 일방적으로 삭제되는 것은 아닐까?
폐기처분당하는 것처럼 서러운 일은 없을 터.
누굴까?
이 세상을 움직이는 존재.
그를 만나고 싶다.
바둑판 위에서 나를 쥐락펴락하는 그 존재.
일방적으로 삭제당하기는 싫다.
그러나 그에게 부탁하고 싶은 마음 또한 없다.
나는 평범하게 흐르다가 말 것이다.

3.

사방이 벽이었다.
앞으로도, 뒤로도, 옆으로도 갈 수가 없었다.
언제부터 벽이 존재하기 시작했는지는 모르겠다.
너와 나 사이에,
우리 사이에.
알면서도 나는 결국 벽을 허물지 못했다.
지금 생각해 보면 그저 헛웃음만 나오는 자존심이었다.
우라질.
자존심이 밥 먹여주나?
서로 한 발짝씩 뒤로 물러섰다면
부딪히는 일도 없었을 텐데.
이미 때늦은 후회다.
미련을 남기기에는 너무 많은 시간이 흘러버렸다.
가끔 꺼내보면 될 일이다.
그리워할 일도 아니다.

4.

결국에는 멈추어 버리는 시간.
이 시간이 흐르면 지난 시간은
어차피 과거나 추억으로 멈춘다.
그러니까 나는 순간순간 멈추는 것이다.
멈춤을 망각하고 흘러가기만 하는 나.
잠시 멈춤에 귀 기울여 본다.
무뎌진 탓일까?
아! 아무 소리도 들리지 않는다.
다시 귀 기울여 본다.
아무 소리도 들리지 않는다.
여기는 잠시 망각의 샘이다.
여기에 기억하고 싶지 않은 것들을 내려놓는다.
그리고 숫자를 거꾸로 센다.
3, 2, 1.

5.

누군가 서성거리는 소리에
귀 기울이고 망설이다가 문을 열어보았다.
환절기의 변덕이 자욱하게 비를 몰고 와서
투덜거리는 중이다.
그 누군가가 그대였으면 했는데.
그대는 이미 소리 없이 다녀갔는지도 모르겠다.
그대의 흔적을 찾아 이제는 내가 서성거린다.
우리는 왜 다가서지 못하는 것일까?
서성거리던 흔적에 왜 이렇게 가슴이
찢어질 듯 아픈 것일까?
사랑이 그렇게 큰 욕심이었을까?
아마 당신은 그렇게 계속 서성거리겠지.
시간 속에 갇힌 당신을
나는 그렇게 계속 바라보겠지.
다시 만날 수 있었으면 좋으련만.
그럼 다시는 후회하지 않을 자신이 있는데.
역시 안 되겠지?

6.

오늘의 날씨는 눅눅해진 새우튀김이다.
오늘을 두 번 튀겨 볼 생각이다.
바삭하게 살아나
식욕을 불러일으킬지는 아직 의문이다.
그래도 오늘을 주저하지 않고 맛있게 먹어 볼 생각이다.
당신의 메뉴는?
부디 오늘을 아낌없이 드시길.

7.

이리 몰리고 저리 몰리다가
결국에는 또 이리 몰리고 또 저리 몰린다.
관심이란 다시 무관심이며 또 관심거리가 된다.
그러고 보면 그냥 호기심이다.
새로운 것에 대한 설렘,
욕심 같은 것.

그래서 나는 항상 불륜만 꿈꾸다가 만다.

옷에 대한,

전자제품에 대한,

너에 대한.

꿈꾸는 것은 자유다.

꿈이 현실이 되었을 때 너에 대한 불륜은

죄책감으로 힘들 것이다.

어쩌면 영원히 소유하지 못할지도 모른다.

모든 것을 잃을지도 모른다.

그러고 보면 꿈꾸는 것은 헛된 망상이다.

나에게로 다가가기 힘든 아침을

맞이하게 될지도 모를 일이다.

8.

안갯속을 걷는다.

무작정 너에게로 가는 중이다.

하지만 나는 또다시 길을 잃었다.

다가가려 하면 점점 희미해지고 마는 너.

그래서 나는 너에게로 갈 수가 없다.

존재하지 않음을 부정하려고만 하는 나.

그리고 그냥 웃는 너.

산산이 흩어지는 골목길!

어둠처럼 내려앉은 안갯속에 주저앉아버린 나.

방향을 가늠할 수가 없다.

너를 생각하며 걷다 보면 나는 왜

길을 잃어버리는 것일까?

그래도 안개의 이 포근하고

촉촉함이 나는 좋다.

네가 안개인 것처럼 느껴지는 이유는 뭘까?

한 치 앞도 보이지 않는 데 말이다.

벌써 너에게로 온 것일까?

그래, 안개가 되어버린 너.

또다시 흔적도 없이 사라지겠지.

9.

내 속의 또 다른 너.

오늘은 내 눈치 볼 것 없이 네 마음대로 즐겨라.

대신 같이 놀아달라고 보채지는 마라.

내 몸 사용 시 주의사항.

첫째, 술 먹이지 말 것.

둘째, 혼자 두지 말 것.

셋째, 휴대전화는 빼앗을 것.

넷째, 신용카드나 현금은 압수.

자, 어디 마음대로 사용해 보아라.

아마도 시시해서 데리고 나갈 엄두가 나지 않을걸!

내 속의 또 다른 너.

결국, 너를 움직일 수 있는 사람은 오직 나뿐이다.

투덜대지 마라.

이제 너의 본심쯤은 어느 정도 파악하고 있으니

섣불리 나대지 마라.

내가 바로 너의 주인임을 명심해라.

10.

입술 사이로 살짝 묻어나는

아이스 아메리카노의 흐름이 좋다.
상대 없는 흐름이기는 하지만
한적한 여유를 가질 수 있음이 반갑다.
꾸밀 필요도, 억지로 만들 필요도 없는
온전함에 젖는다.
다가가려, 혹은 다가오려 하는 움직임을 지금은 거절한다.
지금을 느낀다.
지금을 즐긴다.
때론 혼자임이 좋다.
대화도 필요 없는 시간.
더 무엇을 바라겠는가?
한낮의 이 여유로움에 흠뻑 젖어보자.
행인들의 시선을 의미 없이 따라가다가
멈춘다.
묘연해지는 행방들.
저들의 바쁜 걸음은 이 순간 사양하겠다.

11.

오늘도 나는 오늘의 의미를
인정하거나 반문하는 섹스를 준비한다.
오늘과의 교미는 오늘이라는 내일을 낳는다.
세상의,
시간의 번식 과정은 매우 단순하면서도 복잡하다.
내일은 계속해서 오늘이 된다.
그래서 오늘은 내일이다.
우리는 항상 내일을 살아간다.
그러나 오늘만을 살아가는 이들도 있다.
조급하거나 성질 급한 사람들.

12.

별일이 다 있고 별의 별놈도 다 있다.
오늘은 그것을,
그놈을 메뉴에 추가시킨다.
별놈은 아침부터 잘근잘근 씹어 뱉을 것이고
별일은 심심할 때 간을 볼 생각이다.

그리고 저녁 메뉴로는?
뭐 여의치 않으면 한 끼 건너 다음 한 끼를 먹으면 되지.
그러고 보니 요즘에는 하루에 세 끼를
먹어 본 적이 없다.
아침 겸 점심을 먹고 그것도 귀찮으면
아침 점심 저녁을 없애버리기도 했다.
그렇지만 오늘은 그 모두를 소화해 볼 생각이다.
맛이 그리운 시간이다.

13.

존재?
의미?
이 행성에서는 다양한 일들이 벌어지고 있다.
그 대표적인 틀이 바로 시간이다.
모든 것은 오직 그 위에서 직선으로 흐른다.
왜 부정하려 하지 않는 것일까?
왜 허물지 못하는 것일까?
순종적으로 변해버린

이 행성의 생명체들이 모두 낯설다.
나도 점점 낯설어진다.
너도 점점 낯설어진다.
이러다가 우리는 서로를 알아보지 못할지도
모르겠다.
옷깃을 스치고 지나가면서도 서로를 알아볼 수 없게
된다면 얼마나 서러울까?
시간은 기억 일부분을 포함하고 있지만
앞으로 걸어가는 속도가 빠르기에 오래된 기억들을
조용히 지운다.
시간이 없어진다면 세상은 어떻게 변할까?
혼돈 속에 빠지던가, 아니면 나름대로 제각각
흘러가겠지.
나는 오늘도 시간을 걷는다.
마치 꼭두각시 인형처럼.
시간의 틀이 두려워지는 순간이다.

14.

어쩌면 시간은 머무는 것인지도 모르겠다.
살아간다는 것도 머물기 위함이 아닐까?
과거와 현재,
그리고 미래는 머무는 곳이다.
그러나 그 머무름을 기억하는 건
실제로는 없음일지도 모르겠다.
없음!
가상의 공간이며 저장된 형상이 투영되는 일종의 게임 같은.
누군가는 우리를 지켜보고
우리는 그들의 의도에 따라 행복과 불행을
맞이하게 되는 연출되는 삶일지도 모른다.
그들은 우리를 드라마나 영화처럼 보고 즐기겠지.
그러다가 마음에 들지 않으면 삭제하거나 채널을
돌리고 있을지도 모를 일이다.
그들이 막연하다.

15.

시간은 있음이거나 없음이다.

나의 존재도,

너와의 사랑도,

그리고 삶도 마침표를 향해가는 과정일 뿐이다.

결국에는 그 모든 것이 없음인지도 모른다.

그것이 이 행성의 규칙이다.

어차피 흐르고 나면 없어지는 것이 우리의 존재니까.

짧고, 길고의 문제가 아니다.

우리는 공간을 유영하는 존재인지도 모르겠다.

아니, 공간에 갇혀 시간을 반복해서 걷는

형벌을 받는 중인지도 모르겠다.

아니면 프로그램화되어 유저의 의도대로 기억이 지워지거나

아니면 폐기되지 못하고 펫이 되어버리는

존재일지도 모르겠다.

소름 돋는 오후다.

16.

소리, 소리, 소리.

나름의 대화를 시도하지만 듣고 싶은 소리만 듣는다.

그래서 잊히는 소리는 수없이 많다.
오늘을 시작하면서 처음으로 들은 소리는?
그러려니 일상이 시작된 것은 아닐까?
귀 기울여 본다.
소리에는 나름의 민감함이 섞여 있다.
싫은 소리도 때로는 소중한 소리가 된다.
무시해버린 소리에 미련이 남을 때도 있다.
클래식도 때로는 잡음이 될 수 있고
개 짖는 소리도 반가울 때가 있는 법이다.
소리를 차분하게 되새겨 본다.
나는 그동안 어떤 소리에 민감했을까?
나는 어떤 소리를 좋아하고 또
어떤 소리를 좋아했을까?
소홀했던 소리의 꽁무니를 따라가 본다.
그 끝에는 분명 누군가가 서 있을 것 같은데.

17.

차 빼라는 소리를 악착같이,

싸울 듯이 지르던 여자.
봉변을 당할까 봐 사람들은 그 집 앞에 주차하지 않았다.
그런데 언제부턴가
그 소리가 들리지 않았다.
오늘에야 알았다.
그녀가 죽었다는 것을.
그녀의 소리도 함께 사라졌다.
왜 그 소리가 그리운 걸까?
왜 그녀가 보고 싶은 것일까?
그녀와 술을 섞었던 적이 있었다.
그녀는 억척스러웠고 나름대로 목표도 있었다.
아들도 잘 키워 육군사관학교에도 보냈다.
그때는 중위였다.
지금은 어떤지 모르겠지만
그녀는 사라졌다.
악성종양이라고 했는데 그렇게 쉽게 갈 수 있는 걸까?
우리 아버지도 판정을 받고 한 달 만에 그
먼 길을 가셨다.
미련 따위 남기지 않고 가셨다.
우리 아버지도 목소리가 컸다.
쩌렁쩌렁 울릴 정도로.
그 소리는 어디에서 또 울려 퍼지고 있을까?

18.

나타났다가 사라지고,
사라졌다가 다시 나타나는 녀석.
항상 제멋대로 움직이는 것 같아도
녀석이 정한 규칙은 있다.
하지만 왜 이렇게 불안한지 모르겠다.
무소식이 희소식이라지만 세상은 그렇지 않다.
사라지면 무뎌지면서 잊히는 것이다.
녀석은 알까?
네가 아무리 존재하고 있어도
교류가 없다면 없는 존재인 것을.
혼자 살아가기에는 힘든 세상이다.
때로는 가까이 있고도 싶겠지만,
때로는 혼자가 되고 싶을 때도 있는 것이다.
그렇지만 결국, 찾게 되는 것은 친구다.
외롭고 서러울 때
그때 그냥 전화해라.

하지만 모르겠지.

나는 수시로 전화번호를 바꾸니까!

다른 녀석들은 모르겠다.

그건 네 몫이다.

19.

그리움을 차곡차곡 쌓았습니다.

그래도 내 그리움이 턱없이 부족한 모양입니다.

다 압니다.

그렇지만 그리움이 쌓이는 건 어쩔 수 없습니다.

오늘도 당신은 오지 않을 겁니다.

당신은 억지를 부리는 내가 미워 오지 않는 겁니다.

그래서 점점 멀어지나 봅니다.

그래도 어쩔 수 없습니다.

당신을 잊을 수 없기 때문입니다.

나, 죽으면

당신 곁에 남고 싶습니다.

당신이 싫다고 해도 어쩔 수 없습니다.

나는 사랑이라는 무게를
어차피 짊어져야 하는 당사자입니다.
내 사랑은 차곡차곡 더 두텁게 쌓일 겁니다.
아시나요?

20.

"학교에 다녀오겠습니다."

그러고 나간 딸내미한테서 전화가 왔다.

"가방 좀 가져다줘."

실내화 주머니만 든 채 뛰어오는 녀석.
그 모습이 어이없어 웃음이 빵 터졌다.

녀석 앞으로, 어떤 모습으로
성숙할 수 있을까?

나 없으면
제 나름대로 살아가겠지.

언제까지 껴안고 살 수 없으니
없는 대로 살아가겠지.

그래서 아버지는 네가 하고 싶은 일
뭐든 해보라고 했겠지.

그래서 한우물만 파라고 했겠지!

21.

항상 그 자리에 있을 거로 생각했습니다.
당신이 생각나 그곳에 가 보았습니다.
그러나 그곳은 감쪽같이 사라지고 없었습니다.
이제 당신을 어디에서 찾아야 하나요?

세상은 소리 없이 빠르게 흐릅니다.
나는 왜
당신이 항상 그곳에 있을 거라고 생각했을 까요?
나는 왜 당신이 없을 거라고 생각하지 못했을까요?
알아요.
그 무심함.
달려가면 만날 수 없는 당신이 그립습니다.
돌아와 무책임했던 나 자신이 미워집니다.
다가가고 싶습니다.
돌아가고 싶습니다.
그러나 미련은 아닙니다.
알잖아요?

22.

나는 걷고 있었습니다.
얼마나 걸었는지 기억이 나지 않습니다.
아주 오랫동안 걸었던 것 같은데.
그러다가 스치듯 당신을 만났습니다.

반가움도 잠시

당신은 나를 알아보지 못한 채 그냥 걸어갑니다.

나는 한없이 울다가 주저앉고 맙니다.

꿈결이었습니다.

반갑다는 말, 그 한 마디가 뭐라고.

왜 그렇게 간절했을까요?

그 말을 했더라도 당신은 모를 겁니다.

당신은 스쳐 지나갈 겁니다.

나는요,

당신을 원망할 수도

당신을 미워할 수도 없습니다.

어찌할까요?

이대로 걸어야 하는 건가요?

뒤를 돌아보면 안 되는 건가요?

나는 바보입니다.

23.

꿈속에서나마

당신을 만날 수 있음이 다행입니다.
그렇지 않고서는
당신을 만날 수 없기 때문입니다.
내 그리움이 안쓰러워
당신이 오셨는지도 모릅니다.
그렇게라도 가끔 다녀가 주세요.
그래야 이 힘겨운 세상
당신이 없음을 잊고 살아 갈 수 있을 테니까요.

24.

"커피 마실래요?"
당신이 처음 내게 했던 말입니다.
그러나 당신은 이제 커피를 마시지 않았습니다.
당신이 존재하지 않음이 가슴에 날카로운 대못을 박았습니다.

"녹차 마실래요"

당신은 떠났습니다.

사소한 그 단어의 쓴맛을 당신은 알았던 걸까요?

당신은 모릅니다.

당신은 알지도 모릅니다.

그러나 우리의 만남은 옷깃이었습니다.

그래요.

당신은 모릅니다.

나도 당신을 모릅니다.

25.

밤이 익어가기도 전에 달은 기울었다.

지난밤에 그런 달을 찾아 밤이 새도록 돌아다녔으니.

달이 기운 밤은 시작하기도 전에 헤어진 사랑이다.

그런데 이 설렘은 뭔가?

단어의 나열일 뿐

문장을 만들지 못하는 이 시간에 감성을 느끼고 싶은 심보는 뭘까?

오기일까?

달도 거울이 되기 싫어 자신을 감출 때도 있다.

그래, 나도 감추자.

너에게 내 속내를 감출 생각이다.

얼마나 감출까?

너는 언제쯤 눈치챌까?

바보 같으니.

나는 항상 네 곁에 있는데.

감추어도 감출 수 없는 너와 나!

26.

몸에 맞지 않는 옷을

억지로 껴입은 것 같은 오늘.

왜 이렇게 눅눅하고 어색한지 모르겠다.

마치 딴 세상에 덩그러니 떨어진 것처럼.

그래도 오늘을 아쉽게 포기할 수는 없다.

흩어지는 단어들을 모아

문장을 만들어 너에게 내 마음의 느낌표를 보낸다.

너는 알까?

내 마음!

그래서 나는 여행을 떠난다.

네가 올 수 없는 곳!
그러면서도 네가 오기를 바라는 심보는 뭘까?
알 수 없는 곳
그러나 아주 쉽게 나를 찾을 수 있는 곳.
네가 나를 사랑한다면
그곳에서 나를 만날 수 있을 것이다.
아주 단순하다.
바로 네 옆이니까.

27.

언제부턴가 나는 그녀와의 추억을
서서히 잊기 시작했다.
같이 했던 일들이 막연하게 느껴졌다.
흐릿해진 기억 속에서
그녀를 찾아 안간힘을 써 보지만 소용이 없다.
아!
그녀는 나에게 그냥 어느 한때로 남았다.
나는 왜 그녀를 간직하지 못하는 것일까?

간직하기 싫은지도 모르겠다.
더는 나를 알고 싶지 않을 테니까.
더는 내 삶에 엮이고 싶지 않으니까.
그래,
이 바보야.
사랑은 감싸주는 것이다.
아니, 것이었다.
바보야 오늘따라 보고 싶다.
너는 내 마음을 모른다.
그래서 더 가련하다.

28.

겨울비가 너를 몰고 왔다.
텅 빈 내 가슴을 더 속절없이 무너뜨리고 마는 너.
너를 못 본 척 뒤돌아서지만, 소용이 없다.
너는 언제나 날 선 눈빛으로
나를 안절부절못하게 한다.
너는 기어코 내 머릿속에 너라는 공포를 심는다.

빌어먹을 공황!

내 공황은

걷지도 못하고, 숨을 쉬기 힘들고, 죽을 것만 같다.

그 죽음의 두려움.

너는 알까?

모르겠지?

이길 수 없는 그 엄청난 두려움.

나는 나약하지 않지만,

또 나약하다.

이 겨울비에 휩쓸려 어디론가 갈지도 모른다.

어쩌면 좋을까?

어쩌면 온전한 내가 될까?

나도 모른다.

약을 먹는다.

29.

희뿌연 밤.

창백한 너.

흩어지는 기억들.

유유히 걸어가는 시간의 뒷모습은 표정이 없다.

꼼짝없이 거울 속에 갇히고 말았다.

어쩌면 좋을까?

현실일까?

꿈일까?

모호함의 중간.

이럴 땐 에스프레소 한 잔이 제격이다.

연인은 키스하고.

연인은 사랑을 나누고

연인은 결혼하여 아이를 낳는다.

나는 그 아이에게 내 기억을 나누어 주고 싶다.

내 기억의 순간은 누군가 기억해야 하니까!

하지만 강요하지는 않겠다.

아주 옛날의 이야기이니.

그래 오늘은 기억을 지울 수 있는 흐린 날이다.

30.

미생, 아니면 완생,

어쩌면 사석일 수도 있다.

지금의 나와 내가 걸어왔던 길을 거닐어 본다.

그 위에서 사랑을 찾아보고,

이별을 찾아본다.

그러나 희미한 흔적의 여운만 보일 뿐

명쾌한 해답을 찾을 수는 없다.

그동안 살아온 삶이 얼마나 완벽했을까?

하지만 지금 중요한 것은 그것이 아니다.

앞으로 살아갈 날들이다.

나는 45cm의 거리를 두고 삶을 교감한다.

어쩌면 인생이라는 바둑을 두고 있는지도 모르겠다.

승부를 논하지는 않겠다.

악착같이 나를 내세우고 싶은 생각은 없다.

다만 후회 없는 삶이었으면 좋겠다.

그렇게 홀가분했으면 좋겠다.

그렇게 나를 인정하고 싶다.

31.

어제 불타는 금요일이라고
밤이 새도록 외로운 영혼을 찾아 헤매다가
되짜 맞고 아직도 꿈속에서 술을 마시는 것인지?
내 모습이 점점 흐릿해진다.
어디에선가 퉁명스러운 소리가 들려오는 것 같기도 하고.

주말 같지 않은 주말.
그래도 시작을 해야 하는데 갈피를 잡을 수가 없다.
감각을 느낄 수가 없다.
눈을 뜰 수도 감을 수도 없다.
처량하다 못해 한심한 신음이 터져 나온다.
이런 시작은 상당히 불쾌하다.
시간이 얽혀 금방이라도 게워낼 것 같은 오늘.

32.

하루를 끙끙 앓았다.
폭우처럼 쏟아지는 아찔한 외로움.

아프기 때문에 외로운 것이 아니라

외롭기 때문에 아픈 것은 아닐까?

하지만 단정은 잠시 미루어 둔다.

바람이 불 때마다 마음이 덜컹거린다.

질리도록 서글픈 계절.

그러나 끙끙 앓고만 있을 수는 없다.

허한 가슴 속에서 아직 꺼지지 않은 불씨를 찾아

모닥불을 지핀다.

온기를 찾아 누군가 다가오겠지.

그 사람이 바로 너였으면 좋겠다.

그러나 너는 모른다.

닫아버린 너의 가슴을 나는 열 수가 없기 때문이다.

그렇게 많은 날이 흘렀지만 나는 아직도

열쇠를 찾을 수가 없다.

미로 속을 걷는 느낌이다.

간간이 들려오던 너의 소식도 이제는 들을 수가 없다.

그러고 보면 너는 모진 사람이다.

유독 나에게만 말이다.

33.

길고 지루함을 깨우는 소리.

누군가가 창문을 두드린다.

창문을 열자 쌩하니 도망쳐 버리는 녀석.

그렇게 염장 지르면 좋으냐?

가뜩이나 마음도 불편한데.

차라리 내 불면증이라도 데려가지.

다시 되돌아와 문을 두드리는 녀석.

이 녀석아 이제는 안 속는다.

그래도 혹시나 문을 열고 밖을 바라보는데

가슴이 속절없이 아리다.

서러운 바람이었다.

되돌아가는 바람이다.

보내고 싶지 않은 바람이다.

날 선 바람이 가슴을 후벼 판다.

이 계절의 바람은 마주하고 싶지 않은 아픈 바람이다.

34.

기억나니?

우리가 한때 불타는 사랑을 했었다는 것.

그러나 이젠 너의 뒷모습마저도 가물거린다.

영화 '죽은 시인의 사회'를 보면서

네가 뜬금없이 귓속말로 그랬지.

"나는 네가 그냥 좋아."

돌아설 때도 너는 '그냥'이었다.

그래서 나는 너의 뒷모습을 '그냥'으로 기억한다.

그리고 나는 죽은 시인이 되었다.

사랑을 마주하는 시선도 달라졌다.

그래서 너의 얼굴이 내 기억 속에서

흩어지고 말았는지 모르겠다.

너는 '그냥' 잘 살아가고 있겠지.

난 가슴이 얼어 아직도 시를 쓰지 못한다.

네가 '그냥'이었던 것처럼

나도 '그냥'이다.

그때 우리는 철없는 '그냥'이었다.

그리고 지금도 나는 틈틈이 그냥 걷는다.

그냥!

35.

"너는 호감 있는 이성에게 말을 걸어 본 적 있니?"
물었더니 녀석은 없다고 말했다.
그러면서 겨울이 춥단다.
오늘처럼 겨울바람이 날카롭게 찔러올 때면
가슴에 구멍이 뚫리는 것 같아 죽겠단다.
헐! 장난하니?
사랑은 기다리는 것이 아니다.
사랑은 다가가는 것이다.
그것은 상대에 대한 예의다.
사랑은 열정이다.
그 열정을 불태우는 것은 네 몫이다.
너는 아직 준비되어 있지 않거나
마음이 가난하지 않은 모양이다.
너는 순간을 무시해 버린다.
그 순간에 얼마나 많은 일이 벌어질 수 있는지
너는 알지 못한다.
바보처럼 주위를 유심히 살피지도 않는다.
누군가 자신을 바라보고 있다는 것을 너는 느끼지 못한다.

너는 앞만 보고 걷는다.
절대 뒤돌아보지 않는다.
흐트러진 모습이면서 무조건 아니라고 우긴다.
너는 추워도 마땅하다.

36

말도 안 되는 복잡함에 관해 녀석과 대화를 나누었다.
하지만 녀석은 쉽게 말문을 열려 하지 않았다.
녀석에게 복잡함이란 무엇일까?
그저 단순함이 녀석에게는 복잡함이었다.
"너는 너 자신을 즐겁게 해준 적이 있니?
너 자신을 위해 웃어준 적이 있니?
너는 너 자신을 아끼고 사랑하니?"
녀석은 대답이 없었다.
스스로 불행하다고 생각하는 녀석.
녀석은 자신을 방치하고 있는 것은 아닐까?
나는 삶에 대해 다시 한 번 생각해 본다.
그리고 나에 대해서도.
내가 녀석에게 그러한 물음을 던질 입장이 되는지.
어쩌면 나는 그 순간 오만했던 것은 아닐까?

그래, 정작 내게 묻고 싶은 질문이었는지도 모르겠다.
녀석을 만나면 오히려 내가 더 속이 터지고
복잡해진다.

37

에스프레소 한잔에 너를 담았다.
더블 샷!
아!
무뎌지는 이 기분은 뭐냐?
선명했던 너는 이미 희미해진 존재가 된 것은 아닐까?
너의 모습을 기억해 낼 수 없다.
너와 함께 했던 시간이 송두리째 사라졌다.
분명 기억 속에 남아 있을 텐데.
아무리 머릿속을 훑어도 소용없다.
어디로 사라진 것이냐?
너는 단지 너였고,
나는 단지 나였던 것 같다.
문득 왜 네가 떠올랐는지 모르겠다.
살아가다 보면 보고 싶은 사람이 있다는데.
그 사람이 너라니!

그래도 함께 했던 시간이 있었기에 네가
떠올랐을 것이다.
이제 곧 잊히겠지만.
괜히 한숨을 내쉰다.
많은 시간이 흐릿해져 가고 있구나.
너처럼 나도 누군가에게는 흐릿한 존재일 것이다.
어쨌든 문득 튀어나온 네가 반갑다.

38

너의 꿈속을 배회하다 되돌아오는 길.
그 위에 어느새 눈이 쌓였다.
설렘도 잠시 함께할 수 없음에 실망하다가
그만 벌러덩 자빠지고 말았다.
젠장!
현실은 잔혹하다.
그래도 나는 네 꿈속을 내일도 엿볼 것이다.
그렇게라도 너를 지켜주고 싶다.
이건 나만의 비밀이다.
내가 너를 바라보는 것을 너는 몰라야 한다.
너에게 부담을 주고 싶지 않기 때문이다.

아니, 그건 내 생각일 뿐이다.

너는 그것을 원하지 않을 것이다.

그동안 나는 스토커였는지도 모르겠다.

내 마음을 구겨 쓰레기통에 처박는다.

제발 연연하지 않기를 바라면서.

39

잊혀진다는 것,

서글프다.

무뎌진다는 것,

안타깝다.

삶은 항상 불타오르거나,

항상 설레는 것이 아니다.

그러나 생각하기 나름이다.

긍정적으로 자신을 바라본다면

언제든 행복해질 수 있다.

멈추지는 마라.

그러면 언제든 행복해 질 수 있을 것이다.

아직 식지 않은 마음이라는 불씨가 있기에,

아직 포기할 때는 아니다.

한 걸음씩 다가가고, 다가가고 또 다가가면
그 희망을 움켜쥘 수 있을 것이다.
포기하지 않겠다.
앞서나가지도 않겠다.
너무 성급하면 그만큼 빨리 지칠 터이니.
차근차근 나를 이끌어 볼 생각이다.

다섯 걸음

1

"갑자기 또 뭐야?"

"글쎄."

글쎄라는 말.

너는 매사에 무감각하게 말을 내뱉곤 했다.

무의미하게, 때론 성의 없이.

그래서 나를 당황하게 하곤 했다.

하지만 그런 것은 중요한 일이라고 생각하지 않았다.

그저 가까이 있다는 것에 의미를 부여했다.

그러나 정작 그것은 집착에 불과했다.

그래서 우리는 불행해졌는지도 모르겠다.

집착과 이별, 그리고 미련은 불쌍한 단어들이다.

나이면서도 너인 나를 찾아보는 중이다.

벌써 찾아야 했을 나의 정체성이다.

너와의 헤어짐은 나를 조금 더 성숙하게 하였다.

하지만 너에게 고맙다는 말을 할 수 있을지는 모르겠다.

이제는 그리움이 나를 포장하고 나섰다.
그리고 그것이 이성 간의 사랑에만 국한된 것이 아니라는 것도 알았다.
다수의 너를 볼 수 있어서 어쩌면 다행이었다.
이제는 5년 뒤의, 10년 뒤의 나를 상상할 때다.
나인 너에게 메시지를 남긴다.
반갑다. 너!
그런데 많이 늙었구나.
아니, 성숙해진 것일까?

2

"그냥 궁금해서. 갑자기 그냥."
그러곤 전화를 끊었다.
그냥 왜 궁금했을까?
나도 그냥 너의 목소리를 되새김한다.
우린 단지 그 이상도 그 이하도 아닌 관계다.
그러면서도 서로를 확인하려는 것을 보면
관계의 지속이 마땅치 않을 때가 있다.
너를 어쩌면 좋을까?
전화번호가 바뀌면 가장 먼저 아는 너.
그 누구보다 내가 있는 곳을 가장 잘 아는 너.

내가 무엇을 싫어하는지 꿰뚫고 있는 너.
그래서 너는 내게 다가오지 못하는 것인지도 모른다.
우리는 '그냥'으로만 통한다.
왜 의미를 두려 하지 않는 것일까?
'그냥'이라는 단어가 갑자기 낯설어진다.
왜 우린 평행선을 긋고 있는 걸까?
그냥 친구라는 말은 변명일지도 모른다.
그래, 그냥 변명이다.
너에게서 더는 변명을 듣고 싶지 않다.
오늘은 나도 변명을 해야겠다.
"그냥이다."
그것이 우리가 일직선상에 없는 이유다.
우리는 같이 있기에는 어림없는 대상이다.
이제 그냥 다가오지 않기를 바란다.
차라리 그냥 가거라!

3

밝음이 싫다.
어둠은 더 싫다.
딱 그 중간이 좋다.

어디에도 속해 있지 않은
그 중간의 자유분방함이 좋다.
그 촉촉함이,
미세함이 좋다.
부담스럽지 않아 좋다.
다가가면 나를 숨겨줄 것 같으면서도
보여줄 것 같은
그 미묘한 감성이 나는 그저 좋다.
나를 감추지 않아도 되기에
이 공간이라면
쉽게 마음을 열 수도 있을 것 같다.
사랑을 감출 필요도 없다.
믿음도 믿지 않음도 필요치 않다.
그냥 지금의 여기가 좋다.
이즈음이 아주 좋다.
한동안은 이곳에서 떠나지 않을 것이다.
물론 갈대처럼 흔들리지도 않을 것이다.

4

달이 드높게 떴다.

그 아래로 그림자 두 개.

밤, 그리고 나.

내 속에도 어둠이 숨어 있었구나.

깊어가는 시름 하나.

멈추지 않는 건 언제나 시간이다.

오늘 밤은 천천히 흘렀으면 좋겠다.

겨울밤이 짧게 느껴지는 건

너에 대한 그리움이 간절하기 때문이다.

그 그리움도 그림자일 것이다.

내 속의 나에 대한 간절한 그림자.

그림자를 지울 수 있는 지우개가 있으면 좋겠다.

물론 수정 펜으로는 지울 수 없겠지.

지운다 해도 깨끗하게 지워지지는 않겠지.

그러나 세월이 약이라고 했던가?

흐르다 보면 잊히는 것을

그렇게 흐르면 그만인 것을 내 어찌 모르겠느냐마는

나, 티끌도 간절함도 남기고 싶지 않다.

그래서 이렇게 조급한지도 모르겠다.

그림자 두 개.

아니, 세 개.
간직할 수 있는 여유라도 있으면 좋으련만.
마냥 흘러가는 수밖에 없다.

5

지구라는 행성의 어디쯤이라고 전화가 왔다.
찾아볼 수 있으면 찾아보란다.
녀석.
기껏해야 어느 낯선 술집의 구석 자리에서
술타령이나 하고 있겠지.
야야, 됐다.
나, 올해가 가기 전에 술 끊었거든.
세금 아까워 담배도 끊으련다.
부디 방황하지 말고 집에 안착하기를.
오늘은 네게 전화가 와도 받지 않을 생각이다.
술에 취해 아무리 전화해도 소용없다.
서운하다 생각하지 말아다오.
물론 나도 행성 어디쯤에서 망설이다가
너에게 전화를 하게 될지도 모르겠다.
만약 그렇게 된다면 부탁이니 너도 나처럼

무시해 주기를 바란다.
그렇다고 원망은 하지 않겠다.
나는 그러다가 꼭꼭 숨어버릴 것이다.
한 두어 달 그렇게 나를 감추고 싶은
실수를 하게 되겠지.
그것이 이 행성을 살아가는 법이다.
찾지 않겠다.
찾지도 말아다오.

6

너는 어느 별이 되었을까?
항상 별이 되고 싶다고 말하던 너.
너는 나에겐 그리움이 되었다.
아무리 먼 곳의 별이 되었어도
나는 너에게 달려갈 수 있을 것 같은데.
하늘의 가장 밝게 빛나는 별이 되었으면 좋겠다.
이렇게 어딘가에서 빛나고 있을
너를 생각하면 이 밤이 외롭지는 않다.
사랑한다. 너!
그래도 내게로 올 생각은 하지 말아다오.

되돌아가려면
그만큼 미련이 남을 터이니.
너는 쉽게 되돌아가지 않을 것이다.
네 마음을 이해하지 못하는 것은 아니다.
별이 되었으니 더 반짝거렸으면 좋겠다.
다만 그뿐이다.
다시 내게로 온다면 너는 빛나지 않을 것이니.
나, 다시 너의 옆에서 빛나는 별이 될 터이니.
그때까지 우리는 이별이다.
우린 서로 잊어야
빛날 수 있는 의미가 될 수 있기 때문이다.
네가 나에게로 오는 순간 나는
재가 될 것이다.
아직은 너 혼자 빛나야 한다.

7

준비되어 있는가?
이제 곧 당신에게 소식이 갈 것이다.
그렇다고 기대하거나 실망은 하지 마라.
과정과 결과는 삶의 또 다른 방식이다.

그 방식에 연연할 필요는 없다.
당신이 노력하고 있다면 그것은 준비되었다는 것이고
당신은 삶의 바른길을 가고 있다는 것이다.
너무 앞서 갈 필요는 없다.
연연할수록 당신은 불행해질 것이고,
또 자신의 존재마저도 상실할 것이다.
때로는 느리거나 빠르기보다 보통일 때
자신을 더 잘 알 수 있다.
자신을 알고 싶을 때 비로소 준비할 수 있다.
소심해질 필요는 없다.
기억하라.
자신을!
그리고 한때는 내가
당신의 옆에 있었다는 것을 잊지 않았으면 좋겠다.
나도 절대로 잊지 않을 것이니.
그냥 바라보아라.
당신은 준비되었다!

8

취하고 싶어서 취한 것은 아니다.
시작은 내가 아닌 내가 되기 위해서였을 것이다.
내겐 도피처가 필요했고
나는 나를 망가뜨리는 것인지도 모른 채 무작정 자신을 회피했다.
그리고 흐트러진 나 자신을 보면서
실없이 웃어 버렸고 외면했다.
어디에서부터 잘못된 것인지도 모른 채.
상대 없는 상대에게 하소연하고 있었다.
바보 같으니.
결국, 나는 나 자신을 사랑하는 방법을 잊었다.
더는 기회가 없을지도 모른다.
다가온 기회마저도 알아차리지 못한 채
길 위에서 망설이고 있는지도 모르겠다.
알면서도 나는 왜 내가 아닌 나를 고집하는지 모르겠다.
아직은 늦지 않았다.
나인 나를 위해 기분 좋게 취하고 싶다.
그러기 위해선 나 자신을 사랑하는 방법을
다시 배워야 할 때인 것 같다.
하지만 급하게 서두르지는 않을 작정이다.
서두르다간 영영 나를 찾지 못할지도 모른다.

나를 느끼기 위해선 느림의 미학이 필요하다.
자, 뒤돌아보면서 느리게 걸어가 보자.
분명 기분 나쁘게 취하지 않은 내가
바로 저 앞에 있을 것이다.
손을 내밀어 본다.
너는 내 손을 잡을 것이다.
너는 결국 나 자신이니까!
어쩌면 바라보고만 있을지 모른다.
그때는 네가 나의 손을 잡아야 한다.

9

너무해요.
당신도 알잖아요.
모르나요?
나의 갑작스러운 질문에 많이 당황하셨나요?
그렇다면 당신은 알고 있는 겁니다.
내 겨울이 왜 추운지.
그걸 원했던 거잖아요.
알아요.
그러나 모르는 척은 하지 마요.

나는 아직 소중해지고 싶으니까.
그렇게 느끼니까.
내가 이럴수록 당신은 비참해지겠죠?
하하하.
농담이에요.
가세요.
어디든.
잡지는 않겠어요.
물론 따라가지도 않겠어요.
그러나 당신은 쉽게 떠날 수 없을 겁니다.
물론 나도 압니다.
서운하나요?
그래요?
그럼 숨어요!
나는 당신을 찾지 않을 거예요.
당신이 원했으니까.
난 당신을 망치고 싶지 않으니까.
그래야 하니까.
그래야 죄책감에서 벗어날 수 있을 테니까.
그냥 위안이겠죠?

10

이 정적은 뭐지?

숨이 막힐 듯한 기분 나쁨.

당신도 느끼나요?

아마 당신은 느끼지 못할 겁니다.

가위눌려 발버둥 치다가

겨우 눈을 떴을 때 한없이 흐르는 눈물!

그런 눈으로 보지 말세요, 당신.

나는 물귀신이 아니니까.

그런데 말이죠.

문제는 당신의 꿈을 꾸었다는 겁니다.

당신에게서 벗어나고 싶지 않아서

그렇게 발버둥 쳤는지도 모릅니다.

어찌할까요?

그래요.

모른 척하세요.

그래야 내가 당신을 연연하지 않을 테니까요.

미안해요,

단지 서러웠을 뿐이고,

단지 당신이 보고 싶었을 뿐입니다.

단지 그뿐인데

왜 이렇게 아픈 걸까요?
당신은 알지 못할 테지만 나는 알고 있습니다.
혼자의 마음이니까요.
이러다가 나는
더 아픈 사랑을 하게 될지도 모릅니다.
사랑하지도 않으면서 사랑한다고
올바르지 않은 못된 사랑에 아파할지도 모릅니다.
그렇게 초라해지고 싶지는 않은데.
나는 그렇게 한심한 사람이에요.

11

언제나 무작정입니다.
날씨가 흐리네요.
당신의 얼굴에 속절없이 드리워진 그늘처럼.
그것 아세요?
그 누구도 당신을 탓할 수 없다는 걸.
스스로 자책하지는 마세요.
그리고 이것만 알아두세요.
당신을 탓할 사람은 오직 당신이라는 것.
바보처럼 굴지 마세요.

당신을 소중하게 여기세요.

무작정이라도 좋아요.

때로는 자신을 보여야 할 때도 있습니다.

너무 감추려고 하지 마세요.

그러다가 철없는 아픔이라고 후회할지도 모르니까요.

나는 당신을 알아요.

그러다가 스스로 무너질 수도 있다는 것을요.

당신은요.

당신은, 둘도 없는 하나입니다.

스스로 돌보지 않는다면 당신은 사라지게 될 겁니다.

세상은요.

당신 없이도 잘만 흐를 겁니다.

절대 멈추는 법이 없을 거예요.

그러니 자신을 안타깝다고 여기지는 마세요.

스스로 불쌍해질 필요는 없잖아요.

그래요.

마음대로 생각하세요.

하지만 뒤늦은 후회는 하지 마세요,

12

나는 그저 가난하다고만 생각했다.
그런데 그것은 욕심이었다.
욕심이 크기에 가난한 것이다.
가난과 가난하지 않음은 생각하기 나름이다.
내가 소유하고 있는 것을
숫자로 나열하다가 잠이 든 것을 보면
나는 그다지 가난하지 않은 모양이다.
그래 그냥 가난하게 오늘을 시작해 보자!
가난하다는 생각이 들 때면
오늘을 생각하자.
내가 가지고 있는 것들의 숫자를 세어보자.
빈털터리가 아니기에 나는 분명 가지고 있는 것이 많다.
그것은 어린 시절의 추억일 수도 있고,
나의 친구들일 수도 있을 테고,
또 물건이거나 선물 받은 것일 수도 있다.
내 기억 속에서 잠시 잊힌 것일 수도 있다.
따져보면 나는 부자다.
숫자를 많이 가지고 있으니.
그래도 부자라고 느끼고 싶지 않을 때
하나씩 지워보자.

얼마만큼 지울 수 있을까?
차라리 지우지 않는 것이 나을걸.
그래서 당신은 부자다.
나도 빈털터리지만 부자다.

13

눈을 살며시 감는다.
그리고 귀를 열어둔다.
스쳐 지나가는 시간과 달려오는 소리가 함께 뒤섞인다.
모였다가 흩어지는가 싶으면
다시 모이기를 반복한다.
여긴 어디인가?
익숙하지만 낯선 곳이다.
이곳에서 나의 존재는 그저 흐름이다.
마냥 흘러가 본다.
그렇게 나를 내버려 둔다.
그렇다고 나를 포기하는 것은 아니다.
잠시 휴식이다.
너무 악착같이 걸어갈 필요는 없다.
이 순간 차라리 나를 버릴 생각이다.

이 순간만!
쫀득하고 야들한 이 순간의 탄력을 즐기자.
그러면 조급하지도 바쁘지도 않을 것이다.
이것도 나를 행복하게 하는 시간일지 모른다.
배부른 소리라고 하겠지만
결코 배부른 시간이 아니다.
나를 토닥여주는 시간이라고 생각하면 어떨까?
다시 스르르 눈을 감는다.

14

너와 말하는 도중에 문득 이런 생각이 들었다.
'너의 뺨을 갈기고 싶다.'
도무지 말이 통하지 않는 탓에 오죽했으랴.
그래도 나는 너와 묵묵히 대화를 나누었다.
'아! 오늘 괜히 나왔다.'
한참 동안 시간을 낭비한 후에
나는 벽의 존재를 파괴할 수 있었다.
빌어먹을 녀석!
우기고 보는 것이 네 대화의 방식이라면
차라리 혼자 주절거리고 말아라.

남의 소중한 시간을 쓰레기 취급할 자격이
너에게는 없으니까.
아무리 대화를 해도 너는 다른 말만 한다.
그러니 누가 너와 대화를 하겠는가?
스스로 알았으면 좋겠지만
너에게는 통하지 않는다.
내가 한 시간을 말하던
열 시간을 말하던 너에게는 통하지 않는다.
짜증 나 뒤돌아서고 싶지만
그래도 할 수 없이 앉아 있게 만드는 친구.
나는 너를 포기하고 싶지 않다.
그래서 손해 보는 것도 많다.
나는 왜 다른 친구들처럼 너를 무시하지 못하는 것일까?
차라리 만나지 말 걸 그랬다.
그래도 전화가 오면 만나고 보는 나는
여리기 때문일까?
아니면 너를 다른 친구들보다 더 무시하는 것일까?
둘 중의 하나다.
너의 별명을 나는 간과하지 못한다.
단 한 번도 연애를 해보지 못한 녀석.
천연기념물인 녀석.
너의 그 착함이 너를 멀리하지 못하는 것일 게다.

15

진한 에스프레소 더블 샷 한잔에 너를 담는다.

물론 시럽은 추가하지 않는다.

너를 담기에는 좀 작은 잔인가?

나는 너를 생각하며 기다림을 걷고 있다.

시간은 나와는 정반대로 흐르기 시작한다.

쓴맛도 단맛도 느낄 수가 없다.

너는 모호한 존재다.

내가 원하지 않을 때만 다가오는 너.

오늘 네가 오지 않을 거라는 것을 알면서도

나는 너에게 미련을 둔다.

나는 너를 원하면서도

왜 가까이 다가가려 하지 않는 것일까?

상처받는 것이 두려운 것인가?

아니다.

다만 너를 배려하고 싶을 뿐이다.

너는 모른다.

그래, 솔직히 나도 너를 모른다.

하지만 적어도 너에 대해 무관심해 지면

네가 온다는 것만은 알 수 있다.

대답 없이 앉아 있다가 인사도 없이,

소리 없이 가버리는 너.

너는 있음과 없음의 경계를 두려 하지 않는다.

그래서 너의 별명은 '불쑥'이다.

너는 두 가지 성향을 보인다.

기쁨 또는 슬픔.

너를 잊고 살아가는 것이 오히려 속 편한지도 모르겠다.

그래도 네가 그리운 건 왜일까?

특히 오늘처럼 비 오는 날이면,

겨울비가 내리는 날이면 네가 보고 싶다.

언제쯤 올 거니?

기다리지 않는 것이 더 나을까?

16

어수선하고 어지러운 지금.

하루를 시작하기가 부담스럽지만

나는 어느새 일상에 발을 들여놓았다.

여유로움이 간절한 시간.

누군가 나의 손을 잡고

무작정 여행으로 끌어들일 사람 없나?

어디든 떠나고 싶은 날이다.

모든 것을 접어두고 훌쩍.
그러나 책임이라는 것은 무책임하게
회피할 수 있는 것이 아니다.
일상의 뒤통수를 치기에는 내게 주어진 것이 너무 많다.
그냥 바다를 그리워해 본다.
그 위를 비상하는 한 마리의 갈매기를 꿈꿔 본다.
내가 갈매기라면
당신과 가까워지고 싶다.
당신이 부르는 소리가 없어도 좋다.
당신 손끝의 새우깡은
나도 줄 수 있다는 것만 명심해라.
나는 그냥 당신과 친구가 되고 싶다.
그렇게 떠나는 여행 어떨까?

17

글자들이 낯설다.
자음과 모음, 낱말들, 문장들이 울렁거리기 시작한다.
왜 이렇게 생소한 것인가?
나는 그것들을 받아들일 수가 없다.
철저히 외면하고 싶은 대상들.

필기구로 글을 쓰는 것도 아닌데
왜 손가락에 굳은살이 배기는지 모르겠다.
자판이 자꾸만 흩어진다.
그리고 한순간 자판의 숫자와 기호,
그리고 자음과 모음이 허공에 군더더기로 박혔다.
나는 퍼즐을 맞추듯 힘겹게
그것들을 모으다가 포기하고 만다.
그리고 다시 모일 때까지 그냥 기다린다.
억지로, 성의 없이 문장과 만날 수는 없다.
그 문장은 죽은 문장이다.
나는 살아 있는 문장을 원한다.
누구나 이해할 수 있는 아주 쉬운 문장을
그려본다.
대화는 문장으로만 이어지는 것은 아니다.
낯섦도 때로는 대화가 될 수 있다.
나는 모든 낯섦을 받아들이겠다.
그러다가 엎히더라도 후회는 하지 않겠다.
그 근본을 따지지는 않겠다.
외로워지고 싶지도 않다.
기다려 본다.

18

너는 보았는가?

너는 들었는가?

너는 느꼈는가?

나는 부재중이었나 보다.

눈을 감고 귀를 닫았었나 보다.

무관심이 감각을 무디게 만든다.

하고 싶은 것만 한다고 대수는 아니다.

때로는 타협을 위해 나를 낮추는 것도 삶의 요령이다.

나는 부러지고 싶지는 않다.

살짝 구부러져 많은 것을 확인하고 싶다.

꺾이고 싶지는 않다.

지금 이 순간 나에게 시간은 철사다.

결코 강철이 아니다.

여러 모양으로 변할 수 있다.

보지 않아도, 듣지 않아도, 느끼지 않아도

변할 수 있는 선함을 갖고 싶다.

부재중은 핑계였을 것이다.

하찮은 변명이었을 것이다.

깨져버린 장독에 물을 담는다.

마음을 담는다.

혹시 마법이 통할지도 모르겠다.
나는 이제 부재중이 되고 싶지 않다.
이제 그런 일은 없을 것이다.
이제 부담 없이 유연해지겠다.

19

오늘은 그냥이다.
욕심 없는 그냥이다.
그냥이라는 틀을 만들고 그 속에 나를 진열한다.
그 안에서 그냥 관망할 것이다.
너를 보고, 남을 보고, 그리고 그들이
나를 보게 할 것이다.
오늘은 그냥이기 때문이다.
다가가지도 다가오지도 않았으면 좋겠다.
스쳐 지나갔으면 좋겠다.
유심히 지켜보는 것을 사양한다.
그냥이기 때문이다.
어쩌면 나는 존재의 의미가 그냥이었는지도 모르겠다.
뭐, 상관없다.
의미쯤이야 그냥 질겅질겅 씹어 뱉어 버리고

존재할 수도 있다.

어느 날,

한 번쯤,

의미를 부여하지 않아도 좋을 때가 있다.

아니, 그럴 때도 있다.

귀찮은 날도 있는 법이니까.

그래,

오늘은 그냥, 그냥이다.

한 번쯤!

20

바닥에 개념 없이 약속을 꾸겨 놓고 발로 힘껏 걷어찬다.

그리고 그 뒤를 졸졸 쫓아간다.

지키라고 있는 것이지만 때론 지키고 싶지 않을 때도 있다.

오늘처럼 추운 날은 더더욱.

무턱대고 삭제를 시도해 본다.

기다리겠지.

기다리다가 지쳐 돌아가겠지.

전화가 와도 받지 않을 생각이다.

잠수함이 택시라면 무작정 올라타고

아이슬란드로 가다라고 할 생각이다.

그곳에서 오로라를 보면서

아직도 나를 기다리고 있을 그를 생각하겠지.

뭐,

상관없다.

미안하지만 나는 약속을 지키지 않을 것이다.

그러고 싶은 날이 있지 않은가?

그가 싫어서가 아니다.

단지 오늘 일탈을 생각한 것이다.

그러면 그가 걱정하겠지?

아니, 욕할지도 모르겠다.

뭐, 아무려면 어때!

이런 날도 있는 법이다.

21

낯선 지구라는 행성의 익숙한 곳.

오늘도 무덤덤하게 일상을 받아들인다.

낮과 밤의 경계에서 모호함을 마신다.

술렁이는 이 기분은 뭔가?

아직도 익숙하지 않은 지구라는 행성의 12월.

난 축제 아닌 축제를 벌이고 있는
이 행성의 존재들이 아주 낯설다!
그 언젠가?
그때는 브랜드 커피숍이 아닌 다방이었다.
그 많던 다방은 어디로 사라졌을까?
그 다방에서
젊은 레지의 허벅지를 만지지 못해
터 잡고 앉아 기웃대던 그 아재들은 또
어디로 갔을까?
다방 커피도 아닌,
블랙커피도 아닌,
아메리카노와 에스프레소가 차지한 자리.
그들은 없고
이제는 더 젊은 삶이 있는 곳.
이 행성은 수시로 변하지만,
이 행성은 또 반복하기도 한다.
그것참.
아이러니하지!
그 시절은 가끔 응답한다.
오늘처럼 말이다.

22

아무것도 하고 싶지가 않다.

먹고 마시는 것조차도 흥미를 느끼고 싶지 않은 시간이다.

그대로 정지하거나 아니면

아무런 의미도 지니지 않았으면 좋겠다.

이런 이 순간이 아깝기도 하겠지.

하지만 때로는 귀찮은 것을 막고 싶지 않을 때도 있다.

침대 위에 누워 어둠을,

밤을 그냥 맞이한다.

어떠한 미동도 흔적도 발견할 수가 없다.

호흡도 희미해지고

사랑도 희미해지고 모든 것이 희미해진다.

아! 그냥 이대로가 좋다.

오늘 밤은 그 어떤 발버둥도 치고 싶지 않다.

느낌도 필요가 없다.

군더더기는 벗어버리고 온전히 알몸인 채

벌거벗은 나.

집인데 누가 본들 어떠하리.

볼 사람도 없다.

이렇게 불면 없이 맑은 잠을 자고 일어나면

나는 선명해질 것이다.

웃고 싶지도, 울고 싶지도, 행복하지도, 불행하지도 않은
그런 밤이 스르르 나를 잠식한다.
나는 그대로 받아들일 것이다.
거부하는 것은 쓸데없는 자만이다.
쉬어야 할 때 쉬는 것이 욕심인가?
욕심이라도 좋다.
나는 이 시간을 온전히 받아들이고 또
맛있게 먹을 테니까!
얼마 만인가?
그동안이 못된 밤이었다면 오늘 밤은 귀여운 밤이다.
그 누군가를 꿈속에서 만날 수 있다면 그것도 좋겠지.
영화 몇 편 찍겠구나.

23

우린 죽은 건가요?
살아있는 건가요?
우린 어떤 세상에 있는 걸까요?
이 현실은 받아들일 수 없습니다.
흔히들 말하는 삶과 죽음이 공존하는 세상.
있다가 없음이 직선으로 흐르는 이곳,

진실과 거짓이 불분명한 이곳이 낯설어집니다.

저승과 이승만 있는 걸까요?

과학적으로도 해석할 수 없는,

우리가 모르는 또 다른 세상이 있을지도 모릅니다.

이곳은 그 세상으로 가는 관문일지도 모릅니다.

우리가 살아가는 테두리는 우주이기 때문에

상상도 못 할 세계가 있음을 믿어 의심치 않습니다.

삶과 죽음을 맞이하는 세상.

어쩌면 우린 꿈을 꾸고 있는지도 모릅니다.

계속해서 꿈속의 꿈.

그 꿈속의 또 다른 꿈.

이곳은 미리 체험하는 세상이 아닐까 합니다.

살아 있음이 점점 복잡해지고 아련해집니다.

잠시 존재에 대해 생각해 봅니다.

또 이러다가 말겠죠.

그렇다면 말이죠.

나는 현실과 진실과 거짓 중에 무엇을 더 선호할까요?

당신과 나의 만남은 어디쯤일까요?

또 막연해지고 맙니다.

나만 그런 걸까요?

당신도 가끔은 이런 생각 하지 않나요?

만약에 이 세상이 허구라면 우리는 어떻게 되는 건가요?

그럴 리는 없을까요?
분명 존재하는데 헷갈리게 하지 말라고요?
내 말은 그 존재가 거짓일 수도 있다는 말이죠.
우리의 믿음이 혼란한 영혼의 덩어리인지도,
소름 돋는 아우성인지도 모른다는 말이죠.
알 수 없는 일입니다.
조용히 무슨 일인가가 벌어지고 있는데 나는
알 길이 없습니다.
아무리 생각해도 이 세상이 이해되지 않아요.

24

누군가가 나를 바라봅니다.
그를 모르겠습니다.
다가가지도, 다가갈 수도 없는 존재.
누구일까요?
무엇일까요?
그는 단호하게 채널을 돌릴지도 모릅니다.
하지만 그렇게 하찮아지고 싶지 않습니다.
그 시선을 외면합니다.
나는 내게 주어진 시간을 후회 없이

내 마음대로 알차게 쓸 생각입니다.
그러나 누군가에 의해 일상이 변할지도 모릅니다.
이런 생각은 가벼움에서 시작되는 걸까요?
모르겠네요.
그 누군가가 언제부터 나에게 이런 작용을 하고
있었는지 정말 모르겠습니다.
쓸데없는 생각이 많은 탓일까요?
그럴 리가요!
내 일상이 변한다면 그건 아마도 순식간일 겁니다.
그건 아마도 자의가 아닐 겁니다.
타의에 의해 내 삶을 걸어가고 있다고 생각하니
아찔해집니다.
스스로 걷고 싶습니다.
당신의 간섭은 더더욱 원하지 않습니다.
그런데 왜 자꾸만 주위에서 얼쩡대는 겁니까?
나는 당신을 외면할 겁니다.
그래도 당신이 관여한다면 어쩔 수 없지요.
나는 나를 지키기 위해 당신에게 돌을 던질 겁니다.
그래도 당신이 내 주위를 배회한다면 어찌하겠느냐고요?
마음대로 하세요.
나는 절대 변할 생각이 없으니까!
내 나름의 방식을 강구해 봐야겠지요.

그땐 나를 지키기 위한 전쟁이 시작되는 겁니다.

25

무슨 일이 일어나고 있나요?
지금도 세상은 사고를 치고 있습니다.
자꾸만 엇나가려는 세상을
유지하는 것은 무엇일까요?
이 거대한 움직임을 통제하는 힘은
대체 어디서 나오는 걸까요?
정말 엄청난 에너지입니다.
너무 엄청나서 소유하라면 거절하겠습니다.
그 힘은 누구도 소유해서는 안 됩니다.
아마 누군가가 소유하게 된다면
이 세상은 혼돈 속으로 빠져들 겁니다.
그 에너지의 근원이 궁금해집니다.
갑자기 까마득해지는 것은 무엇 때문일까요?
하지만 누군가는 그 힘을 소유하고 싶어 합니다.
만약 통제하지 못할 누군가가 소유하게 된다면
재앙은 시작되겠죠?
방관하고 있을 문제만은 아닙니다.

우리는 언제나 막연했습니다.

그리고 그 통제의 힘을 신이 소유하고 있다고

생각했습니다.

물론 에너지를 통제하는 장치도 있을 거라고

우리는 생각합니다.

그런데 말입니다.

그 장치를 분실되었다면 어떨까요?

희대의 도둑놈이 훔쳐서 훼손했다면,

또 그 에너지가 녀석의 것이 되었다면

이 세상은 어떻게 되는 걸까요?

어쩌면 말입니다.

그 엄청난 힘은 우리에게서 나오는 것은 아닐까요?

이를테면 인간이라는 일원의 각자에게 그 힘을

행사하지 못하도록 조금씩 나누어 준 것이라면

그렇게 걱정할 문제가 될까요?

자꾸 왜 이렇게 불안한 걸까요?

분명히 이 세상에서 무슨 일이 벌어지고 있는 것 같은데.

아직은 확신이 없습니다.

26

너의 얼굴이 기억나지 않는다.

언제부터였을까?

점점 희미해지다가 어느 순간 사라져 버린 얼굴.

네 얼굴이 보고 싶지만

나는 너를 알아볼 수 있을지 확신이 서지 않는다.

아마도 난 사진 한 장 없는

너의 얼굴을 기억하지 못할 것이다.

영원히!

어렴풋이 너를 짐작할 뿐이다.

너는 나에게 그렇게 남았다.

너는 다시는 너를 확인시켜 주기 싫겠지?

그래, 그렇지만 나는 너와 같이했던

그 시간을 되돌아 걷곤 한다.

네가 뭐래도 소용없다.

너에 대한 추억과 기억을 지울 수는 없으니까.

그렇게 마음대로 기억을 지울 수 있는 그런 존재가 아니니까.

많은 시간이 지나고 난 후에도 나는

너를 기억하며 그 길을 걷고 있을지도 모르겠다.

그러나 변해버린 너의 얼굴을 확인할 수는 없겠지.

막연해진 너를 생각하는 것으로 만족해야 하겠지.

그래서 슬프다.
잠시 멈추어 너를 확인하고 싶은데.
변해버린 내 얼굴이 낯설다.
그러니 너의 얼굴은 또 얼마나 낯설겠는가?
지금의 네가 그리운 것이 아니라
예전의 네가 그리운 것이기에 서운하지는 않겠지.
그러다가 잊히겠지.
더는 욕심 내지 않겠다.

27

하나에 하나를 더한다.
그렇게 오늘까지 왔다.
둘에 하나를 더한다거나 셋에 하나를 더하지도,
빼지도 않았다.
그러나 정작 그 모든 것은 오직 하나일 뿐이다.
둘이 될 수 없는 것은
시작이 아직 끝나지 않았기 때문이다.
그것이 인생이다.
오늘은 시간을 막 비벼 먹을 생각이다.
골고루!

아낌없이!

조미료는 넣지 않겠다.

어차피 그 본연의 맛을 느끼고 싶은 것이니까.

그 맛에서 깔끔한 참맛을 느끼고 싶은 것이니까.

우리는 둘을 살아갈 수가 없다.

물론 셋을 살아갈 수도 없다.

나이기에,

나를 살아가는 것이다.

하루는, 오늘은 그저 연장선상일 뿐이다.

온전히 나를 살아갈 수 있을 때

하나를 완성하는 것이다.

둘은 욕심이다.

나는 덧없이 걷겠다.

지금은 멈출 수 없지만 나에게 주어진 시간이

멈추는 날

나는 그제야 모든 미련을 훌훌 털어버릴 수 있을 것이다.

그때,

바보처럼 미련 때문에 발버둥 치고 싶지는 않다.

28

잿빛이 낮게 깔렸다.

추워서 목도리를 두른 것처럼.

아직 눈을 게슴츠레 뜨고 있는 달은

잠들기 싫은 모양이다.

녀석을 손끝으로 살짝 밀어 본다.

꼼짝 않는 녀석.

이른 아침, 녀석의 배짱이 좋다.

나도 오늘 배짱을 부려 볼까?

아!

졸려!

아무려면 어때.

오늘도 그렇게나마 흘러가는 것을.

만약 오늘이 흐르지 않는다면 어떨까?

시간이 흐르지 않는다면 어떨까?

생각만 해도 아찔하다.

졸려도 그렇게 흐르는 거다.

찬물로 샤워하며 잠을 쫓아낸다.

잠시 깜짝 놀라 도망치겠지만, 다시 어두워지면

나에게로 와서 머물기를 원하는 녀석.

그래.

차라리 처절한 불면증보다는 네가 반갑다.
너를 쫓아낸 것이 후회되지만
할 일이 많기에 어쩔 수 없다.
어차피 너 때문에 하루를 미루어 둘 수 없으니까.
아직도 게슴츠레 눈 뜨고 있는 달을
손끝으로 톡 밀어낸다.
서럽다 하지 마라.
우린 언제나 같은 길을 걸어 왔잖아.
바보처럼 울지 않기!

29

겨울바람은 너의 매몰찬 외면 같아서 싫다.
어쩌면 나의 등 돌림일지도 모른다.
사방에서 쏘아붙이는 너의 싸늘하게 식은 눈빛.
싫으면서도 좋은지 모른다.
그런 너를 더는 피하지 않을 생각이다.
너에게 다가가 한마디 한다.
"상당히 춥다. 그만해라."
알았다고 하면서도 뒤돌아서서 키득거리는 너.
도대체 왜 그러니?

얄미운 너.
우리의 이별이 내 책임만은 아니잖아.
너의 일방적이었고
어쩌면 나의 무관심이었을 이별을 너는 왜
나의 책임이라고 단정하니?
그래, 그나마 다행이다.
차라리 잘 된 일일지도 모르겠다.
겨울이니까 추워야 하고, 여름이니까 더워야 하는 것을
나는 왜 부정하는 것일까?
제길!
그래도 이별을 후회하지는 않는다.
우리의 이루어질 수 없음이 어쩌면 더 큰 상처가
되었을지도 모를 터이니.
옆구리가 휑해도 좋다.
외투를 벗어 본다.
더 추워야 더 성숙해질 수 있을 터이니.

30

시간은 멈추지 않는 만큼 빠르거나 잽싸다.
너를 도무지 따라갈 수가 없다.

작년이 어제처럼 느껴진 거리에서
서성이는 것도 이제는 지겹다.
그러나 너와 나는 어차피 함께 걸어왔다.
알면서도 그 시간을 가늠할 수 없음이 슬프다.
내게 주어진 시간은 점점 줄어가고
너는 보란 듯이 앞장선다.
왜 그렇게 재촉하는 것이냐?
나는 너와 함께 잠시 쉬어가고 싶은데.
그동안 지쳤을 법도 한데.
도대체 너를 움직이는 힘의 근원은 무엇이냐?
잠시 멈추어다오.
그러나 안다.
너도 네 의지대로 움직이지 않는다는 것을.
너도 쉬고 싶겠지?
나도 그렇다.
그래서 더 슬프다.
초자연의 일부인 것이 결국 너를 의심하게 하는구나!
가능하다면 나의 공간을 만들고 싶다.
무엇이든 가둘 수 있는 공간.
시간조차도 빠져나올 수 없는 그 공간에 숨어
늙지 않는 즐거움을 만끽하고 싶은데.
불가능하겠지.

상상만으로도 즐겁지 아니한가?

31

오늘이든 내일이든 혹은 어제든 상관없다.
어차피 내게는 끝나지 않은 시간이다.
모든 것은 오직 하나로 통한다.
시작에서 끝.
내가 살아가는 동안은 끝난 것이 아니다.
그러나 나는 오늘에 의미를 두고 싶다.
오늘을 살아가는 것이 행복하다면
항상 행복할 수 있을 테니까.
그렇게 마지막 날에 서고 싶다.
만족한다는 것이 큰 욕심인가?
그러나 그만큼의 노력이 필요할 것이다.
노력 없이 얻어지는 것은 없기 때문이다.
나를 사랑해야 하고,
나의 일을 사랑하고,
또 너에 대한 감정을 인정해야 한다.
부정하면 부정할수록 불행해지는 것.
사랑이다.

언제든 나를 아껴야 하고,
언제든 나를 즐겁게 해 주어야 한다.
모두가 포기하고 싶지 않은 것들이다.
결국, 행복과 불행은 나의 탓인 것이다.
오늘을 살아가면서
버킷리스트에 꼭 넣어야 하는 단어들이다.
영어 단어를 외우듯이 꼭꼭 씹어서
내 것으로 만들어야 할 것들이다.

32

한때는 막연하게 네가 두려웠다.
그러나 하루하루를 살아가면서,
너에게 가까이 다가갈수록
두려움은 체념에 더 가까워졌다.
언젠가는 받아들여야 할 일이기 때문이다.
영원할 수는 없다.
그저 잊고 살아가는 것이 너를 향한 방식이다.
그래. 하지만 나는 그 방식을 뒤집어 생각해 볼 생각이다.
내가 다가가는 것이 아니라
네가 다가오는 것이어야 한다는 의미를 두고 싶어졌다.

내가 다가가던, 네가 다가오던
무엇이 중요하겠느냐마는 생각하기에 따라
상황은 변하기 때문이다.
굳이 나만 너를 그리워할 필요는 없다는 것이다.
그리우면 네가 찾아올 수도 있는 것이 아닐까?
그립다는 말 보다는 기다린다는 말이 더 설레니까.
체념하지 않겠다.
두려워하지도 않겠다.
나를 감추지도 않겠다.
나를 내세울 것이며 또 나 스스로 빛이 될 것이다.
빛나는 것은 아름다우니까.
빛나는 것은 더 사랑받기 때문이니까.
하지만 턱없이 화려하게만 빛나고 싶지는 않다.
나도 염치가 있으니까.

여섯 걸음

1

오늘은 그냥 이대로가 좋아요.
당신은 어떤가요?
오늘이 어떻게 흐를지는 모르지만
나는 그냥 지금이 좋을 뿐입니다.
오늘은 흐름을 받아들이지 않을 생각입니다.
이대로 멈추고 싶어요.
오늘 만요!
어떻게 안 될까요?
예외도 있잖아요.
눈 한 번 딱 감기!
안 되겠다고요?
그럼 어쩔 수 없죠.
꼭 당신의 허락을 받아야 할 이유는 없잖아요.
나도 나를 쉬게 할 권리가 있다고요.
오늘은 그 권리를 포기하지 않겠어요.

버르장머리 없는 자식이라고 욕해도 좋아요.
내 삶을 당신 마음대로 휘두르지는 말세요.
이제는 나 자신이 나를 책임질 겁니다.
허락 따위는 당신의 전유물이지만
자유는 이미 내 것이 되었으니 더는
이래라저래라 하지 마세요.
오늘부로 당신은 나에게서 차였습니다.

2

아!
지난밤은 꿈이었으면 좋겠다.
왜 그랬을까?
항상 후회하면서도 일을 벌이고 마는 나라는 녀석.
차라리 알코올에 빠진 생쥐 꼴이었으면 좋았을 것을.
그랬으면 핑계라도 댈 수 있었을 텐데.
모르겠다.
그런데 내 숨통을 조여 오는 이 강박은 뭐지?
나를 내세우기에 나는 아직 부족한가?
너무 나 자신을 숨기고 살아왔던 것은 아닐까?
모든 것을 알코올로 포장해 왔던 탓일까?

아니 그럴 리가 없다.
이 죄책감은 뭐지?
이 집착은 또 뭐지?
지난밤 내 정신은 멀쩡했다.
한 치의 흐트러짐도 없었다.
그런데 왜?
서로 오해가 있었는지도 모르겠다.
그러니 서로 굽히지 않고 자신만을 내세웠을 테지.
오랜만의 내 모습이다.
내게 그런 모습이 있었다는 것조차 잊을 때
드디어 터지고 만 것이다.
때로는 그렇게 터뜨리는 것도 나쁘지 않은 것 같은데.
그런데 왠지 내가 낯설고 창피하다.
지난밤은 꿈이었을 것이다.
그랬으면 좋겠다.

3

불륜을 꿈꿔 본다.
후회 없이 너의 모든 것을 소유하고 싶다.
네가 원치 않을 테지만

너는 결국 나에 대해 익숙해질 것이다.
그렇다고 제발 설레지는 말아다오.
나는 너에게서 분명히 등을 돌릴 것이다.
원망은 말아라.
그래 차라리 원망하고 욕하는 편이 더 나을지도 모르겠다.
원망은 곧 사랑의 크기일 테니까.
크면 클수록 좋겠지.
어차피 난 생각도 소심한 A형이다.
그리고 너 또한 나보다 더 소심한 A형이다.
그래서 우리는 불륜을 바라볼 뿐 정작 불륜을
원하지는 않는다.
꿈속에서 바라보는 당신은 아름답고 사랑스럽다.
당신이 꿈속에서 바라보는 나의 모습은 어떨까?
우리는 그것만을 공유한다.
더도 말고 덜도 말고 우린 그뿐이다.
우리는 그렇게 서로를 원하지 않는다.
어쩌면 우리가 꿈꾸는 것은 불륜이 아닐지도 모른다.
익숙하면서도 절대 익숙하지 않은 관계.
원망을 조심스럽게 생각한다.
우리는 스쳐 지나가는 옷깃이다.
그 사이를 지나가는 텅 빈 바람이다.
불행을 만들어야 할 가치가 있을까?

그래, 아직 나는 불륜의 테두리에 어정쩡한 모습으로

서 있다.

오늘은 여기까지만 상상해 본다.

4

어디에 있나요?

왜 나는 당신을 찾을 수 없는 걸까요?

당신은 그렇게 쉽게 나를 찾아 왔는데.

불공평합니다.

나도 당신을 찾아다녔습니다.

시간이 흐른 뒤에 당신을 우연히 만났습니다.

하지만 우린 의미 없이 지나쳤습니다.

처음부터 우린 남이었으니까요.

의미를 부여할 수 있는 시간이 부족했던 탓일까요?

다시 만날 수 있을까요?

그렇다면 당신이 다가올 때까지 기다려야 합니까?

우연히 만날 수 있을 때까지 기다려야 하는 건가요?

어디에 있나요?

왜 그렇게 숨는 겁니까?

아직 내가 부족하기 때문인가요?

아니면 우리는 만나지 말아야 할 관계인가요?

그래요.

의미는 중요하지 않아요.

당신이라면, 정말 당신이라면

의미가 없어도 된다는 것을 왜 지금에야 알았을까요?

너무 복잡하게 생각했던 탓일까요?

그러지 않았으면 당신과 나는 지금쯤

충분한 교감을 하고 있었을지도 모릅니다.

아, 그랬던 거군요.

이제는 단순해지겠습니다.

그리하면 당신은 복잡하게 생각하지 않아도

아주 자연스럽게 내게 올 겁니다.

왜 이제야 알았을까요?

이제는 당신이 곁에 없어도 당신을 알 수 있을 것

같습니다.

이렇게 쉬운 것을.

망설이고 있었다니 바보 같군요.

나는 바보입니다.

물론 당신도 바보입니다.

그렇게 우린 바보였던 겁니다.

지금 당장 당신을 찾을 수 있을 것 같습니다.

5

의미를 두지 않겠습니다.
그것이 이 세상을 여행하는
여행자의 수칙이라면 말입니다.
하지만 강요한다면 받아들이지 않겠습니다.
그것은 거짓을 진실로, 진실을 거짓으로 꾸밀
가능성을 배제하지 않은 처사니까요.
진실과 거짓의 중간을 교묘하게 포장하려는 것은
여행자라도 용서할 수 없습니다.
아무리 당신이라도 말입니다.
나는 나 자신에게 결코 관대한 사람이 아닙니다.
나는 나를 미워할 수도 있습니다.
나는 나를 무책임하게 내팽개칠 수도 있습니다.
여행자의 수칙도 무시할 수 있습니다.
더는 여행을 할 수 없게 되더라도 말입니다.
보여줄까요?
아니요.
당신은 보고 싶지 않을 겁니다.
비틀어진 시간을 수정해야 하니까요.
며칠을 안절부절못하겠지요.
당신이 가이드라면 강요해서는 안 됩니다.

당신은 당신의 할 일만 하면 됩니다.
이제부터 이정표는 내가 만들겠습니다.
당신은 이제부터 내가 걸어온 길의 이정표입니다.

6

상념을 앞세워 본다.
얼마 만인가?
이 소리 없음이 좋다.
나를 발견하고 확인할 수 있음이 좋다.
벤치에 앉아 평온함을 누려본다.
그러나 누리기에는 너무 추운 날씨다.
다른 이가 본다면 이상하게 생각하겠지.
여긴 인적이 끊긴 지 오래다.
너를 생각한다.
너를 생각한다는 것은 결국 나를 생각한다는 것이다.
인적은 휴대전화다.
일부러 전화번호 변경 후 아무에게도 말하지 않았다.
나 스스로 갇힌 셈이다.
또 바꿀 생각인데.
나도 모른다.

굳이 나를 감추고 싶은 생각은 없었다.
상당히 불편하기에.
그래서 나는 내 전화번호도 가물거린다.
컴퓨터에 접속해서 간단한 절차를 거친 뒤
번호를 골라 Enter 버튼만 누르면 그만인 것을.
지금 중요한 것은 쉼이다.
너를 바라보며 달려가고 싶지는 않다.
멍청하게 재촉하기는 싫다.
그냥 나를 느끼고 싶다.
당신을 느끼고 싶다.
때 늦은 사랑도 간직하고 싶다.
폭설에 갇히고 싶기도 하다.
꼼짝없이 내가 되고 싶다.

7

억지로 일을 만들 필요는 없다.
그런데 나는 지금 되지도 않는 일을 만들어
손에서 놓을까 말까 망설이는 중이다.
괜히 바쁘다고 했다.
이럴 줄 알았으면 만남을 흔쾌히 승낙했어야 했는데.

오늘의 만남이 그냥 불편할 것만 같았다.
모든 것을 내려놓는다.
그리고 생각 없이 그냥 너에게로 향한다.
부디 그 자리에 그냥 그렇게 멈추어 있기를 바라며.
내 욕심은 또 그렇게 나를 간사하도록 만든다.
한두 번이 아니다.
나는 항상 나를 그렇게 포장해왔다.
그럴싸했지만 정작 나는 불편하기만 했다.
왜 스스로 갇히려 하는 것일까?
왜 나를 포기하려 하는 것일까?
그러고 보면 나는 거침없는 바보다.
삶의 길이 쭉 그래 왔다.
이런 바보 같으니.
걷다가 지친 것일까?
지치다 못해 한없이 서글픈 것일까?
바보 같은 놈!
하지만 이것 또한 여행 일부다.
뭐든 생각하기 나름이다.

8

어느 순간부터 감성은 사치가 되어버렸다.
살아오는 동안 나는 나 자신을 상실하고 있었나 보다.
수수하고 순수했던 내 동심이 그립다.
무뎌진 동심을 찾아 추억 속을 걷는다.
그렇다.
나는 잠시 동심을 잊고 있었던 것뿐이다.
삶이 그저 빡빡했던 탓이다.
나는 그때로 돌아갈 수 있을까?
오늘은 때 묻지 않은 나를 찾아볼 생각이다.
어디에 있을까?
어느 시간 위에 자리를 잡고 있을까?
나에게 동심이 있었을까?
동심은 어쩌면 한없이 가벼울지도 모르겠다.
나 몰래 어디론가 날아가 버렸는지도 모르겠다.
그리고 어디엔가 씨를 뿌렸는지도 모르겠다.
찾고 싶지만 찾을 수 없다.
나는 너무 많이 변해버렸으니까.
어쩔 수 없는 일이다.
예견된 일이었는지도 모르겠다.
추억은 모호해졌다.

나는 나를 잊어버린 지 오래다.

한없이 소심해져 버린 나.

나를 부정하는 나!

어디에서부터 나는 방황하고 있었을까?

당신은 왜 그런 나를 바라보기만 했을까?

참견하기 싫어서?

귀찮으니까?

아니, 감정은 사치가 아니라 시작인지도 모르겠다.

다시 내 이정표를 만들면 그만이다.

하지만 동심은 간직하고 싶다.

9

밤이든 낮이든 상관없었다.

초저녁이든 새벽이든 상관없었다.

내게는 게의 치 않는 개념일 뿐이었다.

네가 오고 싶을 때 언제든지 받아주었었다.

오든지 말든지 결정은 너에게 달렸었다.

너를 마중 나갔다가 속절없이 되돌아올 때면

나는 미련을 버리지 못한 채 자꾸만 뒤돌아보았다.

그것 아니?

언제나 너를 받아들일 준비가 되어 있었다는 것을
잊지는 말아다오.
난 항상 너만을 바라보았었다.
너도 내 가까이에 있어 주면 안 되겠느냐고?
물었던 적이 있었다.
너는 그럴 수 없다고 대답했다.
그러면서도 너는 다가왔다.
그러나 이제는 내가 경계할 수 있는
거리만큼만 있었으면 좋겠다.
너의 쳐들어올 것 같은 침묵에 나를 방치할 수는 없다.
그래야 방어할 수 있을 테니까.
그래야 나를 지킬 수 있으니까.
언제까지 너에게 나를 내팽개칠 수 없으니까.
나는 이제 너를 기다리지 않을 생각이다.
네가 어느 순간 왔을 때
나는 너의 귀싸대기를 갈길 수 있어야 하니까.
나는 실없는 바보가 아니니까.
너는 결국 나에게서 침략자니까.
너를 감싸주고 싶은 생각은 없다.
그럴 시간이 있으면 나를 정답게 감싸야 하니까.
나는 나를 포기할 수 없으니까.
나는 소중하니까.

이제는 흔들리고 싶지 않고 강해지고 싶으니까.
그래서 네가 방심하고 다가왔을 때
나는 너에게 마지막 근사한 이별을 남기고 싶다.

10

새벽하늘이 더할 나위 없이 맑다.
촘촘히 빛나는 별들도 선명하다.
마치 너와 함께 했던 추억들이
하늘에 고스란히 에피소드로 남아 있는 것만 같다.
그중에서 가장 빛나는 별을 찾아 훌쩍 떠나본다.
아!
너의 한때와 나의 한 때가 겹쳐진다.
우린 그때 참으로 행복했었다.
그때는 미처 이별을 생각하지 못했다.
마냥 불타오르기만 했다.
이별을 생각하고 있었다면
정작 이별은 없었을지도 모른다.
삶은 만남이어서 좋기도 하지만
이별이어서 한없이 슬프기도 한 것을.
인연이 아니었다면 어땠을까?

네가 내 기억 속에 남아 있어서 아프다.
그리움 지울 수 없다면 얼마나 좋을까?
하지만 필연이었던 것을.
거스를 수 없는 운명이었던 것을.
점점 선명해지는 너!
별들은 왜 하염없이 빛나기만 하는 것인가?
어쩌면 그 빛남이 소리 내어 우는 소리인지도 모르겠다.

11

지난밤 의미 없이 신나게 달렸다.
시간을 날로 먹었다.
무작정 사랑을 찾아 헤매고 다녔다.
그런데 그다음부터는 기억나지 않는다.
어떻게 집에 기어들어 왔는지도 모른다.
왜 이렇게 불안한지 모르겠다.
결국, 미친개가 되고 말았구나.
혹시 누군가를 물지는 않았나?
그러나 후회해도 날로 먹은 시간을
돌이킬 수는 없다.
오늘은 내 몸이 탈이 났다.

시간도 좀처럼 흐를 생각을 하지 않는다.

멈추어 버린 것인가?

차라리 멈추고 싶다.

마음대로 시간을 조종할 수 있다면,

그래도 그 순간은 지울 수 없을 것이다.

늘 그랬다.

후회를 반복하면서 시간에 연연하는 못된 버릇.

날로 먹을 것이 따로 있지

어떻게 시간을 소화도 시키기 전에

배설할 수 있는지.

정작 사랑은 무작정이 아닌 것을.

산산이 깨져버린 기억의 조각들은 이미

흩어지고 말았다.

퍼즐 모양으로라도 남아 있으면 맞추어 보겠지만

남은 것은 알 수 없는 두려움 때문이다.

이러다가 영영 기억을 잃어버리는 것은 아닌지.

흩어진 기억들은 모래알 같다.

이제는 신나게 달릴 여지가 없다.

12

새벽 5시.

녀석,

그렇게 늦장을 부리더니 이제야 게슴츠레 눈을 떴다.

낮술 때문인가?

아니면 밤새 클럽에 있었니?

선글라스 끼고 조심해서 가거라.

달아, 달아, 달아.

너는 거북이고 해는 곧 토끼가 될 터다.

네 탓에 지금은 초저녁이 되었구나.

때로는 너도 천천히 걷고 싶을 터.

누구나 걷다가 지치면 쉬어가는 법.

그래 지금 이 순간,

나도 초저녁이다.

달고 사는 불면증 때문이다.

발목에 모래주머니처럼 매달려 있는 녀석.

단 하루도 빠짐없이 내게로 다가와

온 밤을 제 마음대로 떠들다가,

지껄이다가 스스로 지쳐버리고 마는 녀석.

녀석은 늘 무뎌졌다가,

늘 무뎌져서 되돌아간다.

언제까지 내 곁에 녀석이 있을지 모르겠다.
쫓아내면 더 악착같이 붙어
머리카락에 껌딱지로 남는다.
내일 새벽 5시 달은
한 걸음 더 앞서서 걸어가고 있겠지.

13

언제나 괴물은 존재한다.
사라지지 않는다.
시기를 기다리고 있을 뿐이다.
늘 그렇게 평범하게
우리 곁에 도사리고 있다가 발톱을 드러낸다.
결국, 괴물은 우리도 모르는 사이에
우리 자신이 되어버리고 만다.
불쑥 튀어나오는 것이 아니다.
방관하고 외면하면 할수록
괴물은 점점 더 몸집을 키운다.
인류가 존재하는 한
괴물은 절대 사라지지 않을 것이다.
하지만 나는 네가 괴물이 되어가는 것을 보고 싶지는 않다.

물론 나도 괴물이 되고 싶지는 않다.
너를 가만히 바라본다.
괴물이 되는 것은 순식간이다.
괴물이 되지 않기 위해선
언제든 스스로 자신을 보여줄 수 있어야 한다.
나를 천천히 돌아본다.
그러나 그 뒤에는 괴물을 키우는 우리가 늘 있다.
지금 이 순간에도.
그래도 불안하게 생각하지 않을 것이다.
불안하고 두렵다면
나는 결국, 괴물이 되기에 다분하기 때문이다.
존재하는 것을 부정도.
긍정도 하지 않을 생각이다.
오히려 그편이 나을 듯.

14

흘러가는 대로다.
멈출 수 있다면 얼마나 좋을까?
그러나 그 누구도 흐름을 막을 수는 없다.
그것은 숙명이기 때문이다.

그것을 온전히 받아들이며 존재함을 느낀다.
그러나 멈출 수 없음이 안타까울 때가 있다.
문득 거울을 보았을 때,
혹은 무심코 의욕 없이
지나치려는 나를 느낄 때 나는 허탈해진다.
나를 돌이켜 보려 하지만 나는 벌써 지나치고 만다.
너에게서, 그리고 나에게서.
도망치려고 했던 것은 아니다.
다만 흐름이 나를 의식하지 못하는 사이에
옮겨 놓는 것이다.
남는 것은 지나간 세월뿐이다.
아깝지만 그 속에는 내가 분명 존재하고 있다.
시간을 더 알차게 사용하지 못한 것이 부끄러울 따름이다.
오늘도 나는 하릴없이 시간을 많이도 사용했다.
나는 나를 사랑하고 기쁘게 해주어야 할 권리와 의무가 있다.
나는 과연 나를 사랑했던가?
아! 이 자괴감은 뭔가?
나를 뚫어지게 바라본다.
그러자 거울 속의 또 다른 내가 나를 나무라듯 쏘아본다.
제기랄! 그래.
흐름에 익숙하기에 나에게 소홀할 수 있다.
그러나 이건 아니다.

나를 채근해 본다.

멍청이.

15

있고 없음이 중요한 것은 아니다.
나에게 있어 얼마나 간절하고 소중한가가 문제다.
그렇다고 욕심은 금물이다.
과하지도, 모자라지도 않은 그 중간에 서고 싶다.
그렇지만 어중간은 사양하겠다.
너에게는 특히 그렇다.
그래서 밀고 당기기를 계속하는지도 모르겠다.
나는 그렇다.
하지만 너는 어떤지 모르겠다.
실증이 날 수도 있는 그런 나의 자세가
너에겐 짜증을 불러일으킬 수도 있겠지.
그래 네가 차라리 오해했으면 좋겠다.
그러면 나는 너에게 더 적극적일 테니까.
네가 어떤 꿈을 꾸고 있는지 궁금하다.
너의 꿈속에 내가 보였으면 좋겠다.
그리고 나의 꿈속에서

너를 만날 수 있었으면 좋겠다.

너의 이름을 불러본다.

꿈속에서도 나의 진한 입맞춤으로

네가 행복할 수 있었으면 좋겠다.

뭐, 아니면 말고.

그렇다고 삐지지는 마라.

때로는 무관심도 관심일 때가 있으니까.

나의 관심을,

너의 관심을 오늘은 레일 위에 올려볼 생각이다.

그래도 나는 너만을 바라보고 있을 것이다.

어찌 보면 너와 나는

전생에 질긴 악연이었는지도 모르겠다.

너와 내가 존재함은 결코 우연이 아닐 것이다.

그 가닥을 나는 놓지 않을 생각이다.

레일 위에서 나란히 걷고 싶다.

간혹 너를 바라보면서 아무런 대화 없이

걷고 싶다.

마냥 그렇게 너와 내가 되고 싶다.

16

꺾어진다는 것은 슬픈 일이다.

오늘도,

내일도 변함없이 꺾이면서 기울겠지.

그것은 변함없는 이치다.

그래도 안간힘을 쓰며 잡고 싶은 것이 바로 지금이다.

올해도 이제 며칠 남지 않았다.

그러나 여전히 나는 제자리걸음 중이다.

올해 세워두었던 계획과 목표는 길을 건너가고

나는 횡단보도의 적색 신호등에 발길을 잡히고 말았다.

이게 뭐야!

그렇게 해마다 시작은 희망이요,

끝은 늘 후회였다.

나는 언제쯤 단단해질 수 있을까?

그렇다고 아직 우울은 아니다.

남은 며칠을 정리할 생각이다.

나이의 꺾임은 슬프지만

그렇다고 발만 동동 구르고 있을 수는 없다.

오늘은 서두르지 않아도 오고,

오라는 이 없어도 갈 곳은 많다.

오늘을 미아로 만들지는 않겠다.

아무렇게나 꾸겨져 쓰레기통에 버려진다면
얼마나 슬프겠는가.
그것은 자신에 대한 예의가 아니다.
나는 나 자신을 행복하게 해 주어야 할
의무가 있기 때문이다.
그것은 삶의 의미이다.
어차피 나를 외면할 수 없는 법이다.
자! 오늘을 즐길 준비가 되었는가?
그럼 지금 당장 문을 열고 힘껏 달려나가자.
누군가 반가운 사람을 만나게 될지도 모른다.
누군가 반갑지 않은 사람이라도
반가울 것만 같은 날이 될지도 모른다.
그렇게 성숙해지는 것이 어쩌면 시간의
의미일지도 모르겠다.

17

기다림의 시작이다.
지루하거나, 설레거나, 이것도 저것도 아닌 딱 중간이거나,
살짝 한쪽으로 치우치거나.
그중에 기다림이 있다.

커피 한잔으로 누군가 다가오기를 기다리며 먹먹해 본다.
도대체 얼마를 더 기다려야 하나?
너는 알고 있겠지.
나쁜 사람.
그렇다고 너를 욕하고 싶은 마음은 없다.
단지 나에게만 주어진 소중한 길이기에
서두르고 싶지는 않다.
바보 같이 얽매이고 싶지도 않다.
말했듯이 기다림의 시작이라고 하지 않았던가.
나는 미늘 없는 낚싯바늘로 사랑을 낚는 중이다.
아니, 기다리는 중이다.
아니, 세월을 낚는 중이다.
시작이기에 두려울 것은 없다.
늦은 것도 아니기에 나를 확인할 수도 있다.
나는 이렇게 천천히 너에게로 한 걸음씩 걸어간다.
두 걸음도 세 걸음도 걷지 않겠다.
하루에 한 걸음만 걷겠다.
그것이 네게 걸어가는 나의 방식이며 기다림이다.

18

설렘은 없다.
사치가 되어버린 지 오래다.
그만큼 삶에 찌들었다는 이야기다.
하늘의 태양을, 구름을, 달을, 별을 보면
무슨 생각이 드는가?
아무 생각도 없이 그저 무덤덤하다.
어린 내 동심은 어디로 갔을까?
가출해 버린 이 녀석을 잡아와야겠다.
잡아다가 주머니 속에 넣고 가끔 꺼내봐야겠다.
어렸을 때는 몰랐던 소중했던 것들.
그러나 이제는 미련으로 남은 것들.
어쩌면 내 삶에서 영원히 미련으로 남을지도 모르겠다.
그렇지만 이제부터는 미련을 만들지 않을 참이다.
미련만 남는다면 내 삶이 너무 버거워질 것
같기 때문이다.
조금은 가벼운 마음으로 살아가고 싶다.
여유도 부리면서,
때로는 나 자신에게 잘했다고 선물도 해주면서,
영화관에 홀로 앉아 슬픈 영화를 보며
눈물을 흘리기도 하면서.

사치가 되어버린 설렘은 내 마음속 어디엔가
분명히 남아 있을 것이다.
찾아본다.

19

그 바다에 가고 싶다.
그 시절 그때의 그 바다.
갈 수 없음을 안다.
그래서 더 서글프다.
크리스마스는 남의 일이 되어 버렸다.
그 시절 그때의 그 크리스마스를
마주할 수 없기 때문이다.
이러다가 모든 것이
남의 일이 되어버리면 어쩌려는지 모르겠다.
나는 언제 영혼을 팔아버렸을까?
그러기에 나 자신을 내세우기가
겁나는 것인지도 모르겠다.
그 바다가,
그 시절이,
그 크리스마스가 지금이 될 수는 없지만

지금 다시
그 추억을 만든다면
그 바다,
그 시절,
그 크리스마스는 있을 수 있다.
우리는 그렇게 살아가는 거다.
하나둘 익숙했던 존재들을 잃어가면서.

20

오늘을 자국으로 남겨본다.
애써 자국을 만들려 하지 않아도
자국은 남기 마련이지만
그래도 선명하게 기억할 수 있는
무언가를 남겨야겠기에.
그래서 친구에게 전화했다.

"야, 인마! 앞으로 전화하지 마!"

폭격을 맞은 녀석은 어이가 없겠지.
넌 자국이다.

나에게 남은 자국이다.
잊힐 뻔했던 너를 각인시켜 준 나를
너는 뻔뻔하다고 말할지 모르겠다.
그래, 어쩌면 나는 나 자신을
내세우고 싶었는지 모르겠다.
어쨌든 서툰 오늘을 자국으로 남겼다는 것이
중요하지 않을까?
너에게는 미안하다.
대꾸 없는 녀석의 반응에
무시당하는 기분도 들기는 하지만 그래도
기분 나쁘지는 않다.
진심이 아님을 녀석을 알 터이기에.

21

이제 겨우 적응이 되어가려 하는데
벌써 올해는 며칠 밖에 남아 있지 않다.
적응하려 하면 저만치 앞서 가는 녀석.
녀석을 어쩌면 좋을까?
녀석은 또 해 앓이를 하게 하고,
또 계절 앓이를 하게 만든다.

빌어먹을 녀석.

그렇게 내빼면 다냐?

잠시 기다려 주는 예의를 가져주었으면 좋겠는데.

녀석은 뒤도 돌아보지 않은 채 콧방귀만 뀐다.

녀석이 얄밉다.

그래도 어쩔 수가 없다.

또 체념해야 하는가?

아!

올해의 마지막 날은 약속을 잡지 않겠다.

그냥 혼자서 녹차 한잔을 마시며

올해를 곱씹어 볼 생각이다.

잘난 네 녀석을 앞세워 먼지 나도록 패줄 것이다.

나는 다시 심드렁해지거나 삐뚤어지겠지.

그래도 군더더기로 달라붙어 있는 찌꺼기는

털어내야 하지 않을까?

나를 또 다른 한해로 묶혀두고 싶지는 않다.

그러다가 또 서럽게 울겠지.

그게 삶이다.

구차하게 시간을 잡지는 않겠다.

22

며칠 사이 확 늙어버렸다.

세상도 늙어 가는 것 같고,

또 올해도 늙지 않기 위해 안간힘을 쓴다.

이제 며칠을 산다.

그 며칠 동안 무엇을 할까?

이것 참!

마땅히 하고 싶은 것이 없다.

이대로 마지막인가?

어쨌든 다시 젊어지기 위해 올해도 늙는다.

너도 늙는다.

많이도 늙었다.

360여 일을 늙었으면서 다시 365일을 늙기 위해

달려가는 녀석.

무슨 생각일까?

생각 없이 달려가지는 않을 터.

너의 속도는 결국, 나를 잡아먹고 말 것이다.

너의 기세에 나는 자꾸만 위축되어 간다.

늘어만 가는 주름살.

너는 시작부터 주름을 남겼다.

모든 생명체의 위에 서려 주름을 남기는 녀석.

그렇다고 네가 그리 잘난 것은 아니다.
그냥 섭리일 뿐이지 너는 권력이 될 수는 없다.
네가 권력이 될 때 너는 파멸하고 말 것이다.
이 녀석!
너는 누구를 위해 존재하는 것이냐?
이 행성의 삶이라는 형벌을 위해서?
모든 것에서 벗어나고 싶다.

23

이 맛은 필시
저승과 이승을 오도 가도 못하고 방황하는
길 잃은 맛일 것이다.
아!
그 와중에도 배가 저절로 부른 이유는 무엇이냐?
차라리 에스프레소 더블 샷을
열 잔 마시라면 선 듯 나서겠다.
하지만 이 맛은 도저히 용서할 수 없는 맛이다.
오늘은,
한 번쯤 왔을 법도 한 날이다.
아니, 몇 번쯤 와봤을 오늘인지도 모르겠다.

새로 갓 지어낸 밥처럼
개로 갓 시작한 오늘의 맛이 아니다.
내가 놓치고 만 것이 있는 것 같은데.
죽음?
어제의 죽음과 오늘의 삶?
아니면 나의 죽음이다.
나는 이곳에 존재하지 않을지도 모른다.
아주 먼 곳에서 나를 바라보고 있는 듯한 느낌!
누군가가 쓴 소설의,
혹은 영화의 일부분인 것 같은
알 수 없는 미묘함과 텁텁함.
오늘을 생각하는 맛을 나는 영원히
그려내지 못할지도 모른다.
어쨌든 이 군내 나는 맛은 아니다.
아니다.
내 몸뚱이는 어차피 없었는지도 모른다.
이건 분명 누군가의 단상일 것이다.
누군가의 틀에 박힌 일상일 것이다.

24

아무렇지도 않게 시간은 흐른다.

사람들도 변함없이 순응한다.

늘 그래 왔다.

시간을 거꾸로 되돌릴 생각을 하면서도

선 듯 나서지는 못한다.

단지 지금을 또 기약할 뿐이다.

지금과 또 지금에 순간순간 대처할 뿐이다.

우리는 내년에도 다시 이 자리에 설 것이다.

좀 더 성숙한 자신이 되길 바라면서.

그래서 가는 시간을

무덤덤하게 받아들이는 것인지도 모르겠다.

그래,

아무렇지 않게 보내주자.

그래야 다른 내가 있을 수 있을 테니까.

하지만 미련은 조금 남겨두자.

그래도 아쉽기는 할 테니까.

그리고 묵묵히 걸으면 되는 것이다.

짧으면서도 긴

인생이라는 길 위에서 나는 잠시 멈추어 본다.

오늘을 기억할 수 있을까?

하하 그냥 웃자!
인생이란 다 그런 것이니까.
그 거대한 틀을 나는 허물 수 있을까?
하하하,
그냥 웃지 뭐.

25

문장들의 뼈를 발라낸다.
정작 남는 것은 없다.
더 집요하게 해부해 본다.
단어들,
자음과 모음을 나열해 놓는다.
참 의미 없다.
왜 나는 늘어놓지 못해 안달하는 것일까?
정작 다시 문장을 만들어 놓을 거면서.
이제는 그것이 심드렁한 버릇이 되어버렸다.
문장의 뼈를 발라내면 무엇이 남을까?
뼈가 있기나 한 걸까?
자음과 모음을 제외한 보이지 않는 뼈.
말이 씨가 되는 뼈.

문장이 삭제되는 순간,
숨이 막힐 것 같은 정적만 남았다.
이 동네는 길고양이가 울지 않는다.
조용해서 오히려 그것이 낯설다.
내 머릿속도 점점 낯설어지는 밤!
아니, 새벽!
늘 새벽이었다.
이 동네에서도, 그 동네에서도.

26

네가 없어도 축제는 계속된다.
넌 이미 멈추었지만,
다시는 걷지 않을 테지만.
안타까운 것은 더는 너와 함께 할 수 없음이다.
너는 언제나 변하지 않은 모습 그대로
그 자리에 있을 것이다.
너에게는 미안하지만
너는 더는 늙지 않아서 좋겠다.
그렇다고 힘든 길 억지로 가지는 마라.
기다렸다가 내가 가면 함께 걷자.

그동안 잠시 쉬고 있으렴.

아무래도 너에게는 그리 긴 시간은 아닐 것이다.

너는 아마도 순간이동을 할 수 있을 테니까.

난 천천히 걸으련다.

급할 것 없이 인생 쇼핑을 즐기고 싶다.

그래도 뭐라고 투덜거리지는 마라.

나에게도 그다지 긴 시간은 아니니까.

내가 기억하는 순간부터 지금까지를 생각하면

순식간에 흘러 버렸다.

그러고 보면 앞으로도 나도 모르는 사이에

순간 흘러 버릴 것이니.

나는 그동안 그 시간을 잡기 위해 안간힘을 쓰겠지.

기다려 주겠니?

축제는 이제 시작이다.

27

지금 너에게로 간다.

정확히 말하면 나의 꿈속에 나타날

너를 만나러 가는 것이다.

그러나 야속하게도 잠이 오지 않는다.

네가 내 꿈속에 주연으로 캐스팅되었는데.

이대로 너와의 만남을 포기해야 하나?

눈을 감고 숫자를 세지만 그래도 소용이 없다.

어떻게 하면 너를 빨리 만날 수 있을까?

나는 안절부절못한다.

오늘은 너를 꼭 만나야 하는데.

아무래도 오늘 너와 나는 밤이 되고 낮이 될 것만 같다.

정반대가 되려 하는 너와 나를 어찌하면 좋을까?

그래도 언젠가는 만날 수 있겠지.

꼭 꿈속이 아니어도 좋을 것 같은데.

너는?

현실에서 너를 만날 수 있을까?

어쩌면 스쳐 지나갈 수도 있겠지.

꿈속의 네 모습이 아닌 생소한 다른 모습인 너를

나는 알아볼 수 있을까?

너는 나를 알아볼 수 있을까?

희망 사항일 뿐이지만 그렇게라도 너의 온기를

느끼고 싶다.

함께할 수 없어도 좋다.

욕심과 아픔은 훌훌 털어버린 지 오래다.

다만 스치는 옷깃으로 말해다오.

아니다.

싫다.

나,

그 자리에 주저앉아 서럽게 또 몇 날 며칠을

울고 또 울겠지.

28

여기에 그냥 서 있을까?

익숙하거나 아니면 낯설거나 둘 중의 하나다.

그래도 어색한 것보다는 낫다.

그렇지만 그냥 여기에 서 있고 싶어도

그것이 뜻대로 되는 것은 아니다.

그래서 나는 나에게 있어서 신이 되기로 했다.

어차피 제멋대로인 것이 삶이니까!

내가 없다면 신도 없을 테니까.

신이 된다면 먼저 하루의 흐름을 멈출 것이다.

그 하루가 영원했으면 좋겠다.

물론 반복되지 않는 하루.

그러다 지치면,

내 의미가 소중하다고 느낄 때

멈춤 없이 스스로 자연스럽게 흐르게 될 것이다.

그냥 그랬으면 좋겠다.
오늘을 살아가는 사람이면 누구나 한 번쯤
그런 생각을 하지 않을까?
그러나 나는 24시간도 되지 않아 스스로 잠들고 싶어 하는
마냥 그런 사람이다.
여기에 그냥 서 있을 수는 없다.
모두 떠나고 나면 혼자 외로울 테니까!

29

좋다거나 싫다거나.
녀석은 대답을 회피한다.
딱 잘라 말하는 법이 없다.
말끝을 흐리는 것이 녀석의 버릇이다.
그래서 속 터질 때가 한두 번이 아니다.
나는 늘 강요한다.
녀석은 늘 섭섭해 한다.
그래도 옳고 그름,
싫고 좋음은 늘 일방적이어야 한다.
밋밋함은 개성이 없으니까.
개성이 없다는 것은 스스로 흐려지는 것이니까.

나를 찾을 수 없으니까.
그래서 자신도 모르게 모가 나서
다가서려는 사람을 알아보지 못한다.
또는 자신도 모르게 상대를 밀어내곤 한다.
녀석은 늘 그래 왔다.
상대가 어떻게 생각하던 안중에도 없었다.
그렇게 자신을 괴롭히는 것에 녀석은 익숙해지고 말았다.
녀석은 늘 혼자였다.
혼자서 무엇을 하는지 모르겠지만, 녀석은
바쁘다는 핑계를 대곤 한다.
스스로 자신을 가두어버린 섬!
난 그 섬에 가지 않을 것이다.
이제 녀석에게 낭비할 시간은 없다.
녀석을 붙잡을 생각도 없다.
그 모든 것은 녀석의 몫이고 선택이다.
나는 그저 녀석을 괴롭히고 싶지 않다.

30

이 살벌한 눈빛은 뭐냐?
뭘 그렇게 씹어 대는데?

정말 이러기냐?

어라?

이것이 쓴맛을 봐야 정신을 차리지.

거울 속의 내가 나를 흘기고 있다.

자기가 나라고 우긴다.

이 녀석을 어쩐다?

녀석아 네 녀석은 바로 나라고!

똑바로 봐.

어때?

녀석이 딴짓을 한다.

머리를 긁적이다가 뺨을 갈기기도 하고,

얼굴을 꼬집으며 해괴망측한 표정을 짓기도 한다.

녀석은 오히려 나를 가지고 노는 것 같다.

녀석은 나를 한참을 쏘아보다가 혓바닥을 내민다.

그 오만함이 어디에서 나오는지 모르겠다.

결국, 나라고 우기는 너와 나.

이쪽 공간과 저쪽 공간의 나.

그 중간에 또 다른 내가 있다.

점점 숨이 막혀 오는데 이를 어쩌나?

나는 나를 잃고 싶지 않다.

그런데 오늘은 나를 잃어버릴 것만 같다.

정신을 똑바로 차려야 한다.

잃어버리면 영영 되찾을 수 없기에.
그런 것이기에.

31

이제는 그 누구도 바라보지 않는다.
이 순간 무뎌짐을 느낀다.
굳은살이 참 많이도 배겼다.
배길 곳이 없어서 연약한 마음에 배기다니.
그래서 그 누구를 바라봐도 무감각할 뿐이다.
아니면 아직 내 마음을 열어줄 상대를
만나지 못했던 것일지도.
그래도 상관은 없다.
어차피 며칠 후면 다시 시작해야 하니까.
연말이면 꼭 그렇더라.
실속 없이 딱딱해진 내 마음에
나도 모르게 불안한 현기증을 느끼곤 한다.
아! 이제는 기름칠해야 할 나이다.
예전에는 그냥 놔두어도 회복 속도가 빨라
금세 설레곤 했는데.
이게 모두 나에게서만 유독 겉늙어 버리고 마는

개념 없는 세월 탓이다.
나는 왜 여기에 서 있나?
불타는 욕망을 주체하지 않았다면
나는 다른 곳에 서 있었을지도 모르겠다.
하지만 그래도 나는 지금의 나로도 만족하고 있다.
결코, 스스로 불쌍하다고는 느끼지 않는다.
그러고 보면 난 천천히 잘도 걸어왔구나.

32

그냥 두고 본다.
어차피 제 갈 길은 알아서 찾아가야 한다.
대신해 줄 수 없음도 스스로 깨달아야 한다.
가다 보면 알 것이다.
그렇게 알아야
다시는 엉뚱한 길로 빠지지 않을 것이다.
낯선 길을 찾아가는 설렘을 가로채고 싶지는 않다.
그래 멋대로 가라!
지켜보는 것도 나름 흥미진진하겠지.
언젠가 너도 내가 되어서 다른 관점으로 세상을 보게 될 것이다.
그때는 후회하지 않기를,

걸어왔던 길을 바보처럼 다시 걷지 않기를 바란다.
녹록하지 않은 세상이지만 그렇다고 겁먹을 필요는 없다.
내가 없을 때도 너는 걷고 있겠지.
먼 곳에서 그런 너를 지켜봐야 하는 내 마음은
불안하겠지만.
걸어온 길보다 걸어가야 할 길이 더 많이 남아 있는 너.
지켜줄 수 없음이 아픔이다.
그냥 두고 보면 알 일이지만 나는 변해가는 너의 모습에
흥분하거나 화를 내게 될지도 모르겠다.
아니, 그럴 것이다.
나를 원망해도 좋다.
그러나 이것만은 잊지 말아다오.
나는 이미 너의 존재라는 것을!
나는 네가 포기하는 것은 원하지 않는다.
내가 걸어간 길보다 더 많은 길을 너는
지난하게 걸을 것이다.
그 길 위에서 너는 나에 대한 기억을 간직이나 하고 있을까?
나는 점점 초라해져 가겠지.
그러다가 점점 시들어 메말라버리겠지.
너는 또 다른 너의 존재를 바라보아야 할 테고.
나는 끝끝내 잊히겠지.

33

나는 항상 위를 올려다본다.

나는 항상 아래를 내려다본다.

하지만 보는 관점에 따라서

내가 서 있는 곳이 위가 될 수도 있다.

위와 아래, 아래와 위.

나는 변함없는 그 중간에 서고 싶을 뿐이다.

이것도 저것도 아닌 딱 중간!

편을 가르고 상대를 노려볼 필요 없는

그만큼의 세상.

그들만의 세상이 아닌 나와 너의 세상.

하지만 그곳에서 안주하고 있을 수만은 없다.

중간은 때로는 변하기도 하는 것이니까.

그렇다고 경우의 수는 논하기 싫다.

시간 위에 선을 긋고 그 선을 벗어나지 않는다면

그것이 중간이 될 수도 있는 법이다.

누구의 편도 들지 않겠다.

나를 포기한다는 말은 아니다.

나를 내세우면서도 중간을 지킬 수 있는

그 길을 걷고 싶다.

이리저리 흔들리지 않으면서 꼿꼿하게 걷고 싶을 뿐이다.

누군가 한쪽을 택하라고 하더라도 나는 소심해지지 않겠다.
한쪽을 택하라면 양쪽을 택할 것이며
필요 없다면 관망할 것이다.
선택의 여지가 필요하지 않은 계절에 나는 서고 싶다.

34

가까이하기에는 너무 멀고,
멀리하기에는 너무 가까운 거리에서
그녀와 마주 보고 섰다.
우린 항상 그 정도의 거리에서 밀고 당기기를 계속한다.
때로는 설레다가도
때로는 지루할 때도 있지만 서로 내색은 하지 않는다.
그냥 마주 보는 것만으로 만족한다.
그렇다고 불륜이냐고?
물론 아니다.
우린 불륜만큼이나 더 복잡하고 예민한 감정들을
가슴에 담고 살아간다.
그것을 건들지 않는 것이 철칙이다.
그 누구도 그것을 입에 담지 않는다.
그 형체를 그냥 짐작하고 있기 때문이다.

정확히는 알지 못한다.

그 무엇.

그래서 너는 너고 나는 나다.

그러다가 어느 순간에는 우리가 되는 것이다.

대중없이 지껄이는 것도,

의미 없는 대상도,

사랑의 감정도 희미해질 때가 있다.

그래.

오늘은 그냥이다.

오늘만큼은 그냥, 그냥이고 싶다.

어떤 것에도 그 어떤 논리도 필요치 않은 오늘!

그냥 즐기고 싶다.

우리가 아닌 그냥 나 혼자인 채.

때로는 혼자일 때도 좋을 때가 있는 법이다.

오늘은 외로워하지 않기!

무슨 소리를 하고 있는지 모르겠다.

아! 어지럽고 복잡하다.

점점 희미해지다가 선명해지기도 하고.

그냥 자야겠다.

일곱 걸음

1

강력접착제를 샀다.
하지만 아무런 소용이 없다.
깨진 시간이 흔적 없이 흩어져 버렸기 때문이다.
좀 더 서둘렀더라면 깨진
시간의 기억들을 찾아 다시 붙여 놓을 수도 있었을 텐데.
이제는 영원히 제자리를 찾지 못할 것이다.
너는 기억 속에 너무 흐릿하다.
어중간에서 멈추었어야 했다.
하지만 그놈의 객기가 그런 사단을 만들어 버리고 말았다.
차라리 대꾸하지 말 것을,
뒤돌아보지 말 것을,
못 본 척 지나쳐 버렸으면 그런 일은 생기지 않았을 터인데.
미끄러져 버리고 말았다.
그저 살짝 미끄러졌다고 생각했는데
산산조각이 나고 말았다.

서둘렀어도 소용없었을 것이다.

시작부터 기억은 뒷전이었을 것이다.

그랬기에 감당하지 못할 짓을 해버리고 말았지.

접시와 같은 것이,

유리와 같은 것이 시간이고 기억이다.

밤이면 기억의 두께는 더 얇아진다.

어딘가에 살짝만 부딪혀도, 긁히기만 해도 감당할 수 없이

가벼워지고 마는 것.

사랑도 그러할 때가 있다.

둘이었다가 하나가 되고,

한순간 등 돌리면 둘이 되어버리고 마는 아픔 같은 것.

그것은 없음이었고, 있음이었으며 또 없음이다.

접착제도 어쩔 수 없는 것.

한순간 놓치고 마는 것.

되돌려 놓았다 하더라도 마냥 안심하고 있을 수 없는 것.

차마 되돌아설 수 없다.

흩어진 기억은, 사랑은 바람이 되어버렸다.

2

한순간 폭삭 늙어버렸다.

얼마나 아팠는지 모른다.

그저 끙끙 앓는 것밖에 그 무엇도 할 수가 없었다.

"바보 같으니! 그렇게 아프면 병원에 갈 것이지."

그러나 그 어떤 처방도 받을 수 없었다.

다만 겪어야 알게 되는 거라고 알고 있다.

그 팽팽했던 얼굴은 혈색을 찾을 수 없고,

그 검고 윤기 있던 머리카락도 백발로 변한 것 같다.

마치 다른 사람이 내 속에 들어와 있는 기분이다.

분명 나는 아니다.

10년 후에나 존재하게 될 나의 모습을 바라보는 것 같아

불쾌한 기분마저 든다.

잠을 자고 일어나면 더 늙어버릴 것 같아

잠을 청할 수도 없다.

누군가 인생이 자유인지 억압인지는

스스로 생각하기에 달렸다고 했다.

그래서 난 그저 성숙하기 위해 자유롭게 앓았을

뿐이었는지도 모르겠다.

앓이는 계속될 것이다.

그만큼 나의 노화도 급격해질 것이다.

그 앓이가 사랑이었으면 좋겠다.

그 앓이가 의미를 지녔으면 좋겠다.

너의 앞에 서 있는 나를 생각해 본다.

한순간 폭삭 늙어버린 모습으로 나는 당당하게 너의 앞에

설 수 있을까?

모르겠다.

10년 동안 나는 식물인간 상태로 겨우겨우

연명하고 있었는지도 모르겠다.

그런데도 더 앓아야 할 것 같다.

앓이는 내게서 아직 끝나지 않았다.

나의 앓이와 너의 앓이가 같을 수 있을까?

아니다.

너의 앓이는 진즉에 끝났을지도 모르겠다.

나는 그런 네가 부럽다 못해 화가 날 지경이다.

3

커피의 신맛을 느낀다.

달콤함은 원하지 않는다.

쓴맛은 익숙해진 지 오래다.

그때,

그때마다 오묘한 향기와 맛을 내는 녀석.
그래서 너와의 절교가 어려운 것인지도 모르겠다.
너는 앙탈을 부리거나,
화를 내거나,
배신하지 않는다.
나의 비위를 잘 맞추는 녀석.
앞으로도 너를 계속해서 지켜볼 생각이다.
오늘은 너의 본연의 모습을 마주하고 싶다.
부디 감성도 풍부하게 지녔기를 기대해 본다.
부담 없이 느낄 수 있는 맛!
가까이 다가가면 가슴 열고 받아주는 그 맛.
요즘은 녹차를 자주 우리지 않는다.
요즘 들어 부쩍 커피와 친해졌다.
이렇게 친했던 적은 없었다.
녹차는 입안의 깔끔함과 맑음을 전해주지만
커피는 나름 외로움과 기다림을 동반한다.
둘 다 포기할 수 없는 이유다.
아마도 카페인중독인 것 같다.
한번 빠지면 한없이 빠져들고 마는 나.
하지만 정떨어지면 뒤도 돌아보지 않는 나.
내 사랑은 그렇게 매정하게 삐뚤어지곤 한다.
나도 어쩌지 못하는 나를 물끄러미 바라본다.

말을 돌리려고 하면 나도 모르게
쏟아져 나오는 버릇이다.
맛의 풍미로 나를 사로잡을 수 있다는 것이
더없이 행복해지는 날이다.

4

해마다 연장전이다.
어차피 끝장을 봐야 하지 않겠는가.
나와의 끝장 토론으로
나를 궁지로 몰아넣을 생각이다.
아니. 그냥 그러려니 해야 하나?
연장 선상의 시간은 어차피 흐른다.
긍정적으로 받아들이자.
그래도 늙기는 싫다.
내일은 젊어질 수 없는 걸까?
오늘도 늙기는 마찬가지다.
아침과 저녁,
그사이에 나도 모르게 늙는다.
부정하고 싶지는 않다.
때로는 늙지 않게 해달라고 앙탈을 부리며

얼굴에 에센스를 바르기도 하지만
효능을 보지는 못했다.
연장전을 앞두고,
몸 관리를 해야지 하면서도 술과 안주의 유혹에서
빠져나오지 못하는 나.
옳지 않은 것을 옳다고 믿어버리는 엉뚱한 녀석이
앉아 있다.
연장전을 앞두고,
전반전과 후반전을 되돌려 보는
미련 많은 녀석이 앉아 있다.
끝장이 나지 않을 것 같은 이 불안함.
토론은 결국,
나를 궁지로 몰아넣지 못할 것이다.
긍정적으로 나를 포장하려는 고집에 나는
무너지고 말 것이다.
해마다 그래 왔다.
그러면서도 마지막을 장엄하게 받아들이려는 나.
속이 텅 빈 것일까?
객기일까?
아직은 팔팔한 젊음이라고 우기는 나!
왜 이렇게 미련해 보이는 것일까.

5

시작은 늘 활기차다.
문제는 시간이 지날수록
시작의 의미에 무감각해진다는 것이다.
점점 지루해지다가 결국 흐지부지되고 마는
시작은 하지 말았어야 하지만
어디 그게 뜻대로 되는가?
시작과 끝은 다시 시작이다.
결말은 영원히 없을지도 모른다.
삶이 끝난다고 다음 챕터로 넘어가는 것은 아니다.
시작된 이상 계속되는 것이다.
어쩌면 시작이 누군가에게는 불행이 될 수도 있다.
시작은 삶 속에 고스란히 녹아들겠지.
그리고 불행하다고 스스로 단정 지어버리는 순간을
시작은 또 노리고 있을 것이다.
그러나 그렇게 반복되는 시작을 나는 차마 경멸할 수 없다.
내 몫이 아니기에.
나에게는 선택할 권리가 없다.
삶은 자신의 몫이다.
자신에게서 버림받은 시작을 남에게 전가할 연유는 없다.
남을 탓하는 순간 더 불행해 질 것이다.

행복을 만드는 것 또한 자신이다.
스스로 행복하다고 느끼면 되는 것이다.
애초에 시작은 없었는지 모른다.
시작이 먼저인지 끝이 먼저인지 모를 거대한 움직임!
그 속에 우리가 존재하는 것이다.
우린 작은 움직임에 불과하다.
그렇다고 맞서지 말라는 것은 아니다.
삶이 이어지는 한 계속되는 움직임에서 우리는
덧없이 살아가야 한다.
그 속에서 운명을 각자 만들어 가는 것이다.
활기차게!
권리를 누려라!
행복이든 불행이든 삶은 오직 당신들의 몫이다.

6

너는 지금 무엇을 하고 있을까?
궁금해 죽겠다.
너에게 항상 좋은 일만 생겼으면 좋겠다.
사실 빈말이다.
나를 거침없이 걷어찬 너.

내 기억 속에서 한 획을 그어 주어서 고마웠다.

나쁜 사람.

오늘은 술안주로 너를 선택했다.

야속하다 생각지 마라.

난 단지 씹을 안주가 필요한 것뿐이니까.

너는 정말!

아!

그래!

그렇게 좋았냐?

그 사람이?

아!

양다리를 걸쳤기에 망정이지

하마터면 우울한 나날이 될 뻔했다.

네 소식을 들었다.

왜 너는 이별을 밥 먹듯이 하는 것이냐?

이제 누군가의 품에 안주할 때도 되었건만.

안다.

너의 욕심이 결국, 너를 머물지 못하게 한다는 것을.

완벽한 사람은 없다.

그렇게 완벽함을 원한다면 너 자신도 완벽해야 할 것이다.

너를 탓할 생각은 없었다.

단지 안타까울 뿐이었다.

나 아닌 다른 누군가에게도 너는 술안주가 될지 모른다.
너를 만나게 된다면 순간접착제를 선물로 주고 싶다.
어디든 딱 달라붙으라고.
네가 술안주가 아닌 그리움이었으면 좋겠다.
사랑했던 사람아.

7

머릿속에는 쓰레기만 쌓여 있다.
올해 쌓아 놓은 것인데
또 어쩌지 못한 채 짊어지고
내일로 가야 할 것 같다.
아!
난 왜 미련을 버리지 못하는 것일까?
바보 멍청이.
탈탈 털어버리려고 나와 마주하지만
정작 삭제할 것이 없다.
올해는 진짜로 나를 버리자!
그러나 결국에는 아무것도 버리지 못한 채
스스로 자책할 것이다.
버릴 것은 버리고 간직할 것은 간직해야 하는데

나는 버린 것도 주워오는 못된 버릇이 있다.
인생이 재활용 일색이다.
미련한 녀석 같으니.
모든 것을 끌어안고 놓지 않으려 욕심을 부린다면
나는 쓰레기가 될 것이다.
쓰레기통이 될 것이다.
아무나 쓰레기를 버려도 되는 쓰레기장이 될 것이다.
욕심이 많은 탓은 자신에 대한 변명에 지나지 않을 뿐이다.
이제는 버려야 한다.
오래전에 깨져버린 유리창!
우선은 그 유리창부터 갈아 끼우고 더는 누구도
쓰레기를 버리지 못하게 나를 지켜야 한다.
그렇지 않으면
나 자신을 감당하지 못한 채
나 스스로 흐려지고 말 것이다.
나를 잊게 될 것이다.
구린 냄새만 풍기며 돌아다니는 넝마주이가 될지도 모른다.
후회하지 않기 위해
머릿속에는 거짓 없는 진실만을 남기기로
나 자신과 손가락 걸고 약속한다.
지킬 수 없는 약속이 되는 것은 아닌지?
그 모든 것은 오늘을 살아가는 나에게 달렸다.

슈퍼 문 닫기 전에 얼른 쓰레기봉투를 사러 가야겠다.
아니면 쓰레기차와 재활용 수거차량을 불러야겠다.
싹 쓸어버려야 한다.
물론 나를 위해서.

8

그냥이었다고 생각하자.
그렇다고 별 볼 일 없었던 것은 아니었다.
언젠가는 돌이키고 싶을 때가 있을지도 모르겠다.
너를 보내려 한다.
그냥 안녕.
항상 그렇듯 언제나 그냥이다.
붙잡을 수 없음을 알기에
서글픈 세월을, 미련만을 남겨둘 뿐이다.
시간 앞에서는 늘 담담해야 한다.
절대 겁을 먹어서는 안 된다.
주저하는 사이 일격을 당하게 될지도 모른다.
둔기로 뒤통수를 된통 얻어맞고 난 후에는 일어서기 힘든 법이다.
그냥이었다고 생각하기에는 불공평한 만남이 되어버렸다.
다른 만남을 위해서는 그냥이라는 말은 무책임한 말이다.

그래도 어쩔 수 없는 것은

언제까지 이 자리에 서 있을 수 없기 때문이다.

그냥이라는 표현은 마조히즘이거나 사디즘이다.

너에 대한, 나에 대한 자학이다.

그것을 원했던 것은 아니지만, 어느 사이 내 가슴은

뒤죽박죽되고 말았다.

담담함은 미래에 대한 두려움이고 그것은

그냥이라는 포장지다.

뜯어야 하는 단어.

그냥 지나가 버리는 시간.

지금은 모르겠다.

어느 순간 지금이 한없이 그리워지겠지만,

어느 순간 잊고 싶겠지만

어찌하겠는가?

그냥이라고 포장하기에는 너무 많은 것을 포기하는 것은 아닌가?

그래도 그냥이었다고 생각하고 싶다.

9

변함이 없다.

내 불면의 밤은 여전히 변하지 않는 숙제일 뿐이다.

쓰레기통에 처박고 싶어도
그 시작이 모호하기 때문에
뿌리째 도려낼 수가 없다.
그저 불면을 받아들이고 즐기는 수밖에.
다가온 오늘도 거부하거나
마다할 수 없이 받아들이는 것처럼.
변함이 두렵다.
다시 시작해야 하니까.
통째로 나를 바꿔야 하니까.
생소하고 낯선 내가 될 터이니까.
이대로 멈추어 버려라.
이대로 흘러가 버려라.
나는 못 본 척 할 것이다.
앞을 바라보지도, 뒤돌아보지도 않을 것이다.
눈을 감는다.
유체이탈을 시도해 밖에서 쭉정이인 나를 바라본다.
진실과 거짓이 뒤죽박죽되어 혼란해지면
차마 나를 볼 수가 없다.
나는 어느새 네가 되어버리고 너는 누군가가 되어버린다.
착각이나 착시 현상은 아니다.
다만 안주할 수 없기에 외로운 여행자가 되어야 한다.
변함은 그 시작에 불과하지만

나는 그 변함이 불만이다.
변하지 않고 나를 지킬 수 없는 것일까?
모호함이 나를 겁박하기 시작하면 나는 결국,
변하게 될 것이다.
그러나 낮과 밤이 그렇게 중요한 것인가?

10

어느 순간부터 나에게 일출과 일몰은 중요하지 않았다.
그저 무덤덤한 흐름의 흔적일 뿐이었다.
물론 큰 의미를 두지도 않았다.
아마도 너를 잃고 난 후부터였을 것이다.
그래서 인연을 가까이하기보다는
한 발짝 뒤로 물러서서 바라보곤 했다.
그러다 보니 나는 언제나 뒷전이었다.
새로운 오늘이 되었지만 나는 어제를 걷고 있다.
걷다가 지치면 주저앉아 쉬어가는 통에 나는 늘 한 발짝이 늦다.
그래도 조급하다거나 불안해하지는 않는다.
어차피 나에게 주어진 시간만큼만
살아가야 하기 때문이다.
한 발짝 빨리 걷는다고 달라질 것은 없다.

천천히 발을 구르며 걷는다.
그렇다고 요란하지는 않다.
절대 이목을 끌지는 않는다.
내가 존재하고 있음을 느낄 수 있으면 충분하다.
그 이상을 바라지는 않는다.
오늘도 나는 어제를 걸을 것이며
내 흔적을 남길 것이다.
과거와 현재와 미래를 나는 지금으로 살아간다.
삶?
별것 있겠는가?
살아가다 보면 알게 되는 것이다.
전전긍긍할 필요는 없다.
하지만 나와 한 가지 약속은 해야겠다.
어제를 살아가더라도 결코 미련은 남기지 않겠다는 약속.
가라 내 그 뒤를 따를 터이니.
그러나 덧없는 객기를 부리지는 말아라.
다시 돌아오는 어제가 되었을 때
난 내가 무엇을 하고 있는지 정확히 알아야겠다.
군소리 없이 그냥 가거라.
난 너의 그림자여도 마냥 좋다.
가거라!
어서 가거라!

재촉하는 것은 아니니 투정은 부리지 마라.

아니면 너를 어제로 남겨둘 수도 있으니 바짝 긴장하거라.

이 녀석아!

그리고 게으름을 피우면 너의 엉덩이를

인정사정없이 걷어찰지도 모르니 뒤를 조심하거라.

난 분명 경고했다.

너도 때로는 쉬고 싶겠지만

아마 너에게는 그럴 여유가 없을 것이다.

난 어제를 걷고 넌 오늘을 걷지만 따져보면 우리는

다 같은 지금을 걷고 있다.

녀석아 절대 자책은 하지 마라.

너의 잘못이 아니니.

너의 흐름은 그저 순리이니

너는 흐름에만 연연해야 한다.

네가 할 일은 앞서서 걸어가거나

성질 급한 사람과 함께 걷는 것이다.

너는 앞으로만 걸어가야 한다.

네 본분을 잊지는 말아라.

제발!

그래야 내가 어제를 걸을 수 있을 터이니.

11

초기화되었다.

본연으로 돌아가 휴대전화를 초기화시키려다가 그만둔다.

어차피 번거로울 것이다.

그보다는 전화번호를 바꾸는 것이

나를 숨기기에는 안성맞춤일 것이다.

내가 유별난 탓일까?

나를 거쳐 간 숫자들이 버림받았다며 아우성이다.

빌어먹을 녀석들!

세월이 흘렀던 것처럼 너희도 그 일부분에

불과하다는 것을 왜 모르는 것이냐?

그래,

나는 너희를 버렸다.

그러나 너희를 되찾아 올 수는 없다.

이미 다른 숫자가 실행되고 있기에.

너희를 되찾으려 해도 누군가가 방관하고 있으므로.

또 누군가가 너희를 인신매매했기 때문에

나는 너희와 영영 만나지 못할 것이다.

어쩌다 만나면 반가울 테지만 그렇다고 되찾겠다는

욕심은 부리지 못할 것이다.

이미 나의 손을 떠났으니까.

이미 너희는 나에게서 도리 없는 존재니까.

어떨 때는

통화권 이탈 지역으로 나를 데려다 놓고 싶다.

12

이제 다시 너를 만나야 한다.

진즉에 만났어야 했을지도 모르겠다.

하지만 너를 계속해서 외면했던 것은 아니다.

잠시 너를 소홀히 생각했었던 것뿐이다.

너에게 되돌아오는 길이 이렇게 힘들 줄은 몰랐다.

그래도 다행이다.

너를 만날 수 있으니 말이다.

한동안은 너를 마주하는 것이 행복하겠지.

그러나 시간이 지날수록 지루하고 힘들어질지도 모르겠다.

그러면 나는 다시 떠나려 하고

너는 그런 나를 말리지 못한 채 체념하겠지.

삶이 늘 일정하지 않은 것처럼

사랑도 늘 일정할 수 없는 것이라고 너는 받아들일 것이다.

그러며 다시 되돌아올 나를 위해 옆자리를 비워 두겠지.

다시 되돌아온다는 기약도 하지 않았는데 말이다.

그래도 나는 결국, 너의 옆에 있을 테지.
바보 같은 너를 말릴 수 없으니 말이다.
그래. 당장은 너를 만나야 한다.
그리고 우린 타협 아닌 타협을 해야 하겠지.
이건 약속할 수 있다.
너를 만나는 동안은 한눈팔지 않겠다는 것.
자,
오늘부터 1일이다.

13

전화벨 소리를 바꿨는데
아직 한 번도 울리지 않았다.
그 흔한 안부 문자도 없다.
야속한 인간들!
소홀함은 여전하구나.
나이가 들면 소홀함은 더 여전해질 터.
무소식은 희소식이 아니다.
단지 무관심일 뿐이다.
그러다 조용히 사라지는 것이다.
야속하냐?

그래 약속해라.

나도 무관심을 추구할 생각이다.

아니,

오래전부터 그랬는지도 모르겠다.

그렇게 지나가다 보면 느림과 빠름 사이에

갇히게 될 것이다.

나는 나 자신을 꺼내려 노력하지 않을 것이다.

나는 스스로 바보가 될 것이다.

나는 네가 될 것이다.

나는 나를 찾을 수 없게 될지도 모른다.

나의 존재는 흐려지다가 지워질 것이다.

물론 내가 아무것도 하지 않을 때.

나는 알고 있는데 너는 왜 모르는 것이냐?

14

밤을 아장아장 걸었다.

느리지도 그렇다고 빠르지도 않게.

그러나 내게 흐름은 무뎌져 있었다.

그렇게 이 시간까지 걷다가 고작 커피 한잔이라니.

그래도 얼마나 다행인가.

그만큼의 은은한 향기를 마주할 수 있으니 말이다.

이제 곧 깨어날 시간이다.

흔적을 남기기 위해 사람들은 아침을 연다.

나 또한 끝나지 않은 시작을 계속 이어가야 할 시간이다.

처음 시작은 여전히 끝나지 않았다.

흐름으로 이어갈 뿐이다.

어쩌면 끝은 없을지도 모른다.

내가 살아가는 동안의 흐름은

어느새 끝날 테지만 그 시간은 늘 존재할 것이다.

그 흐름을 기억하는 이가 있다면 말이다.

그래서 지금이 더 중요한지도 모르겠다.

나는 흐름을 따라 변함없이 아장아장 걸을 생각이다.

네가 있는 한 말이다.

그리고 깨어 있는 이들이 있는 한 말이다.

그때는 지금을 어디 상상이라도 했을까?

지금을 등한시했던 이들은

지금을 살아가며 다시 지금을 생각한다.

흐름을 미루어 두고 당장을 생각했던 그들은

지금을 소중히 여길 것이다.

그 지금이 흐르면서 결국에는 또 의미를 지니지 못하겠지만.

지금이 중요하다고 생각하기에 스스로

급급할 수밖에 없다.

나는 지금에 의미를 두려 한다.

지금의 흐름과 존재를 소중함의 단상으로 대신해 본다.

나와 마주할 수 있는 지금,

그리고 또 계속될 지금!

가까이하기에는 멀고

또 멀리하기에는 사뭇 가까운 거리다.

그것은 의미를 둘 수 있기 때문이다.

고작 커피 한잔의 마주함이지만

그 마주함은 그 누군가에게는

깊은 만남과 헤아림일 것이다.

자! 다시 걷는다.

한결 발걸음이 가벼워질 수 있기를.

그렇게 여기에 나를 남겨둘 것이다.

그것은 흐르기 위한 한 과정이다.

그것은 바로 지금이다.

그렇게 지금은 너와 나의 몫이다.

핑계를 대고 게으름을 피우더라도,

앙탈을 부리더라도 흐름은 마음대로 멈추지 않는다.

그렇게 너에게 나를 보내고 싶다.

그러나 지금은 너에게 다가갈 시간이 아니다.

그냥 너와의 손끝이 닿을 거리에 아직은 있어야 한다.

그것이 비로소 흐름이다.

너에 대한 배려고 믿음이다.
어떤 녀석들은 한없이 흐느적거린다.
하지만 그것도 흐름의 한 방식이다.
흐름은 항상 일정하지 않고 때론 유동적이기 때문이다.
시간을 활용할 수 있음은 그만큼의 위대함이며 평범함이다.
어찌 됐건 멈추지 않기에 흐르는 것이며
멈출 수 없기에 흐를 수밖에 없음이다.
순응을 다시 시도한다.
사랑한다!
너를.

15

오늘을 그려본다.
틀에 얽매인 오늘을 스케치하지는 않겠다.
그렇다고 기초 없는 상식으로
나를 속이고 싶지는 않다.
발로 걷어차 버린 지 오래다.
그 순간 나는 자유로울 수 있다고 생각했지만
정작 나는 시간에서 벗어나지 못했다.
시간은 내게 존재하는 일부분이다.

다른 누군가에게도 시간은 늘 존재한다.
누구나 시간을 손에 쥐고 사는 법이다.
문제는 그 시간을 가벼이 여기느냐 아니면
소중하게 여기느냐에 달렸다.
때로는 시간을 순식간에 박탈당하기도 한다.
늘 곁에 존재하는 것이 아니다.
내 시간은 길을 걷다가도 멎을 수 있다.
멈출 것 같지 않았던 시간은 일시에 멈추기도 하고
누군가는 그 시간을 더 배려받기도 한다.
오늘을 그린다는 것,
내일을 그리고 싶기에 그만큼 소중한 것이다.
누군가에게는 간절하지만
누군가는 낭비하고 마는 것.
인정해야 한다.
덧없이 살고 싶지 않다면 그 고리를 잡아야 한다.
시간의 고리!
마음의 고리!
미련의 고리!
서러움일 수도 있겠다.
하루를 어떻게 쓰느냐는 온전히 나의 몫이다.
당신들의 몫이다.
꾸물대는 하루를 그리던,

서둘러 걸어가던,
한껏 여유를 즐기던 그 몫을 헛되이 만드는
오늘이 아니었으면 좋겠다.
내게는 시간이 없다.

16

먼지가 수북하게 쌓인 원고지 위에
또 처량하게 세월이 쌓였다.
해묵은 먼지를 털어내려고 했을 뿐인데.
내 기억 속 저편에 남아 있던 녀석이
불쑥 튀어나와 애처롭게 눈물을 글썽였다.
흐린 기억 속의 너.
그때는 원고지에 글을 쓰는 것도 호사였다.
타자기를 사용하는 것은 상상도 할 수 없는 일이었다.
컴퓨터는 더더욱!
내 기억 속의 녀석은 되도록 차분해졌다.
그리곤 나와의 한 수를 요청했다.
그러나 나는 녀석을 기억하지 못한다.
이럴 수가!
원고지 사용법을 어떻게 잊을 수가 있단 말인가?

난 상상도 못 할 일을 저지르며 살아왔다.
손 글씨를 써본 지가 언제인가?
무책임하게도 기억나지 않는다.
내 일상이 무색해지는 순간이다.
녀석이 다시 울상이다.
녀석은 나를 온전히 간직하고 있는데.
녀석이 화를 내며 나를 지우려 한다.
그래도 나는 어쩔 수 없다.
그냥 너를 스스로 방치하는 수밖에.
아니,
이건 방치가 아니라 방임이다.
미안하다.

17

요즘은 노트북을 켜지 않는다.
그 말은 요즘 나를 방치하고 있다는 것이다.
커피를 마시고,
녹차를 마시면서 실없는 상상으로
시간을 뜯어 먹는 일상의 반복과 소비,
그리고 생리적인 배설뿐이다.

그만큼 내 머릿속은 쓰레기로 가득하다.
이제는 폐기물수거차량을 불러야 할 정도인데.
제기랄!
분리수거가 되어 있지 않다.
온갖 오물이 사방에 지뢰처럼 깔렸다.
노트북을 켜고 사뿐사뿐 걸어보지만
나는 정작 한 발짝도 떼지 못한다.
발걸음은 천근만근이고.
몸뚱이도 무심하게 무겁고.
그래도 어쩌랴.
살아남기 위해 걸어야 한다.
결국,
나는 백만 볼트의 짜릿한 감전을 꿈꾼다.
그냥 걸어야 한다는 걸,
혼자 걸어야 한다는 걸
내 몸은 익히 알고 있을 것이다.
미안하다, 녀석아!
그냥 천천히 걸어라,
쉬엄쉬엄 걸어라.
그렇게 반복되는 어제에 서는 것이다.
절대 부정하지는 않으리라.
어제가 아니면 오늘일까?

아니면 어제와 오늘 사이!

18

“말장난하지 마!”

너는 차라리 그렇게 나를 외면해야 했다.
하지만 너는 대수롭지 않게 나를 받아들였다.
그것이 너의 첫 번째 잘못이었다.
그것이 시작이라면 사랑은 실없는 과정이었다.
그것이 너의 두 번째 잘못이었다.
그렇게 우리의 잘못된 만남은
점점 진실이 되어가고 있다.

“너를 진짜 사랑해서 미안하다.”

정말일까?
아니다.
필연 아니면 악연이었을 것이다.
처음부터 우리의 관계는 무리였다.
돌이킬 수 없는 일방적임이었다.

알면서도 가까이할 수밖에 없었던 것은
아마도 호기심 때문이었을 것이다.
그 호기심이 우리를 망칠 거라는 것을 알았더라면
우리는 외면한 채 앞만 보며 걸어갔을 것이다.
순간의 선택이 그만 서글픔을 끌어안았다.
돌이킬 수 없음도 알았다.
장난이었지만 장난이 아니었던 것을.
진실이 아니었기에 뒤돌아서면 미련이 없을 줄 알았지만
그동안의 삶은 벗겨지지 않는 허물이 되고 말았다.
그 허물은 절대 성숙하지 않을 것이다.
영원히 나를 가둘 것이다.

19

오늘은 너의 속마음을 은근히 알고 싶다.
과연 어떤 색을 지니고 있을까?
내가 어느 정도 가늠할 수 있는 색이었으면 좋겠다.
콕 집어 알아차릴 수 있는 원색이라면 사양하겠다.
그냥 뻔한 모양새일 테니까.
난 단순한 건 좋아하지 않는다.
복잡하고 흥미롭지 않다면

열어두었던 내 가슴을 닫아버릴 것이다.
알아가는 미로 같아야 너에게 다가가기 편할 것 같다.
무작정 다가가더라도 쉽지 않을 테니
그만큼 안달 날 것이기에.
굳이 원색을 택해야 한다면 빨간색이었으면 좋겠다.
그리고 뾰족하고 날카로운 모양새!
감성이 반짝반짝 빛나면 더 좋을 것 같다.
뭐 때로는 우울하고 슬플 수도 있겠지만
오늘은 아니었으면 한다.
그러고 보니 내가 너무 일방적이었나?
그래 오늘은 네 마음대로다.
늘 네 마음대로다.
나는 그런 너를 받아들이는 것만으로도
행복해야 한다는 걸 잠시 잊었다.
선택권이 없는 나는 오늘 토라지고 말 것이다.
너에게만은 왜 이렇게 궁금해 죽겠는지 모르겠다.
너의 속마음을 알고 싶은 것은
어쩌면 무리였는지도 모르겠다.
그래,
보이는 지금 그대로의 야릇한 색과 모습이
나는 한없이 마냥 좋다.
그런 내 마음은 늘 검은색이다.

20

끊어야 할 것과 마주 보고 앉았다.
다시 배워야 할 것이 무엇인지 생각한다.
언젠가는 미련으로 남을 것을.
어쩌면 시작하지 않는 것이 좋을지도 모르겠다.
그래도 너에게
다가가는 것만큼은 포기하고 싶지 않다.
미련으로 남더라도 말이다.
나는 결국, 끊지 못할 것이다.
안달이 나 더 바짝 다가가 나를 내세울지도 모르겠다.
그러다 보면 나는 네가 되겠지.
그러다 보면 나는 나를 포기하게 될지도 모른다.
끊어야 할 것과 마주 보고 있으면서도
판단을 미루는 나!
애초에 만나지 말았어야 했던 너.
너와 나 사이에서 내가 없어진다면 너는 어떻게 될까?
공생할 수 없는 우리의 관계.
네가 없어진다면 내가 남을 테고,
내가 없어진다면 너도 함께 없어질 터인데 너는 왜
악착같이 나에게 붙어 있으려 하는 것이냐?
그래,

그것이 너의 방식이다.

스스로 사라질 수 없는 존재!

올가미가 되어 나를 묶고 함께 가지 못해 안달하는 녀석.

사라지는 것조차 무모해지려는 녀석!

너와의 대화가 필요하지만.

너를 이해시키고 단념시켜야 하지만 너는 물러설 기색이 없다.

너의 삶은 처음부터 유혹이었다.

너의 삶은 처음부터 상처였다.

다시 배워야 할 것 앞에서 망설이도록 만드는 무서운 녀석!

21

너의 곁에 항상 내가 있다.

늘 한결같았으면 좋겠다.

부담스럽지 않았으면 좋겠다.

무작정 너에게 달려갔을 때

오해하지 않았으면 좋겠다.

항상 바라볼 수 있어서 어쩌면 다행이다.

나는 이렇게 있고 너는 그렇게 있다.

다가갈 수 있는 거리여서 행복하다.

너에게 손을 뻗어 본다.

너의 꿈속을 같이 걷고 싶다.
오늘 밤은 그냥 살짝 엿보고 돌아선다.
너의 곤한 잠을 깨우고 싶지는 않다.
그래.
오늘이 내일이고 내일이 오늘이다.
그리고 오늘이 어제가 되고
우린 항상 걷기를 반복한다.
그것이 우리의 숙명이다.
사랑한다,
지금을!
이 얼마나 평온하고 아늑한가.
술에 취한 그림자가 비틀거리며 걷는다.
담배 연기는 사치인가 보다!
그림자의 어깨가 한없이 무거워 보인다.
다시 자고 있을 너를 생각한다.
너는 그냥 바보다!
나도 바보다.
그렇기에 우리는 항상 서로를 바라보기만 할 뿐이다.

22

겨울이 익어가는 소리가 들린다.

이 비가,

이 그림자가 지나가고 나면

겨울은 더 무르익겠지.

내 마음도 그렇다.

차라리 활활 불타올랐으면 좋으련만.

무뎌짐에 나 자신도 깜짝 놀랄 때가 있다.

그러다가 다시 아무렇지도 않게

무감각해지는 것은 나로서도 어쩔 수가 없다.

그래서 네가 나를 지켜주기를 바라는지 모르겠다.

혼자 이 길을 걷기란 너무 버겁다.

아마 이 외진 길 위에서

초라하게 쓰러져 갈지도 모르겠다.

그런 내 모습이 두렵다.

너를 생각한다.

청바지를 입은 너의 모습이 나는 좋다.

헐렁한 티셔츠를

부끄러움 없이 입을 수 있는 용기가 나는 좋다.

낡은 작업복에 집착하는

너의 열정을 마주 보면 내가 한없이 작아진다.

나는 너를 닮아 낡은 청바지를,
낡은 티셔츠를 좋아한다.
낡은 시간이 멈춘,
낡은 이 골목이 좋다.
낡아가는 내가 좋다.
모두가 네 탓이다.
이런 나를 어쩌면 좋으니?
그래.
닮아가는 것은 결코 나쁜 것만은 아닌 것 같다.
너에게서 나를 발견할 수 있음이 이렇게 좋을 줄은 몰랐다.

23

당신은
오지 않을 겁니다.
그래도 기다리겠습니다.
어차피 당신을 위해 비워둔 자리니까요.
카페의 빈 의자와 탁자가 지껄입니다.
오는 말든 내 무슨 상관이냐고.
아마 오지 않을 거라고.
차라리 기다리지 않는 것이 속 편할지도 모른다고.

얼마나 그렇게 옆자리가 주인 없이 비어있었습니다.

너무 큰 기대를 속절없이 지니고 있었던 것 같습니다.

커피를 리필하면서 얼마 동안 그렇게 미련스럽게

앉아 있었는지 모릅니다.

당신은 한심하다고 생각하겠지요.

그래도 당신은 그런 내가 안타까워서 소리 없이

왔다가 가곤 했을 겁니다.

저만치 걸어가다가도 되돌아와 나를 유심히 지켜보고

있었을지도 모릅니다.

지금도 어디에선가 발을 동동거리며,

겨울바람에 꽁꽁 언 손을 호호 불어가면서

내가 포기하고 돌아가기를 바라고 있을 겁니다.

그래도 소용없습니다.

그 어디에도 가지 않을 생각입니다.

당신을 언제까지나 기다릴 생각입니다.

그래야 당신은 가지 않을 테니까요.

언젠가 슬며시 다가와 내 옆에 앉았다가 가겠지요.

나도 모르는 사이에.

나는 그런 당신을 원망하겠지요.

당신의 그 마음 알지도 못하면서 말입니다.

가슴의 매듭이 풀리지 않습니다.

어쩌면 좋을까요?

나는 당신의 직접적인 대답이 필요합니다.

24

목재가 비틀어졌다.

그래도 삐뚤어지지 않은 것이 얼마나 다행인가.

나 같았으면 벌써 삐뚤어지고도 남았을 것이다.

녀석은 나의 관심 밖에 있었다.

그동안 계단에 방치되어 눈물을 머금고,

서러움을 머금고 상처를 묵묵히 도려내며

슬픈 마음을 꾸덕꾸덕 말려야 했을 것이다.

그래,

네 마음 다 안다.

그래도 지난 수년의 시간은 돌이킬 수 없는 법.

그 시간 동안 너는 애물단지였다.

그것은 지금도 역시 마찬가지다.

아침부터 무슨 바람이 불었는지 모르겠다.

너에겐 작은 온정이겠지만.

톱, 목공용 접착제, 나사못.

그러나 애매하다.

나는 비틀어진 너를 바로잡을 생각이었으나 포기하고 말았다.

차라리 삐뚤어지지 그랬니.

그랬으면 진즉에 다른 식으로라도 사랑받을 수 있었을 텐데.

나 아닌 남에게서 말이야.

그러자 네가 내 뒤통수를 냅다,

그냥 때렸다.

아직도 쓸모없다고 다 버려야 한다는 고정된 편견인가요?

이 모습 이대로 나름 작용할 수도 있다구요.

녀석이 말했다.

나는 녀석을 시큰둥한 표정으로 한참 동안 쳐다보았다.

녀석도 나를 빤히 바라보며 알아들을 수 없는 말을 주절거렸다.

나는 너를 결국, 포기하지 못했다.

25

너는 아직 내 관심 안이다.

너와 끝장 토론을 벌였으나

나는 결국 너의 입장을 적극적으로 반영할 수밖에 없었다.

일을 돌이킬 수 없는

이 지경으로 몰고 온 장본인으로서 회피할 수도 없었다.

너는 발이 각각인 식탁이 -그래도 태연한- 뚝딱 되었다.

나는 너에게 그동안 오만했지만, 편견은 버릴 수 있었다.

이제는 오만과 편견을 마주 보고 앉아
커피를 마시는 일만 남았다.
네가 얼마나 많은 시간을 나와 함께 하게 될지는 아직 모른다.
그러나 쉽게 내 곁에서 떠나가지 않으리라는 것은 알고 있다.
나는 너에게 삶을 주었고,
너는 나에게 이제야 의미가 되었다.
너와 함께 나는 식사를 하게 될 것이고 또,
너와 함께 가끔은 음주를 즐기며 듣기 싫은 술주정도
듣게 될 것이다.
아무것도 아니었을 때보다는 낫겠지만 네 의지는 아니다.
너는 스스로 무너지고 싶어도 이제는 그럴 수 없다.
나는 너를 끝까지 안고 갈 생각이다.
그러나 네가 부담스러워지면 언제든 폐자재가 될 수도 있다.
그러나 오만하지 않겠다.
그리고 편견은 버리겠다.
우리의 거래는 시작이다.
부디 살아남기를.
부디 스스로 변하려고 하지 않기를.
부디 우쭐대지 않기를 바란다.
오늘의 대화를 잊지 않겠다.

26

무작정 걸었다.
그때도 젊은 내가 마냥 걷고 있었을 것이다.
젊음을 흥청망청 탕진해 가며.

그때 빌리 조엘을 만났다.
그리고 그 거리를 함께 걷자고 약속했다.

오늘 거리를 걷다가 지쳤다.
'핑!' 도는 아찔함!
녀석이 오는 중이었다.
그 시작을 나는 애써 약으로 막았다.
빌어먹을!
나는 어쩌면 이 길 위에서 쥐도 새도 모르게
죽을지도 모르겠다.
너는 언제나 나를 위협한다.
서슬 퍼런 야릇한 눈으로.
나는 그런 네가 무섭고 두렵다.
절교를 선언해도 막무가내인 녀석.
너는 무작정이다.
뒤돌아 걸어가는 너의 뒷모습이

애써 침착하다.
반면 나는 시퍼렇게 질려버렸다.
다가서면 더 가슴 아픈 너.
뒤돌아서면 덧없이 막연해지는 너.
가까이하기에는 너무나 가여운 너.
그런 네가,
내가 되는 순간 나는 스스로 무너지겠지.
스스로 아련해졌으면 좋겠다.
그렇다고 스스로 무의미해지겠다는 말은 아니다.
나도 내가 누군지 모른다.
내 삶은 하루살이일지도 모른다.
서러움일지도 모르겠다.
내게는 공간을 바라보는 시각이 지금 필요하다.

27

기다린다.
형성된 유막이 차분해질 때까지.
이곳의 아메리카노는
기존의 아메리카노에 싱글을 추가한 정도의 진한 맛인데
나는 그것에 투 샷을 더 추가한다.

아메리카노이면서도 아닌 것 같은,
에스프레소이면서도 아닌 것 같은,
그 중간의 맛이다.
쓴맛은 무뎌진 지 오래다.
나는 그 속에서 문득 신맛을 발견하곤 한다.
아! 어쨌든.

녀석의 뻔뻔함이 내 발걸음을 잡았다.
한동안 녀석을 빤히 바라보다가 그냥 의미 없이 돌아섰다.
어차피 외면하면 그만이다.
녀석이 나를 외면했듯이.

이미 너는 내 속에 있다.
네가 아닌 나인 채로.
언제나 너는 내 속에 있을 것이다.
너인 나인 채로.
우리는 늘 그래 왔다.
굳이 부정할 필요는 없다.
애써 외면할 필요는 없다.
받아들이면 그만이다.
굳이 받아들이지 않더라도 소화하면 그만이다.
삶을 각별하게 생각할 필요는 없다.

있고 없음이 문제일 뿐이다.

28

아!
막 잠들었는데 택배가 잠을 깨웠다.
고작 10분!
이런 제기랄.
밤을 꼬박 달려왔을 녀석이 나를 멀뚱멀뚱 쳐다본다.
오늘도 자긴 글렀다.
출발시각 모름.
도착시각 8시 18분.
우체국 택배가 이렇게 빨랐던가?
1818 앞집 여자의 욕지거리가
아침부터 흐느적거린다.
밤새도록 술을 마신 탓일 것이다.

헉.
택배를 배달해 놓고 이제 택배 배달하겠다고
문자를 보내는 건 또 뭐임?
오전 9시 01분.

결론은 너 오늘 잘 걸렸다?
자기만 해봐라!
네네.
당신도 딱 걸렸다.
기분 같아서는 전화를 걸어 따지고 싶은 심정이지만
그래도 빨리 와서 다행이다.
그런데 말이다.
두 번씩이나 확인 사살하는 심보는 뭐냐?

난 말이에요.
자고 싶다구요.
오늘만큼은 그냥 자고 싶다구요.
설마,
세 번째 확인 사살을 한다면 난 가만히 있지 않을 거예요.
그런데 이걸 어쩌죠?
오늘의 수면은 10분으로 끝나버렸어요.
누구의 책임일까요?

29

아침부터

아니 어제부터 휴대전화에서 불이 났다.

노마님이었다.

나는 아프다는 핑계로 전화를 받지 않았다.

오늘 일찍 와서 음식 하라는 거겠지.

솔직히 술병 나서 만사가 다 귀찮았다.

뭐 이제 손을 뗄 때도 됐다.

며느리가 셋씩이나 되는데 내가 굳이

나설 필요까지는 없을 터.

30년을 넘게 노마님을 도와

차례상,

제사상,

김장까지 독식을 해왔다.

한식 중식 일식조리사 자격증만 늘었고,

뭐가 좋다고 복어조리사 자격증까지 땄는지.

나도 이제 쉬고 싶단 말이다.

여유를 한껏 부린 오늘.

마음이 편치 않다.

슬하에 딸 없이 사형제만 두신 노마님!
차라리 아들놈 시켜먹는 것이 낫다고 하시는데.
이건 자랑질이 아니다.
딸 없이 사내놈들 사이에서 적적하셨을 우리 노마님.
막내아들을 잃은 설움을 내색조차 할 수 없었던.

젠장!
두 시간이면 끝냈을 것을 온종일 속을 끓인 모양이다.
봉투나 두둑하게 준비해야겠다.
아니,
사랑을 담아야겠다.
365일 전화로 귀찮게 해 드려야겠다.
그리하면 화를 푸시려나?
부모의 마음은 부모가 되어서도 모른다.
아플 때 비로소 알게 되는 것이 아니까?

30

정월 대보름,
굳이 소원을 빌어야 할까?
그러면서도 늘 소원을 소원했다.

올해도 소원 한 가지 던져본다.

"아프지 않게 해주세요!"

생각해 보면 너무나 큰 소원임이 분명하다.
올해는 그냥 바람이었으면 한다.
스쳐 지나가는 바람이었으면 좋겠다.
더위도 팔지 않겠다.
사라고 하면 사고, 팔라고 하면 팔 테다.
그러나 누군가 강매를 하려 한다면
악착같이 달려들어 이를 드러내고 물어 줄 것이다.
그것도 스쳐 지나가는 바람이었으면 좋겠다.
화를 내는 것도 때로는 나의 표현이다.
내 존재의 알림인 것을.
누가 알겠는가?
그것이 자신들의 본성이라는 것을.
아무도 모른다.
자신도 모른다.
때로는 스스로 짐승이 된다는 것을.
서로의 본능을 숨기고 살아간다는 것을.
거짓인 것을 모른다.
자신의 본성을 알았을 때 스스로 비참해진다는 것을

알기에 철저하게 숨기는지도 모른다.
탓해야 한다.
인간은 짐승이 아니기에.
인성이 있기에 인간이라는 것을 알고 있으므로.
죄가 문제이지 사람을 탓하지 말라고?
그보다 더 무서운 말이 또 어디에 있겠는가?
차라리 좀비가 되라는 말인가?

31

동화가 잡지에 실려 왔네요.
노마님 가시기 전에 읽어 드릴 걸 그랬나요?
노마님은 또 화를 내시겠지요.
내 행보가 늘 마음에 들지 않으셨으니까.
기나긴 겨울 강이었습니다.
바람이었습니다.
그래도 미역국 끓여드릴 영광을 주셔서 감사합니다.

이 못난 자식은 늘 선에 얽매이지 않겠습니다.
다만 삐뚤어지겠습니다.
노마님의 뱃속에서 나왔을 때부터 그랬지만.

네!

오늘은,

약을 세 봉지 정도 먹어야 잠을 잘 수 있을 듯합니다.

오늘은,

아무것도 하지 않겠습니다.

어머니의 아픔을 생각하겠습니다.

어머니의 삶을 생각하겠습니다.

오늘은 삐뚤어지지 않겠습니다.

부모의 마음은 모두 한가지인 것을요.

알고 있습니다.

저도 부모인 것을요.

어머니보다 아직은 턱없이 모자란 부모이지만

그 마음은 짐작할 수 있는 것을요.

하지만 딱 그만큼은 살지 않겠습니다.

어머니가 그랬듯이 더 큰 욕심 없는 부모가 되겠습니다.

부모의 마음을 헤아릴 수 있는,

자식을 키울 수 있는 그런 부모가 되겠습니다.

시작부터 부모였던 당신처럼!

저도 시작부터 부모였던 것을요.

시간이 그러한 것을요.

받아들이겠습니다.

32

참 그렇다!
혹시 매너리즘에 빠져서 그 어려운
버터플라이를 하고 있는 것은 아닌지
이렇게 살아가는 것이 맞나?

어차피 따져보면 버터플라이도 어려운 것이 아니다.
그 흐름만 잘 타면 거센 물살쯤이야
거뜬히 넘어갈 수 있으니.
결코, 어려운 것이 아니다.
익숙해지면 쉬운 일이니까.
문제는 매너리즘 그 자체다.
TV의 한정된 심사가 위험하다.
자칫 수렁에 빠져 지푸라기를 잡지 않기를 바라지만
정말 그럴까?
모르겠다.

아직은 리듬이 부족한 그대들이 있지 않은가?
언제나 풍부한 감성을 지니고 있는 그대들.
언제나 좌절하지 않고 도전하는 그대들.
해서 그대들은 위대한 존재들이다.

어쩌면 시간이 멈출 수 없는 요인이기도 한 것이다.
참 그렇다!
나는 왜 여기 있는가?
왜 안주하려 하는 것일까?
한 발짝 더 걸어나가면 나도 그대들이 될 수 있을 터인데.
왜 앞서지 못하는 것일까?
왜 흔들리기만 하는 것일까?
나는 한줄기 갈대인 모양이다.
나는 뿌리 깊게 박힌 나무인 모양이다.
그러는 너는?
결국, 생각하는 관점인가?
그래도 나는 억지로 걷지는 않겠다.
시간에 어쩔 수 없이 얽매이지는 않겠다.
내가 여기에 서 있음을,
내가 여기에 서 있었음을 알리고 싶다.
그리하면 나는 더 오래도록 기억될 수 있는
존재가 될 수 있을지도 모르겠다.
그러나 어차피 천 년은 그냥 흐른다.
그때의 나는 없을 것이다.
나도 매너리즘에 빠진 존재인가?

33

멍청이
멍청해?
바보 멍청이!
비 온다는 일기예보를 듣고도
화창한 날씨가 좋아 빨래를 널고,
병원에 다녀오다가 갑자기 쏟아지는 비에
오도 가도 못하고 발만 동동 구르던 기억!

집에 돌아와 젖은 빨래를 다시 세탁기에 넣고
돌릴 때 야속하게도 다시 화창해지던
그 계절이 저기서 걸어오고 있잖아!
그러니,
아프지 마.
제발!
올해는 아프지 마.
그런데 왜 또 아픈 거니?
멍청해서 아픈 것은 아닐 테고.
뭐가 문제니?
알고 보면 항상 아팠어!
알고 보면 아프지 않은 날이 없었어.

엇갈린 길 위에서 가만히 서 있었어.

그래도 아팠어.

너무 아파서 걸을 수도 없었어.

걷다가 쓰러질 것 같아서 걸을 수도 없었어.

물론 뛸 수도 없었지.

그냥 나를 바라보다가 울곤 했어.

아파서 울었던 것일까?

정말?

모르겠어.

나는 나를 제대로 바라보지 않았으니까!

여덟 걸음

1

아!

무슨 짓을 한 것일까?

지난밤 내 머릿속의 미친개가 다녀갔다.

이번에는 물고 놓지 않으려고 한 듯한데.

어쩔 수 없이 병원에 다녀왔다.

이 향정신성의약품은 결국 나를,

내가 아닌 나로 만들어 놓겠지만 그래도,

아마도 일주일은 걸릴 듯하다.

당장에라도 나를 집어 삼킬 것 같은 이 불안함!

언제였던가?

그때도 그랬다.

그래서 더 아픈지도 모르겠다.

등골이 오싹해지면서 서늘한 기운.

누군가 다가온 것 같기도 하고,

누군가 떠나간 것 같기도 한데.
꿈이었을까?
현실이었을까?

내 머릿속의 그 미친개가 또 짖어.
아!

나 지금 병원 놀이 중인가?
소꿉놀이 중인가?
누굴까?
어느 한순간
바보 같은 그 순간 나는 네가 아니겠지.
알아?
어차피,
누구의 너도
나의 너도 아닌 것을.
잠깐만 기다리자!
아주 잠깐만!
기다려!
그리하면 나는 네가 되겠지.
감수하겠다.
물론 너의 실수다.

아니,
나의 실수다.

2

메신저를 삭제했다.
〈내 머릿속의〉 미친개가 오기 전에
먼저 숨어버리는 것이
나을 것 같아서.
지난밤,
댓글을 남발했던 녀석의 만행은
결국 나를 갈기갈기 찢어 놓았다.
쓰레기수거차량 몇 대는 필요할 것 같은데.
상처가 덧나지 않기만을 바랄 뿐이다.
물고 물리는 이 부담스러운 일상들은
언제쯤 끝나게 될까?
때로는 포기하고 싶을 때도 있었지만
이렇게 걷고 있는 것을 보면 지독한 악연이다.
이제부터는 닥치고 시치미다!

내 머릿속의 미친개,

이 녀석!

언젠가는 내가 너를 물때가 있을 것이다.

아니면 내가 지쳐 호되게 당하거나!

그렇겠지.

한순간의 실수로!

너는 원한다.

나의 허점을.

그리고 나도 원한다.

너의 그 빈틈을!

너와 나는 알고 있다.

서로의 틈이 없음을.

그래서 더 상대하기 어려운 너와 나다.

제기랄!

욕이라도 실컷 해주고 싶지만 그건 네가 나에게 바라는 바다!

난 참으련다.

나를 위해서!

너를 위해서!

3

기다림의 시작이다.

지루하거나,

설레거나,

이것도 저것도 아닌 딱 중간이거나,

살짝 한쪽으로 치우치거나.

그중에 기다림이 있다.

카페 버번에서,

커피 한잔으로

누군가 다가오기를 기다리며 먹먹해 본다.

도대체 얼마를 더 기다려야 하나?

너는 알고 있겠지.

나쁜 사람.

그렇다고 욕할 입장도 아니다.

너를 떠나보낸 것도 나고, 너를 기다리는 것도 나이니까.

그러고 보면 나는 늘 중간에 서 있었다.

너는 그 주위에 있었다.

이제 너는 내 주위에 없을지도 모른다.

연연하는 나만 남았을지도 모른다.

하지만 기다림은 언제나 그런 것이다.

막연하기만 한 것!

어쩌면 영원한 상처일지도 모르겠다.
달래고 어루만지면서 나를 착각하게 하는 것.
그로 인해 희망을 만들어 가는 것!
오늘 기다림을 되새겨 본다.
반가움 대신 아픔만 가득할지도 모르겠지만.
딱 그 중간에서 그 어디에도 치우치지 않은 채
오늘을 앉아 본다.

4

이 얼마나 맞지 않는 조합인가?
사랑도 그렇고
내가 보기에는 인생도 그렇다.

커피와 김치 사이에서 갈팡질팡하다가
문득,
나를 보았다.
빌어먹을.
점점 변해가는 나의 관점.
시각의 변화가 인성도, 식성도 바꾸어 놓았다.
조합을 더는 찾아볼 수 없다.

무언가 모이는가 싶더니 다시 흩어지기 시작한다.
잡아 보지만 이미 흩어져 흔적조차 없는 것.
무엇이었을까?
차라리 바라보지 않았으면 좋았을 것을.
차라리 느끼지 않았으면 좋았을 것을.
후회해도 소용없는 조합!
오늘과 내일도 조합을 이루지 않을 것 같은데.
그래도 그사이를 걷는다.
어쩔 수 없이 걷는다.
의미가 아닌 의무가 되어 버린 탓일까?
서두르지 않고 차라리 흩어지겠다.
빠르지도 느리지도 않게.
그렇지만 모호하게 바라보지는 않겠다.
이제는 또렷하게 바라볼 수 있는 시각을 지니겠다.
그러다가도 어느 한순간
한없이 주저앉겠지.
그렇게 조합을 이루겠지.
비로소 내가 되어가겠지.
그렇게 살아가는 거지.

5

아!

기억이 잔인하게 추궁한다.

나를 바라보는 저 애처로운 눈빛.

차라리 외면하고 싶다.

젠장!

그대!

그리고 그대와 또 다른 그대!

기억해 두겠다.

내가 이 행성에 존재하는 한!

언제까지 이곳에 머물지는 모르겠다.

하지만 그 시간이 다가오고 있음을 느낄 수 있다.

다만 잊고 있을 뿐.

어쩌면 기억하고 싶지 않은 시간인지도 모르겠다.

맞이하고 싶지 않은 일일지도 모르겠다.

아!

기억이 진지하게 추궁한다.

눈빛과 그대와 또 다른 그대들.

나 자신임을 부정하는 나.

모두가 나에게서 시작되었다.

그렇게 나에게서 끝나게 될 것이다.

점점 홍미진진하게 시간은 진행되는데.

어디까지일까?

딱 그만큼만 실컷 살고 싶은데.

알 수가 없으니 답답하다 못해 응어리가 쌓였다.

확 뚫어줄 무언가가 필요하다.

소화제를 먹어야 하나?

이뇨제를 먹어야 하나?

바늘로 손을 따야 하나?

진지한 바보 같은 오늘!

오도 가도 못하고 묶여 있는 이 순간이

턱까지 올라 자꾸만 울컥거린다.

6

삭제를 당하니 이건 뭐랄까?

뭐 그럴 수도 있겠지 했는데.

뭐랄까 내 인간성이 과히 좋지 않은 모양이다.

반성한다.

하지만 그가 더는 나를 원하지 않는다면.

그와 소통할 필요가 뭐 있겠는가?

그도 그러할 터이니.

나는 가는 사람 절대로 안 잡는다.

잘 가라 친구!

나도 뒤늦게 너를 삭제한다.

하지만 궁금하기는 하다.

따돌림을 당하는 것 같기도 하고,

외면당하는 느낌이 들기도 하고.

뭐 이별은 그렇게 오는 것이다.

또 그렇게 잊히는 것이다.

가는 이별이 있다면 오는 만남도 있겠지.

삭제당하는 세상!

삭제하는 세상!

디지털 세상의 삭막함에 눈앞이 하얗다.

아날로그 세상에서는 어땠는가?

끈끈한 정이 있었다.

삭제라는 말보다는 이별이 더 익숙한 시절이었다.

그렇게 잊히는 시절이 있었다.

그러나 지금은 집요하게 직접 통한다.

그렇게 등 돌리고, 바라보고 하는 삭막함에 가슴이

철없이 먹먹해진다.

복 지느러미에 따끈한 청주 석 잔째 마신다.

그는 왜 나를 삭제했을까?

7

미련한 일곱 샷!

역시,

찐하군.

에스프레소 같은 아메리카노!

잠자긴 글렀다.

한 시간이라도 자고 나가야 하는데.

약속이 있는 것을 알면서도 잠을 자지 못했다.

어디 가겠는가.

불면은 나에게 있어서 영원한 숙제일지도 모르겠다.

미루고 또 미루다가 결국에는 하지 못하는 숙제.

게으른 탓은 아니다.

하기 싫은 것도 물론 아니다.

나를 소리 없이 장악해 버리는 녀석.

순간 겁에 질려 버리지만 지나고 나면 그뿐이다.

앞으로도 어떻게 변화하고 또 어떻게 작용할지 모른다.

그렇게 녀석은 진화해 왔다.

녀석의 습격은 은밀하고 조용하다.

그렇게 내게서 시간을 뜯어 먹어치운다.

이제는 약도 소용이 없다.

약에 의존하고 싶은 마음도 없다.
나는 늘 녀석에게 반격을 꿈꾸지만,
번번이 실패하고 만다.
언제쯤 되돌아갈까?
언제쯤이면 내게 찾아오지 않을까?
설명하기 힘든 성격을 지닌 녀석.
나는 왜 밤이 되면 스스로 작아지는가?
카페인 탓은 아니다.
나는 형성된 크레마에 불과할 뿐이다.
실질적인 내 모습은 그 뒤에 숨어 있을 것이다.
이 무뚝뚝한 문장 뒤에 무뚝뚝한 내가 있을 것이다.
유연해지지 않는 나.
불면은 이런 나를 원하는지도 모르겠다.
그렇게 많은 시간을 녀석에게 빼앗기고 말았다.
되돌아가기에는 너무도 먼 길을 걸어 왔다.

오늘도 비몽사몽의 길을 또 걸어야 한다.

8

이 녀석이 이제는 이별을 고하려고 한다.
뭐가 그리 바빠서 벌써 헤어지려 하는 것이냐?
사랑니를 빼듯 Num Lock을 잠그고
밤새도록 꼼짝도 하지 않더니.
급기야 제 마음대로 지껄이기 시작하고
결국 대화의 창도 닫아버렸다.
화가 나서 대답 없는 녀석을 절벽에서 밀어버렸다.
그랬더니 이 녀석 5시간째 대꾸가 없다.

-컴퓨터를 끄거나 전원에서 분리하지 마십시오.
업데이트 14/148 설치 중.

아직 정리하지 못한 내 것이 네 속에 있다.
그것만 온전히 뱉어준다면 이별에 그다지 큰 의미가 없다.
미안하다, 녀석아.
그래도 이런 어이없는 이별은 아니잖아!
우리 그동안 사이좋게 잘 지내왔잖아.
어떻게 하면 화를 풀겠니?
그래, 차라리 그냥 미련 없이 떠나던가!
알지?

만약 그런다면 네 기억 속의 모든 걸
난 무슨 수를 써서라도 다 빼앗을 테니.

문제는 백업이었는데.
그래 내 게으름을 실컷 가지고 놀아라.
그리고 제자리에만 가져다 놓으려무나.

9

흐름이 멈춤이 될 수도 있다는 것을 알았다.
다가갈 수 없음이 다가갈 수 있다는 것도 알았다.
왜 그렇게 연연하고 괴로워했던 것일까?
이제는 차분해지기로 했다.
스스로 조금만 양보하고 배려하면 편안해질 수 있다는 것을.
왜 나는 이제야 알게 된 것일까?

Num Lock 이 녀석,
FN 이 녀석,
그리고 F11 이 녀석과 한때 정신 나간 자판.
오늘 너희를 버릴 생각이다.
데스크톱이었다면 키보드만을 교체해서 사용할 수 있겠지만 이제는 너무 복잡해져 버렸다.
물론 노트북의 자판을 무시하고 키보드를 연결해
사용할 수도 있다.
하지만 그런다 하더라도 녀석은 너무 느리다.
정신도 반쯤 나간 것 같기도 하고.
누군가 녀석에게 약을 먹이거나, 술을 먹인 것이 분명하다.
그렇지 않고서는 이런 일은 있을 수 없다.
녀석을 정신병원에 입원시켜야 하나.
그래도 이대로 버리기에는 아까운 녀석이었는데.
그렇다고 게임에 몰두했던 것도, 잡동사니를 떠안긴 것도 아닌데.
녀석의 실성을 이해할 수가 없다.
그동안 많은 대화를 했는데.
어쩔 수 없다.
이제는 아주 재빠른 녀석으로 시간을 활성화 시킬 생각이다.

10

있었던 것이었을까?
없었던 것이었을까?
아무리 찾아봐도 이 녀석은 있던 곳에 없다.
그것이 마음에 들었다.

어차피 존재의 가치가 필요 없는
기억의 조각이 될 것이다.
처음 마주침이 무작정 좋았다.
순백의 색이어서 좋았다.
무엇이든 그릴 수 있을 것 같았다.
무엇이든 생각할 수 있을 것 같았다.
내 머릿속도 그랬으면 좋겠다.
단순했으면 좋겠다.
복잡한 것이 싫으면서도 복잡하게 이끌렸던 삶에서
어쩌면 나는 벗어날 수 있을지도 모르겠다.
망설이지도 그렇다고 아무 생각도 하지 않았다.
아무렇지 않게 계산했다.
가난뱅이도 그렇다고 부자가 된 것도 아닌데
마냥 좋았다.
집에 돌아와 포장을 뜯지 않았다.
포장 안에 들어 있을 든든함을 만끽하고 싶었다.
한참을 바라보고 있었다.
포장을 뜯는 순간 또 다른 든든함과 마주치겠지.
그렇게 너는 있는 듯 없는 듯 나에게 다가왔다.
만남은 그러했지만, 이별은 또 다른 미련을 지니겠지.
이제 천천히 너를 만난다.
이 만남 또한 언젠가는 잊히겠지.

이제 CD는 외장의 몫이구나.
아쉽기도 하지만 그래도 경향이 그런 것을.
언제나 그러했던 것을.
그렇다고 애써 지금을 간직하지는 않겠다.

11

이 딸내미를 어쩐다.
아침부터 학교에 간다고 나선다.
"토요일인데 학교는 왜?"
"몰라."
그러고 나가더니 떡볶이 떡 달랑 한 봉지 사 들고,
친구들을 무더기로 데리고 들어왔다.
"어쩌라고?"
"맛있는 것 해줘!"
헐!
다행스럽게도 냉장고에 닭 한 마리가 있어서 살았다.
양파, 당근, 양배추뿐.
고추도 파도 없다.
"배고파요!"
"아빠, 아직 멀었어?"

저 딸내미를 그냥!

콱!

열불이 터지는 와중에도 딸내미 기 살라고 손은 재빠르게 움직이는데.

이게 뭔 팔자냐?

서둘러 조림 닭을 만들어 내놓으니 우르르 몰려나온다.

이것이 중학생이 되더니 가끔 아빠가 아닌 오빠라고 부른다.

내 귀에만 그렇게 들리는 것인지?

친구들 가기만 해봐라 내 가만 놔두나!

그런데 다 먹고 친구들 따라 나가 버리는 딸내미!

나중에 시집가서

식모로 부려 먹을까 봐 벌써 겁이 나는 건 왜지?

소주 한잔 급히 당긴다.

그래. 그렇게 즐겨라.

나중에는 즐기라고 해도 즐길 시간이 없을지도 모른다.

아빠는 너의 동심을 지지한다.

너도 가끔은 아빠를 지지해 줄 수 없겠니?

12

내 책의 무게를 지탱할 수가 없다.

어쩌면 내 관의 못이다.

나는 오늘도 못을 박는다.

내 관의 어느 즈음에.

대중없다.

오해하지 마시길!

평범해야 사는 놈.

욕도 시선도 원한 적 없다.

다만 글쟁이라면 글을 써야 한다는 것뿐.

그런데 나는 문자와 긴 문장이 싫다.

그러면서도 마주하고 있는 내가 바보 같을 때가 있다.

나는 왜 그것을 외면할 수 없는 것일까?

이제 싫증날 때도 됐는데 놓지 못하고 있는 것을 보면

나는 미련한 놈이다.

언제까지 지탱할 수 있을까?

그 무게에 나는 결국 주저앉을 것이다.

관을 이고 걸어간다.

악착같이 걸어간다.

쉬지 않고 걸어가야 한다.

언젠가는 내가 쉬어야 할 그 비좁은 공간의 무게는

아직 느낄 수가 없다.

그리고 언젠가는 그곳에 나를 눕힐 것이다.

내 책과,

내 기억을 담으려면 버거운 공간.

무게를 줄여야 하겠지.

기억을 소리 없이 지워야 하겠지.

그리고 온전히 내 몸뚱이만 남겠지.

책의 무게는 불타올라 재가 되어 가벼워지겠지.

내 몸뚱이도.

그렇게 평범해야 사후에도 강을 건널 수 있을 것이다.

자유형이든, 평형이든, 배영이든, 접영이든,

온갖 영법을 다 소화해낼 수 있을 것이다.

그때 나에게 선택권이 있다면 나는 내 영혼마저도

싹둑 잘라내고 싶다.

그래야 미련한 영원은 없을 테니까!

13

눈 감고,

귀 닫고,

입 뚝!

자기야.
남들은 늙으면 마누라가 그런데.

"곰국이나 끓여 놓고 나가면 돼!"

이런 젠장!
자기는 그냥 나가라!
내가 지금 사골 곰탕 끓이고 있거든요!
마음대로 저 자연을 뭣도 모르고 뛰어다니다가
발바닥에 가시라도 박히면 어쩔래?
그런 말은 사랑도, 애증도, 익숙함도 식어버린 아줌마들의
투덜거림일 뿐이다.
정작 자신은 그러지도 못하면서 말이야.
자랑하듯 떠들다가도 집에 들어가면 달라지고 마는
이중적인 끝맺음.
수다를 탓하지는 않겠어.
하지만 괜한 소리에 일탈을 꿈꾸지 않았으면 좋겠어.
정, 당신이 그러길 원한다면 내가 불륜을 저지르고 말겠어.
감당할 수 있을까?

취중이다.
내 머릿속의 개가 튀어나올까 봐 어제부터 전전긍긍이다.

어느 날 내가 바람이 될게.
당신은 연이 되는 거야.
함께하기 싫다면 지금 당장에라도 떠나줘.
지금 선택하지 않으면 다시는 기회가 없을 테니까!
물론 취중의 경고지만
가시가 박혀 있다는 것은 알아줬으면 해.

14

오늘은 바람을 맞으러 너에게로 가고 싶다.
마주하지 않아도 좋다.
뒤돌아서서 등만 보여도 좋다.
단지 오늘은 너에게 의미를 두고 싶을 뿐이다.
이길 수 없는 그리움 탓이다.
네가 없다는 것을 알고 있지만
그래도 너는 언제나 내 기억 속에 존재하기 때문이다.
너를 잊을 수 없음이 그저 안타깝다.
이렇게라도 너에게 바람을 맞고 나면
그 그리움의 열병도 식을 것 같은데.
그래서 바람 부는 날이면 나는 어쩔 수 없어진다.
거기도 바람이 부니?

너는 내 생각 손톱만치라도 하니?
아니.
넌 항상 무심했으니까.
넌 항상 퉁명스러웠으니까.
그러니까 나는 안중에도 없이 네 갈 길을 가고 말았을 테지.
그리움만 남겨 놓고,
외로움만 남겨 놓고.
그때 알았어야 했다.
네가 일부러 그러는 거라고.
누군가 기억해 주기를, 잊히지 않기를 간절하게 바랐다는 것을
나는 왜 지금에서야 알았을까?
그래.
내 일방적인 생각인지도 모르겠다.
너의 일방적임이었는지도 모르겠다.
그래서 안타까운 오늘이 되었다.
이제는 바람이 불지 않았으면 좋겠다.
비바람이 거세게 쳤으면 좋겠다.
그래야 너를 그리워할 틈이 없을 테니까.
그래야 우울하기보다 온전한 나를 찾을 수 있을 테니까.
내가 너무 성급한 걸까?
아니.
강산도 변할 많은 시간이 흘렀다.

그동안 어디를 그렇게 돌아다녔는지 모른다.
그냥 내가 아니기를 바랐을 뿐이다.

15

그럼 너는 실이냐?
그럼 나는 헐! 이다.
그동안 어떻게 살아왔니?

만나면 며칠이 지나도 끝나지 않을 수다를 떨 수 있을 것 같았다.
그런데 그 만남이 안절부절못한다.
무엇이 너를 그렇게 변하게 하였니?
무엇이 나를 이토록 무디게 만들었니?
대체 무엇이 우리를 이렇게 비틀어 놓았니?
그동안 어떻게 살아왔니? 라는 말조차 안절부절못하게 하는
순간.
그동안 무슨 일이 있었던 거니?
세상이 녹록지 않음을 알았지만
그렇다고 해서 너를 알아볼 수 없을지는 나도 몰랐다.
이 순간이 당혹스럽다.
멈추어버린 너에 대한 기억을 다시 잇기에는

많은 시간이 필요할 듯도 한데.

우리는 아무렇지도 않은 척 앉아 있다.

너의 가식과 나의 가식 앞에 커피가 놓였다.

너의 풋풋했던 향기도, 커피의 은은함도 느낄 수 없는

너와 나의 사이, 그리고 또 그사이

시간은 제 잘났다고 멈춤 없이 달려가고 우리의 대화는

끊겼다.

내가 생각하는 것처럼 너도 나를 그렇게 생각하고 있음이다.

아, 달갑지 않은 시간.

이대로 헤어진다면 허와 실조차 없어질 것이다.

이렇게 다시 기억을 만들어 나갈 수 있을까?

이렇게 다시 네가 되고 내가 될 수 있을까?

다시 얼마간의 시간이 흐르면 우린 또 어떨까?

더 많이 변해, 더 알아보지 못하고, 더 낯설어질 텐데.

차라리 만나지 말 것을 그랬나?

문제는 옷깃이었다.

옷깃은 한 가닥 마주침이었다.

그래도 아직은 네가 있고,

그래도 아직은 내가 있어서 좋은 날이다.

16

오늘은 아무도 없다.
온전히 혼자다.
그냥 귀찮다.
밤새 내 머릿속의 미친개가
짖지 않기만을
기억도 하지 못할 길을 헤매고 다니지
않기를 바랄 뿐이다!

길을 걷다가 누군가 술에 흠뻑 취해
쓰러져 있다면 나 일지도 모르겠다.
부디 못 본 척 지나가지 않기를.
따듯한 말 한마디 던지려는 척 다가와 지갑이나 휴대전화
훔쳐가지 않기를.
내 머릿속에 쓸데없는 쓰레기 버리지 않기를.
바라고 또 바라면서 나는 혼자다.
혼자여서 자유로운 것은 절대 아니다.
둘이어도 자유로울 수 있을 것인데.
문제는 나다.
나는 왜 나만 내세우려고 하는가?
나는 왜 너를 보지 못하는 것일까?

바라보면 바라볼수록 가까워지는 것이 두려운 탓일까?
더는 욕심을 바라지 말아야겠지만,
욕심은 타고난 운명이다.

17

이 차를 시작하도록 합니다.
두 병이 성에 차지 않아
두 병과 안주를 사 왔습니다.
잠깐 집에 들어온 아들 녀석이
또 나간다고 합니다.

부모의 마음이 어떤지,
녀석은 오랜 후에 알게 되겠지요.
물론 나도 오랜 후에 어느 정도 짐작은 하지만.
당장은 필요 없는 시간입니다.
그때가 중요하지요.
아무것도 몰랐을 때, 다가가면 진저리쳐질 때,
그랬지요.
언제나 곁에 있을 거라 믿었지요.
그런데 말이죠.

중요한 것은 순간이라는 것을 뒤늦게 알았습니다.
싸늘하게 식어가는 아버지의 손을 잡고 있으면서,
형제들이 오기를 기다리면서 그 손을 놓지 못했어요.
그동안 아버지는 나와 교감했습니다.
아버지의 체온이 식지도 않았습니다.
CPR을 했고 또 CPR을 했고,
처음으로 아버지와 교감을 했습니다.
가지 말라고, 갈 거라고.
그렇게 싸우는 동안 알았습니다.
그 마음을!
언젠가 그랬지요.
아버지가 꺾이든 내가 꺾이든.
비 오는 겨울날이었습니다.
속옷 차림에 그 비를 악착같이 맞았지요.
그냥 아프다고.
아픈 건 정작 아버지였습니다.
그 사랑을 알고 있습니다.
그래서 더, 더 아픈가 봅니다.
아버지!
삼차를 시작하면 나는 삼 일간은 못 일어나겠지요.
삶을 검은색으로 칠해 봅니다.

18

이제는 마지막으로
3차를 시작합니다.
노래는 4차에서 부르면 될 것이고
이제는 아무도 없습니다.
집에 말이죠.

약은 먹었지만, 아침에 일찍 깨면
링거라도 맞으러 가야 할 지경입니다.
아무래도 내 머릿속의 미친개가 밖으로 나온 모양입니다.
그런데 과연 죽었을까요?
죽였을까요?
누가요?
이 이른 계절에 말벌이?
그렇게 배가 고팠을까요?
숙주를 떠나면 기생은 죽거나 아니면 살겠지요.
숙주에게서 모든 것을 빼앗아 간다면 충분한 일이지요.
그런데 이 알코올이란 녀석은 말이죠,
숙주가 필요 없다는 말이죠.
한순간에 달라붙어서 떨어질 줄 몰라요.
나름 오기이겠죠?

안 그런가요?
하지만 약을 먹지 않아서 좋아요.
스스로 내가 되지 않아서 좋아요.
나인 내가 아니어서도 좋아요.
다 그런 거겠죠?
물론 아닌 사람도 있겠지요.
내가 너무 떠들었나요?
누군가 창문을 두드리고 갔습니다.
누군가 나를 탓하고 갔습니다.
오늘은 이만하고 싶은데.
왜 몸 구석구석, 정신 구석구석 스스로 무너지려 하는 걸까요?
당신이 와도 소용없습니다.
왜냐구요?
나는 당신의 눈을 똑바로 보았기 때문입니다.
그래요.
싸우고 싶지는 않아요.
오늘은 이만큼만 하도록 하지요.
서로 다툴 이유는 없잖아요.
당신이 나를 버렸기 때문에 당신은 자격이 없습니다.

19

어느 길 위를 걸었는지 모르겠다.

내가 누구인지에 대한 상실

그리고 뒤돌아보았을 때 누군가가 손짓하고 있었다.

낯선 나와 또 다른 내 속의 나.

문득 돌아서야 했다

나에게 아픔은 한순간의 상실이라는 것을 알았다.

하마터면 길을 영영 잃을 뻔했다.

하나의 우주.

우리도 그런 인생인지 모른다.

하찮으면서 절대 하찮지 않은 그런 존재.

우주를 우리 몸이라고 생각해 본 적은 없는가?

세포며, 적혈구, 백혈구처럼 우리의 몸을 이루는 것들.

그것을 근원이라고 생각해 보자.

왜 두려워하는 것인가?

자연스러운 것이다.

이 우주는,

이 은하계는,

그리고 저 블랙홀은 우리 몸속에 있다.

근원은 다른 곳에 있는 것이 아니다.

치고 들어오는 암 덩이?

그것도 어차피 공간이다.
내 몸속의 존재들도 공간이다.
나는 상관없다.
어차피 시간 여행자니까!
다만 그 시간을 기억하고 싶을 뿐이다.
이 우주의 공간!
실은 당신들의 공간이며 일부분에 지나지 않는다는 것을 왜 모를까?
그러면서도 우리의 몸속은 스스로 종말을 예견하고 있었다.
아마 태양은 심장이고 그 태양이 늙어 없어질 때
우리도 없어질 테지만.
하지만 상관없다.
우리는 여행자니까.
다른 곳으로 떠나면 그만이니까.
거대한 그 속의 나, 또 다른 그 속의 나.
아니다.
우리는 거대한 근원이다.
일원이다.
누구도 막을 수 없는 그 생명력!
스스로 자책하지 말고 여행을 떠나보는 것은 어떨까?
여행은 이미 시작되었다.

20

아직도 봄을 보지 못했다.

언제부턴가 내 속에서 희망과 욕심은 차갑게 식어버렸다.

추위도,

더위도,

기쁨도,

슬픔도 사라진 지 오래다.

녀석의 죽음 이후로 나는 무뎌진 나 자신을

그냥 묵묵히 바라볼 뿐이다.

무작정 걷기 위해 길을 나서려다가,

현관에서 머뭇거리다가 돌아서 버리는 나.

나는 어쩌면 계절을 영원히 기억하지 못할지도 모르겠다.

꽃을 바라보는 내 시각과 후각이

궁금해지는 서글픈 오늘이다.

아프지 않기만을 바랄 뿐이다.

꽃 비가 내리면 나는 어떤 색 우산을 써야 할까?

얼마큼 더 걸을 수 있을까?

걸을 수 있기나 한 것일까?

너무나 메말라 버렸다.

갑자기 봄을 보고 싶다.

하지만 막상 용기는 낼 수 없겠지.
나는 언제부턴가 그렇게 망설이는 버릇이 생겼다.
그래서 계절을 만나지 못할 때가 많았다.
어쩌면 스스로 잊기 위해 그 계절을 그리워했는지도 모르겠다.
잊힌 계절들과 그 시간.
나는 영영 그것들과 마주하지 못할 것이다.
그러나 포기는 이르다.
나는 다시 눈을 뜬다.
슬며시 세상을 향해 손짓한다.
그리하면 마주할 수 있으리라 믿는다.
아직 숨을 쉬고 있기에,
아직 흐름이 꿈틀거리기에.

21

아내가 공간이동을 정중히 요청했다
나는 거절했지만
결국 아내는 나를 굴복시켰다

장터!
그놈의 메추리가 결국 나를 삼켰다.

제기랄!

아내는 나를 농락하며 한참을 좋아했다.

그래도 얼마나 다행인가.

혼자였다면 성공하지 못했을 공간이동이었을 텐데.

새로운 공간으로의 이동은 늘 새롭다.

아니, 거창하게 공간이동이라는 말보다는 외출이었다는 말이 났겠다.

장터는 볼 것 많고 또 먹을 곳 많은 곳이었다.

어렸을 때는 그랬다.

그러나 젊음을 먹고 살면서 어느 순간부터 그 맑던

동심은 어디론가 사라지고 말았다.

다가설 수 없는 경계가 되어버렸다.

어쩌면 나를 지키기 위해 스스로 결계를 만들었는지도 모르겠다.

아내와의 거리도 그렇다.

결혼 전에는 하루라도 보지 못하면 안달 나곤 했지만

지금은 손을 잡고 걷는 것조차 부담스러울 때가 있다.

젊음을 너무 많이 탕진해 버렸기 때문인가?

아니면 내 심장이 점점 굳어지는 것인가?

이것도 저것도 아니면 내 피가 점점 탁해지는 것일까?

이제 장터에는 제각각인 것이 없다.

새로움은 점점 무뎌지고,

물건들은 평준화되거나 같아졌다.

사람들의 나이도 한정되었다.

중년이거나 늙었거나.
익숙한 것들이지만 이제는 낯설어지는 풍경들.
나는 도대체 무엇을 보기 위해 그곳으로 간 것일까?
나는 도대체 무엇을 찾길 바란 것일까?
물건이 싼 것도 아니다.
가까운 시장에서도 흔해진 것들.
지난날의 향기가 그리웠던 것일까?
그러나 너무도 희미한 것들.
장터는 기억에서 그렇게 지워지고 있었다.

22

과자 좀 사 가세요!
아니, 저는 너무 가난해요.
그래서, 그래서
홈리스가 되려 합니다.
어쩔 수 없잖아요.
그래도 어서 오세요. 팔고 싶어도
팔 수 있는 물건은 없지만!
점심이었다.
텅 빈 생과자 통 앞에 앉아 있던 고양이 한 마리.

녀석은 익숙하다는 듯이 근사한 표정으로 나의 셔터에
반응했다.

이른 초저녁 나는 시체를 예약해야 할지도 모르겠다.
아내는 더덕과 참두릅, 개두릅(엄나무 순), 방풍나물과 곰취에 취해
이제는 실용의 가치성이 떨어진 내가
공간이동을 하든 순간이동을 하든
신경 쓸 기미도 보이지 않는다.

나는 어쩌라고.
마누라!
우리 새벽에 응급실에서 데이트할까요?

마누라는 장터에서 사 온 물건을 대충 냉장고에 넣어두고
약속이 있다며 나가버렸다.
결국, 그것들은 모조리 나의 차지가 되고 말 것이다.
그것이 마누라의 요령이다.
일이 그렇게 늘어버렸다.
음식이라곤 소금 소태를 만들어버리거나 번번이 간 맞추는 것에
실패하곤 한다.
그렇게 냉장고에 쌓아두면 좋을까?
그래,

아내의 목적은 거기에 있었다.

결국, 자기가 먹고 싶었다는.

23

누구는 쇼를 하고
누구는 거짓말을 하고
그중에서 누구는 또 이용해 먹는다.
진심으로 눈물 닦아줄 이 어디에 있는가?
문득 두려움을 느끼는 이 공간이 싫어졌다.

차마 걸을 수 없어서
술을 마시고 자고 다시 마시고 자고
영원히 공간에 갇힐 것 같은 두려움에 사로잡혔다.

시간이라는 녀석의 뒤통수를 마음껏 갈겨주고 싶다.
아플 거라고,
그러다가 다시는 일어나지 못할 거라고.
피도 눈물도 없이 제 갈 길만 가는 시간이라는 녀석!
미워도 어쩔 수 없는 것이 인간이다.
차라리 존재하지 않는,

애초부터 없었던 시간이었으면 좋겠다.

어차피 제 나름대로 살아가는 세상이다.
행복하다고 믿으면 그것이 행복일 테고,
불행하다고 느끼면 그것이 불행일 것이다.
행복하지도 불행하지도 않다면
그저 무덤덤한 삶일 테지만
언제든 행복과 불행을 오갈 수 있기에
더 스릴이 있지 않을까?

나도 이 공간의 틀에서 나름 잘 살아가고 있을 것이다.
그렇지만 때로는 그 모든 것이 지겨울 때가 있다.
이대로인 내가 싫을 때가 있다.
모든 것을 포기하고 싶을 때가 있다.
특히 뉴스에 우울한 이야기만 쏟아져 나올 때
말이다.
그래도 살아가야 하는 것이 우리의 숙명이며 운명이다.

24

불금은 어쩌면 슬픔이고
어쩌면 사랑이다.
삶의 희로애락이 함께 담겨 있으니.
그래서 더 즐기고 싶은지도 모르겠다.
살기 어려울 때는 꿈도 꾸지 못할 일이었다.
삶에 찌든 핑계였는지도 모르겠다.
요즘은 많은 사람이 떠났다가 되돌아오기를 반복한다.
떠날 거면 무엇하러 돌아오느냐고 말하는 이들도 있다.
하지만 돌아올 곳이 있으므로 떠나는 것이 아닐까?
떠남이 휴식이 되어버린 지 오래다.
머무름이 어쩌면 더 바보 같은 일인지도 모르겠다.
인생 뭐 있어!
그래.
늙어서는 즐기지 못한다.
너무 많이 써먹어 뼈마디가 쑤시는데 귀찮아서
어디에 갈 엄두도 나지 않을 것이다.
그 나이가 되면 산이나 제대로 오를 수 있을까?
그렇다고 불금이 젊은이들의 전유물은 아니다.
100세 시대이니 늙음이 부끄러움도 아니다.
주눅들 일은 더더욱 아니다.

그 힘든 시절을 살아온 만큼 더 즐겨야 한다.
그러기 위해서는 절대 자신을 포기해서는 안 된다.
얽매여서도 안 된다.
스스로 자유로울 수 있어야 한다.
그러나 어디 그러나!
품 안의 자식이라고 하지만 밖에 내놓아도 불안하고
더 품고 시은 것이 부모의 마음인 것을.
그러다 보면 자신을 포기할 수밖에 없다.
그런 오류를 범하지 않기 위해서 지금부터라도
불금의 자유를 느껴야 하지 않을까?
지나고 나면 후회되는 것이 인생이다.
한숨으로 생을 마감하지 않기를!

25

계절이 아프다는 것을 처음 알았다.
늘 아팠는데도 느끼지 못했던 것을 보면
무뎌짐을 부정할 수가 없다.
다기를 찾다가 일부는 찾지 못했다.

커피는 이제 마시지 않기로 했다.

간만에 녹차를 우린다.
그윽하고 되도록 심심한 밤이었으면 좋겠다.

나,
그대의 밤을 지켜줄 생각이다.
사양한다면 미련 없이 돌아서겠다.
돌아보면 아픔인 것을,
사랑도 아닌 괴로움인 것을.
누가 알겠는가?
가녀린 그녀의 머릿결!
흩날리면서 더 아픈 마음!
인연이었을까?
악연이었을까?
바라보면 한 가닥 희망!
내 간절함.
아무것도 모를 때 나는 너의 가슴을 이해하지
못했다.
단지 쓰라림이라고 느꼈다.
이제 나는 살인자가 되었다.
너를 가차 없이 내 기억에서 삭제시킨 개자식.
계절은 그렇게 아프다.
느낄 필요가 없다.

가만히 지켜보면 너이고 나인 것을!
계절을 품에 안은 설움이다.
어느 사람이었을까?
그 어느 무사가 내 가슴을 소리 없이 베었다.
망설임 없이.

26

결론은 야식과 술이다.
그래, 벌써 오늘이구나.
오늘부터는 일일 일식이다.
물론 금주다.
일주일이면 5kg은 그냥 빠질 테고
그다음부터는 쌈 채소로 화를 다스려야 할 터!
이 주일이면 최종 8kg은 빠지겠구나.
이놈의 술이 원수다.
몸을 다스린 후에는 수영을 해야겠다.
하루에 두 시간.
물속에서 땀은 흠뻑 쏟을 터.
뭐 다른 것이 있겠는가?
의사는 그랬다.

왜 이렇게 몸이 망가졌냐고.
그런데 그 의사는 결국,
병원을 팔아버렸다.
20분만 걷기만 해도 충분히 좋아질 수 있다고 했던 그 의사는
어디에선가 나를 비웃고 있을 것이다.
솔직히 그 전만 하더라도 나는 그 의사보다
건강이 더 좋았었다.
내 혈액검사를 보면서 의사는 왜 이렇게 몸이 좋아졌는지
모르겠다고 했다.
물론 혈액 검사의 내용을 보고 한 말이었다.
지금의 의사는 혈액 검사를 요구하지 않는다.
대신 내가 먼저 5개월에 한 번씩 혈액 검사를 요구한다.
그런데 왜 갑자기 콜레스테롤 수치가 오른 것일까?
지금은 걷기도 운동도 하지 않는다.
나를 응원하지도 않고 그렇다고 수영도 하지 않는다.
한번 마스터하면 더는 지루해서 하지 않는다는 것!
당구가 그랬고, 볼링이 그랬다.
한 번 빠지면 뒤도 돌아보지 않는 나.
등산도 그랬다.
집에서 가까운 그 산에 오르면 모든 것이 순탄할 줄 알았다.
그런데 수백 번을 오르고 나니 산이 아니었다.
그저 솟아오른 봉우리였다.

그 길도 잊었다.
그렇게 한순간에 다 잊었다.
나도 그렇게 잊힐 것이다.
그러나 나를 그리워할 사람이 있을까?
너무나 변해버린 나를 그들은 기억해 내지 못할 것이다.
이런 삶은 아픔일 것이다.
그냥 슬픔의 일부분일 것이다.
일일 일식도 소용없을 날이다.
그저 반복되는 날이다.
술도 없을 것이다.
사랑도 없을 것이다.
처량한 날이다.

27

어떤 색을 원하니?
사랑을 똥칠해버린 녀석
어차피 네 얼굴에 불특정 다수를 불투명하게
그릴 생각이었다.

사랑이라는 단어.

오랜만에 써본다.
하지만 오늘은 배려하지 않겠다.
캔버스에 정신없이 그렸다.
희미한 움직임.
살기 가득한 얼굴.
무표정한 움직임.
표정 없는 사람.
웃는 얼굴.
사악한 움직임.
내 속에 무엇이 있는지 나도 몰랐다.
그러나 모든 것이 있었다.
감추고 있었던 모든 움직임을 나는 캔버스에,
그 비싼 아사천의 정확구에
낱낱이 쏟아냈다.
물감도 마음대로 썼다.
그러다 보니 남은 것은 탁한 나의 얼굴이었다.
차라리 검은색이었으면 나았을 것을.
이건 형편없는 나 자신이다.
나는 붓도, 손도 씻지 못한 채 주저앉았고
그대로 잠이 들고 말았다.
그 속에서 다시 나를 발견하고 꿈에서 깼을 때
누가 그랬는지.

캔버스는 갈기갈기 찢어져 있었다.

틀만 남은 채!

누구였을까?

나였을까?

내 속의 나 말이다.

감당할 수 없는 나!

내 속에는 감당할 수 없는 악마가 산다.

28

간만에 새벽 수영을 가려고 준비 중이었는데

결정적으로 수영복을 찾지 못했다.

녀석은 가출한 것일까?

버려진 것일까?

내가 아끼던 빨간 수영복!

투박한 탄탄이 수영복도 찾을 수 없다.

두꺼운 슈트도 말이다.

핑계가 하나 더 늘었다.

그런데 왜 이렇게 집착을 하는지 모르겠다.

옷장을 뒤지고,

이사 올 때 싸두었던 짐들을 풀었다.

그런데 그 어디에도 없었다.

버리지는 않았을 터.

수경과 빨간 수영모자가 있는데 설마

수영복을 버렸을라고?

그럴 리가 없다.

해서 계속 수영복을 찾았다.

흔적도 없이 사라진 것들!

어디로 간 것일까?

내 가슴 속에서 삭아 스스로 없어진 것일까?

아니면 수영장에 두고 온 것일까?

계속 찾았다.

계속 헤맸다.

내 기억이 뒤죽박죽이다.

내가 아니라면 누군가가 버렸을 터인데.

식구들을 깨워 수영복의 행방을 물었다.

그러나 아는 것은 고작 스포츠타월!

나에게는 관심도 없었단 말인가?

내가 무엇을 하고, 무엇을 하고 싶어 하는지.

내가 확인한 것은

나는 외톨이라는 것이다.

인터넷에 접속해서 수영복을 신청했다.

도수 있는 물안경도 신청했다.

나는 나를 위해 살 자격이 있다.

물론 나를 삭제할 권한도 있다.

왜 이렇게 서러움이 밀려드는지 모르겠다.

나는 언제부터 있는 듯 없는 듯한 존재가 되어 버린 것일까?

그러나 울지는 않겠다.

29

급 이야기가 그립다.

짧지도 길지도 않은,

이 세상에 존재하지 않는 이야기.

문장이 그립다.

자음과 모음에 살을 붙일 때가 된 모양이다.

그러다가 다시 살을 빼겠지만.

돼지가 되고 싶다.

이쪽에서 가져다 붙이고 저쪽에서 가져다 붙일 수 있는

살집 많은 돼지.

그렇게 가져다가 붙이면 키는 커지고 몸집은 줄어들 텐데.

하지만 나에게는 그런 몸집도 뼈대도 없다.

나는 바람에 흔들리는 가냘픈 존재다.

그래서 너는 진즉에 포기했는지도 모르겠다.
나는 왜 악착같이 붙어 있는가?
무엇 때문에?
돼지는 꿀꿀거린다.
나는 꿀꿀거리지 못한다.
꿀꿀대었으면 미약하나마 나름 소리라도 질렀을 텐데.
나는 왜?
그러지 못하는가?
머릿속에는 쓰레기만 쌓이고
가슴속에는 오물만 쌓이고
나는 점점 속물이 되어 간다.
아마도 몸속에 나를 노리는 암 덩이가 있을지도.
스스로 자라나,
아니 나를 숙주로 삼아,
나를 잡아먹고,
나를 삼키고,
급기야 저 스스로 이야기를 지어내겠지.
싫다.
내가 아닌 너이기에 나를 바보로 만드는 일이다.
문장이 그립지만 아직은 아니다.
아직은 견딜 만하다.
그렇게 견딜 만하면 다행인 것을.

30

새벽을 소리 없이 걸었다.
어쩌면 네가 먼저 걸어간 그 길 위를
무심하게 걸었는지도 모르겠다.
이제는 흔적조차 희미해진 시간.
이제는 네가 어디쯤 가고 있는지 궁금하지 않다.
너의 부재가 이렇게 익숙해질 거라고는 미처 생각하지 못했다.
존재함과 존재하지 않음의 서글픔도 새까맣게 잊혀진
그 길 위를 나는 얼마나 더 걸어야 하는 것일까?
존재함도 어쩌면 슬픔일지 모르겠다.
시간은 이별을 의식하지 않고
제 갈 길만 단호하게 고집한다.
시간은 내 머릿속에서 대중없이 뒤섞여
점점 탁해져만 간다.
여행자라면 충분히 이해할 수 있는 일.
그래도 때로는 멈추고,
간직하고, 기억하고 싶은 시간이 있는 법.
그때를 가지고 숨어버릴 수는 없는 것일까?
호주머니에 감추고 걸어갈 수는 없는 걸까?
그 누구에게도 들키지 않을 나만의 약속과 기억.
보물!

첫사랑처럼 말이다.

하지만 영원히 간직할 수는 없겠지.

너도 내 호주머니 속에서 자신을 포기한 채

나만을 위해 존재하기를 거부하겠지.

안다.

사랑은 소유할 수 없음을.

기억도 마찬가지이겠지.

하지만 추억이 있지 않은가?

그런데 집착하면 스토커다.

나는 스토커가 되고 싶지 않다.

지울 수 있을 때 지워야 한다.

때로는 인연도 남김없이 지워야 한다.

그것이 살아가는 방법이다.

흔적조차 희미해지는 시간!

아홉 걸음

1

툭하면 삭발했었다.
그러나 이제는 삭발할 엄두가 나지 않는다.
머리숱이 급격히 줄었다.
이제는 온몸이 관리해야 할 대상이 되어버렸다.
더벅머리 젊음이 한없이 그리워지는 비 오는 오후,
그냥 놀아야겠다.
그냥 걷는 것도 좋겠다.
그냥인 오늘이다.
오늘은 그렇게 늙어가는 거다.
어차피 늙어 왔던 것처럼.

삭발했다.
망설이고 또 망설이다가.
또 머리숱은 줄어들겠지.
더 늙어가겠지.

어차피 늙는 것을 왜 그리 빨리 늙으려고 하는데?
흰 머리카락이 나고,
사랑을 잃고,
모든 것을 잃고 나면 알까?
그래서 나는 더 빨리 걸으려고 하는 걸까?
아닌데.
마음껏 즐기고 싶은데.
왜 그럴까?
이 행성을 떠날 때가 된 것일까?
신은 이 행성에서만 존재한다.
이 행성에서만 영원할 테지만 그 신은
내가 이 행성에서의 여행을 끝내는 순간 존재하지 않는다.
모든 신!
내가 이 행성의 여행을 끝내는 순간 나는 그 신들을
평범한 인간들에게 나눠줄 것이다.
신들은 신발에나 줘버려!
이제는 삭발하지 않겠다.
나약한 나를 그들에게 보이고 싶지 않다.
삭발은 반항이었다.

2

늦은 밤,
파로호 그곳에는 아무도 없었다.
아마도 5월 중순쯤이었을 것이다.
오직 대물에 대한 기다림으로 일주일을 보냈다.
그 기나긴 기다림이 지루해
옷을 훌훌 벗어 던지고
파로호의 수면 위에 누웠다.
달과 별과 지구라는 행성의 일원인 나.
그 밤 나는 스스로 물고기가 되고 싶었는지도 모르겠다.
그리고 시간은 아득하게 거리를 두었다.
지금 이 순간도 시간의 흐름에 저항할 수 없는
단조로움이 나를 무디게 만들 뿐이다.

아!
그곳에 가고 싶다.
아카시아 꽃향기 만발하면
그곳에 갈 수 있을까?
그 향기가 가시가 되어
내 가슴에 박힐지도 모르겠다.
언제나 그렇듯 그녀처럼.

변하지 않을 그 첫사랑의 흐름을 따라 오가는 길.
누가 오지는 않을까?
어쩌면 기다리고 있는지도 모르겠다.
사랑은 다 그런 것이다.
가고 싶은 마음!
그 사랑은, 그 마음을 알까?
한순간 흩어지는 사랑!
아픔도 때로는 사랑이다.

3

시간을 버무린다.
멈춤인지,
흐름인지,
아니면 틈인지,
공간인지 중요치 않다.
문제는 손맛이고,
불 맛이고,
양념 맛이다.
그러나 녹슬어 무뎌진 칼로 무엇을 할 수 있겠는가.
시간은 대충 버무려서는 안 된다.

그러다 보면 존재의 의미를 망각하게 될 테고
결국 시간 여행은 목적지를 상실하게 될 것이다.
그러면 시간은 뒤엉키고,
우리도 모르는 사이에 세상은 망가질 것이다.
시간은 존재다.
그 시간은 남아 있는 이들의 몫이다.
나 혼자서 결정지을 몫은 아니다.
여행자들이여,
이 행성에 자취를 남기고 싶은가?
여행자의 수칙은 중요하지 않다.
어차피 지켜지지 않을 규율이었다.
여행은 어쩌면 아픔인지도 모른다.
모르겠다.
떠나면 그만이라고?
그래 떠나면 그만이다.

언젠가는 여행자의 정체가 밝혀질 것이다.
지금 당장은 아니더라도.
우선 나는 지금 시간을 버무린다!

4

어느 골목길 나이 먹은 계단과 마주쳤다.
언젠가는,
나도 그런 모습으로 다른 누군가를 바라보게 될지도 모르겠다.

아니,
그때는 이 행성을 떠날 수도 있겠구나.
아니,
어차피 버림받은 여행자이기에 차마 너를
바라볼 수도 없겠구나.
하지만 기억하겠다.
시간 여행자의 시각으로 너를 바라보며 또
너를 스쳐 지나간 그들을 당분간은 그리워하겠다.
아니,
어쩌면 삶과 죽음을 남긴
그 영원의 프로그램에 서럽게 감사해야 할지도 모르겠다.
짧지만 많은 시간을 남긴!
나를 생각하게 하였던 그 존재들.

웃기지 마라.
나는 시간 여행을 끝내고 싶을지도 모르겠다.

이 행성을 패키지쯤으로 생각하는 여행자들.
여기는 너희의 놀이터가 아니다.
내가 너희의 행성에 들어가 규칙 없는 행위를 한다면
너희는 어쩔 테냐?
고작 바이러스 취급을 하겠지만
영원은 없다.
그래서 누군가가 나에게 티켓을 남겼다.
다시 경고한다!
이 행성은 너희가 생각하는 가벼운 여행지가 아니다.

부디 멈추길!
그럼 나도 멈추겠다.
주어진 삶을 살다가 조용히 사라지고 싶다.
시간 여행도 지루해지는 지금!

5

안주할 곳이 없다.
잊힐지도 모르겠다.

삶이 무엇인지 모르겠다.

향정신성 의약품 때문일까?
아니다.
죽음의 그 순간에 영원은 없다는 것을.
아버지는 영혼을 선택했다.
알려주지 않았다.
죽음의 마지막 순간에도.

소용없었다.
아무것도 몰랐다.
지금은 안다!
여행자는 우리가 아니라는 것을!
그리고 아버지는 여행자를 꿈꾸었다는 것을.
어쩌면 우리는
여행자의 남은 존재로 사냥을 당할지도 모른다.
그때는 부디,
은으로 만든 칼을 착용하도록,
금은 비싸고 무디니까.
안주하지 마시라.
안주하는 순간 죽음이다.
흩어져 각개전투를!
이 순간도 잊혀 간다.
안주할 곳은 그 어디에도 없을지 모른다.

어차피 희미해지는 것이 삶이다.
존재의 또 다른 슬픔이다.
다른 면에서 보면 축복일지도 모르겠다.

6

기억하고 싶지 않은 일들은 기억으로 남는다.
그 기억들을 지우고 싶다.
나도 모르게 차곡차곡 쌓여 가는 기억의 종자들.
내 머릿속에서 스스로 자라나
결국에는 한순간 나를 장악하고 마는
빌어먹을 녀석들.
기회를 엿보며 오늘도 나를 조여 온다.
이제는 잊을 때도 됐지만
그 기억들은 또 다른 기억을 만들며
점점 몸집을 키워간다.
그 불쾌한 기억들을 짊어지고 걸어가야 하는
오늘이 우울하다.

그럼 오늘은 무엇을 할까?
이별을 할까?

의미 없는 섹스를 할까?
단지 기억으로 남기 위해서.
단지 추억을 남기기 위해서?
소용없는 일인지도 모르겠다.
오늘은 머리가 불투명하다.
자꾸만 오늘을 삽입하려는 시간을 두들겨 패주고 싶다.
나를 두들겨 패고 싶다.
머릿속이 텅 빈 채 맑았으면 좋겠다.
애써 들여다보지 않아도 맑고 투명한 시간이
차곡차곡 쌓였으면 좋겠다.
작은 욕심조차도 훌훌 털어버릴 수 있었으면 좋겠다.
오늘은 그다지 하고 싶은 일이 없다.

7

복잡한 것은 딱 질색이다.
단순한 오늘이었으면 좋겠다.
녹차를 우리든,
마테차를 우리든 심심했으면 좋겠다.
아무 생각도 하기 싫다.
온종일 귀찮음을 온몸으로 느끼며 방바닥에서 뒹굴고 싶다.

오늘은 일상의 소음들을 외면할 터이다.
그냥 아프다.
그러면 그만이다.
받아들이든 받아들이지 않든 간에 그것은 내 몫이다.
나를 탓하고, 나를 채근하고, 또 나를 괴롭히고 싶지는 않다.
몸과 마음이 천근만근인 것을 어쩌랴?
애써 나를 보챌 필요는 없다.
하루쯤은 게을러지고 싶다.
나 자신을 내세우고 싶지는 않다.
TV를 틀어 놓고, 아니면 라디오를 틀어 놓고 제 마음대로
떠들라고 내버려 두고 눈을 멀뚱멀뚱 뜬 채
아무 생각도 하기 싫다.
그렇다고 오늘이 소중하지 않다는 것은 아니다.
더없이 소중하지만, 일탈로 나 자신을 다시금 정확하게
바라보고 싶기 때문이다.
그 정도의 시간은 스스로 배려할 수 있지 않을까?

8

그냥 걸었다.
무작정 걸었다.

지칠 때까지 걷고 싶었다.

어느 길을 걸었는지 모르겠다. 걷다 보니 땀 냄새가 풀풀 났다.
그래도 걸었다. 발길 닿는 곳으로.
방향은 그다지 중요하지 않았다.
어디든 갈 수 있을 것 같았다.

배가 고프다.
시장통으로 들어섰지만 먹을 것이 많아서
저절로 배가 부르다.
사람들과 뒤섞여 시장통을 이리저리 떠밀려 다녔다.
얼마 동안 그렇게 밀려다녔는지 모른다.
그저 인파가 좋았고 삶의 냄새가 좋았다.
무엇보다도 살아 있음을 느낄 수 있어서 좋았다.
상인들의 정감 있는 멘트도 한몫했다.
목적은 아예 없었다.
그렇다고 흐트러짐 또한 없었다.
인파에 속한 내가 좋았다.
그것으로도 나는 충분했다.
욕심도 가식도 필요 없는 흐름이었다.

그러다가 과한 것은 차라리 없는 것만 못하다는 생각이 들었다.

내 시각을 자극하던 먹거리들이 갑자기 맛없어졌다.
걷다가, 망설이다가 다시 나를 발견했다.
차라리 신선한 공기가 더 맛있겠다.

괜한 외출이었다.
느끼해지는 밤을 예견한다.

9

바라보지 않기,
뒤돌아보지 않기,
앞만 보며 걸어가기.
그렇게 미련을 훌훌 털어버리려 했다.
그러나 내일이었던 오늘도,
그리고 어제였던 오늘도 나는 바라보고,
뒤돌아보고,
멈춤 없이 악착같이 걸었다.
바보처럼 울지 않은 것이 그나마 다행이었다.
언제부턴가 나는 울지도,
웃지도 않았다.
그렇게 그냥 익숙해졌다.

나는 오늘도 일탈을 꿈꾼다.

다만 그뿐이다.

꿈을 꾸고 싶다.

어디든 뒤돌아보지 않고 훨훨 날아갈 수 있는

아주 가벼운 꿈.

깃털 같은 꿈!

불면증이 없는 밤을 생각한다.

그래서 마냥 걸었는지도 모르겠다.

걷다 보면 나도 모르는 사이에 지쳐 잠이 들 것 같았지만

그렇지 않았다.

그렇게 지쳐버렸는지 모르겠다.

너무 지쳐 웃지도, 울지도 못하게 되었는지 모르겠다.

무뎌진 통증, 무감각해진 감정!

난 그러한 것들을 다시 찾을 수 있을까?

아니면 그렇게 영원히 놓쳐버리고 마는 것인가?

10

아직도 바람직하지 않은 식탁이라고 생각한다.

뭔가 빠졌다.

혼자서 식사하는 것이 익숙하면서도 낯설다.

그래서 더 오기를 부리다가
포기하는지도 모르겠다.
오늘도 시간은 이기적으로 제 갈 길만 간다.
오늘은 나도 이기적이 되고 싶다.
뭐든 내 마음대로.
식탁 위에 냉장고 안의 모든 반찬과 음식을 꺼내 놓았다.
그렇지만 입이 까칠해서 먹을 수는 없었다.
식욕이 반찬이라고 했던가?
요즘은 식욕이 부쩍 없어졌다.
하루에 한 끼 먹는 것조차 부담스러울 때가 있다.
어떨 때는 식사를 거르는 날도 있었다.
그런데도 배가 고프지 않았다.
혼자 마주해야 하는 식탁을 버릴까도 생각했던 적이 있었다.
그러나 결국, 버리지 못했다.
버린다면 다시 만들거나, 다시 사야 하기 때문이다.
생각 같아서는 내가 소유하고 있는 모든 것을 버리고 싶지만
끝내 욕심을 버릴 수 없었다.
소유의 오류다.
처음부터 없었다면 생각지도 않았을 것을.
찬물에 밥을 말아 먹고 조금이나마 기력을 차렸다.
여전히 입안이 깔깔하다.

11

시장통에서 복어를 만났다.
독이 바짝 올랐는지는 모르겠다.
어디에서 정신을 놓고 몸뚱이만 내려놓은 녀석.
한때는 너도 꿈과 희망이 있었을 것이다.
품은 독 때문에 더 슬픈 녀석.
죽음과도 바꿀 수 있는 맛이라고 했던가?
단지 자신을 지키기 위해 몸속에 지녔을 뿐인데.
그것이 맛이 될 수 있다니 놀라운 일이다.
테트로도톡신!
왜 사람들은 지닌 것을 빼앗아야 만족하는 것일까?
지닌 것이 아픔이 되어버리는 순간,
네가 품은 테트로도톡신에 나는 희열을 느낀다.
나도 별수 없는 사람인 것을.
간만에 칼을 꺼낸다.
나를 꺼낸다.
아니,
너를 꺼낸다.
제독을 하면서 나는 못된 상상을 한다.
완전히 제독할 것인가?
아니면 약간의 독을 남길 것인가?

어쩌면 너를 처음 보았을 때부터

그런 못된 상상을 하고 있었는지도 모른다.

살이 오른 녀석!

네 몸속의 테트로도톡신도 물이 바짝 올라 있겠지.

음식물 쓰레기봉투에도 들어갈 수 없는 녀석!

그래도 나는 네가 부럽다.

네가 지닌 그 테트로도톡신이 나는 갖고 싶다.

너에게 테트로도톡신이 간절하고, 소중한 것처럼

나도 무언가 강력함을 지니고 싶다.

제독을 끝내고 나는 너의 살과 뼈를, 껍질을 바라본다.

마치 내 몸을 발라낸 것 같은 이질감.

때로는 지니지 않는 것이 속 편할 때도 있다.

나는 죽음과도 바꿀 수 있는 맛을

마치 의무처럼 만들어 낸다.

너는 테트로도톡신을 내세우기보다는 감추어야 했다.

들키지 말았어야 했다.

그래도 너는 충분히 가치 있는 존재다.

12

그냥 달렸다.

막무가내로 차에 태워 놓고 녀석은 한마디도 하지 않았다.

공간이동 중인가?

순간이동 중인가?

어쨌든 시간 선상에 나는 분명히 존재한다.

헤드라이트불빛 하나, 또 하나.

앞서 달리던 브레이크등은 사라진 지 오래고 우리는 어둠을 달렸다.

녀석은 어디를 그렇게 급하게 가는 것일까?

설마 꿈속은 아니겠지?

꿈속인가?

얼핏 운전석의 녀석이 보이지 않았다.

점점 아득해지는 숨결!

가위눌림인가?

아니겠지?

그럴지도 모른다.

나인 나를 부정하고 싶어지는 까마득한 순간이다.

전혀 멈출 기미는 보이지 않고, 점점 가속만 이루어진다.

그러고 보니 안전띠를 매지 않았다.

이대로 가다가 추돌사고라도 난다면 나는 차에서 튕겨 나갈 것이다.

아찔함이 식은땀을 잡아먹을 즈음 차는 소리 없이 멈추었다.

그제야 또렷해지는 녀석.
막연하게 바다의 짠 내음과 파도 소리가 들리는 것 같았다.
나를 내려놓고 다시 왔던 길을 되돌아 나가는 녀석의 차.
어둠뿐이었다.
나는 그 자리에서 한 발짝도 움직일 수 없었다.
그로부터 10분 후 다시 나타난 녀석의 손에는 술과 안주가 들려 있었다.
그리고 녀석은 술을 따르며 10년 전 이야기를 했다.
10년 전의 안주는 먹을 만했지만, 이제는 막무가내인 현실을
받아들이지 못하는 나 자신이 안타까울 지경이다.
어떻게 집에 들어왔는지는 아직도 모른다.
꿈이었는지, 현실이었는지도 모를 잊힌 시간!

13

언제나 당신은 그 자리에 있었군요.
다만 누군가가 변덕을 부렸을 테지요.

당신과 내가 서 있던 공간이 잠시 비틀어졌던 것일까요?
그렇지 않고서는 통 이해가 되지 않는 일입니다.
어떻게 된 걸까요?

어떻게 그렇게 감쪽같이 사라질 수 있었던 걸까요?
누군가의 시기였을지도 모릅니다.
그런데 말입니다.
나는 당신의 실체를 알고 싶습니다.
깨져버린 신임을 다시 붙일 수 있을까요?
그런데 이걸 또 어쩌죠?
깨져버린 신임의 조각을 하나쯤 잃어버린 것 같은데.
아마도 그 조각 없이는 당신을 증명할 수 없겠지요?
언제나 당신이 그 자리에 있다는 것을 느낄 수는 있어요.
물론, 믿을 수도 있고요.
하지만 문제는 너무나 막연하다는 겁니다.
그 모든 것이 내 기억 속에 있는 걸까요?
나는 그동안 당신을 부정했던 것일까요?
그래야 나 스스로 편할 수 있다고 믿었던 것일까요?
언제나 당신은 그 자리에 있었는데 왜 나만 이렇게 혼란스러운 걸까요?
무엇이 우리를 그렇게 만들어 놓았을까요?
스스로 공간이 비틀어질 리는 만무합니다.
당신과 나 사이에 무슨 일이 있었던 것이 분명합니다.
아니면 이대로 인정만 하고 말아야 하나요?
당신이 있었다는 것 말입니다.
누군지는 모르지만, 당신이라는 사람 다시 한 번 꼭 만나고 싶군요.

현실에서 말입니다.

지금 당장 말입니다.

14

너에게 포스트잇을 남겼다.

차마 그 어떤 변명도 남길 수 없어서 쉼표를 찍었다.

가벼운 산들바람에도

낙엽처럼 흩날리기를 바라면서.

너는 어떻게 지내는지 모르겠다.

나는 그냥 주어진 시간을 걸을 뿐이다.

어쩌면 되새김질일지도 모를 이 시간과 공간 사이에서

한없이 낯설어지는 낮술의 의미는 뭘까?

너는 알겠지!

너는 영혼이니까!

푸르지 않아도, 단풍이 지지 않아도

비가 오지 않아도, 눈이 오지 않아도 좋다.

너에게 남긴 포스트잇이 바람에 흩날리지 않아도 좋다.

어차피 그것을 유심히 바라볼 사람은 없을 테니까.

너와 나의 흔적이었으니까.

우리의 관계가 포스트잇에 남긴 쉼표처럼 쉬어갈 수 있는 움직임이었으면 좋겠다.
그 자리에서 변함없이 쉴 수는 없겠지만,
한없이 낡아서, 삭아서 없어지는 것도 낫겠지.
너의 어깨를 토닥인다.
너는 나의 어깨를 소리 없이 토닥이다가 가곤 하겠지.
그렇게 오가며 우린 잊히겠지.
그 순간이 영원할 수 없다는 것을 깨닫는 순간 우린 비로소
영혼도 존재할 수 없다는 것을 알게 되겠지.
그래도 살아 있는 동안 나는 너에게 포스트잇을 붙일 생각이다.
너에게 향하는 나의 마음은 오직 쉼표뿐이다.

15

삶은 기다림입니다.
음식도 기다림입니다.
그리고 이 모습이 내 본 모습이라면
더없이 좋을지도 모릅니다.
그 모든 것이 정성이었으면 좋겠습니다.
그릇을 좋아하는 사람은
그 그릇에 담긴 음식의 정성도
알 수 있을 거로 생각합니다.

절대 급해서는 안 됩니다.
너무 빨리 먹어서도 안 됩니다.
시간이 그리하고, 정성이 그리하고, 음식이 그리합니다.
시각과 후각과 미각에 적당한 촉각도, 청각도 가미시켜야 합니다.
그러다 보면 알게 됩니다.
과정을, 순서를 알게 됩니다.
인생이 담겨 있다는 것도 알게 될 겁니다.
기다려서 손해 볼 것은 없습니다.
어차피 걸어가야 하는 절차일 뿐이니까요.
성급해서는 안 됩니다.
성급할 거라면 아예 기다리지 마세요.
인스턴트로 대충 시간을 버무리면 되는데 기다릴 필요는 없지요.
저는 그릇을 고르는 중입니다.
화려하지도, 그렇다고 투박하지도 않은
나만의 그릇을 고를 겁니다.
그리고 그 위에 내 인생이라는 음식을 소중하게 올릴 겁니다.
누구라도 탐을 낼만 한 그런 기다림의 음식 말입니다.

16

이런 더운 날 낮술이라니.
봄에 대한 기억을 깡그리 잊어버리고
여름에 안주하기도 전에 이제는 가을과 겨울 사이에 있다니.
그 바람이 그립다.
속이 쓰리고, 아프고 추워도 그 계절이 그립다.
봄에 대한 아픔이 그리 많았던 탓일까?
어쨌든 취하고 본다.

계절에 취하면 더 좋으련만.
지나간 계절에는 취할 수 없다.
멈출 수 없음도 안다.
이 계절은 도대체 어느 순간에 멈출 것인가?
가지 말라고 해도 망설임 없이 가 버리는 계절.
어제 새벽에는 겨울이, 아침에는 봄이, 낮에는 여름이, 초저녁에는 가을이 다녀갔다.
종잡을 수 없는 계절의 길 위에서
시위라도 하듯이 낮술을 마신다.
그리하면 계절도 잊히겠지.
안타까워하며 연연하지 않겠지.
어차피 간직할 수 없는 것이라면 버려야 한다.

다만 지나갔다는 것만 알고 있으면 그만이다.
살아 있기에, 언젠가 불쑥 마주칠 수 있기에 주저할 필요는 없다.
나이가 들면 계절은 더더욱 무뎌지겠지.
계절은 의미를 지닐 필요가 없을지도 모른다.
어쩌면 지루할지도 모르겠다.
간직하고 싶은 사랑도, 머릿속에 간직해 두었던
추억을 꺼낼 수 있는 지금 이 순간이 중요하다.

17

최대한 바보 같은 오늘이어야 한다.
음식을 먹다가도 아무것도 느낄 수 없어야 하며
멍하니 앉아 있다가도
내가 왜 이러는지 알 필요도 없어야 한다.
엉성하게,
혹은 삐딱하게 걷다가도
걸음걸이를 바로잡을 필요도 없어야 한다.
땀이 비 오듯 흘러내려도 닦지 말아야 하며
그 흔한 손수건도 준비해서는 안 된다.
친구에게 전화할 생각도,
그 어떤 갈증과 고통을 받아들여서도 안 된다.

1년 전 오늘도 10년 전 오늘도 그렇게 걸었기 때문이다.
그렇다고 너 때문만은 아니다.
의미 없이 흘려보낸 지난 일주일에 대한 나의 변명이다.
어떻게 그 일주일을 기억할 수 없을까?
하루도 아니고 일주일이라니.
있을 수 없는 일을 나는 아무렇지 않게 저질러 버렸다.
아직도 젊음이 많다고 느꼈던 모양이다.
젊음을 탕진해 버렸다고 생각했는데 마음만은 그렇지 않은 모양이다.
바보 같은 일을 저지르고 말았다.
중년과 노년도 그렇게 탕진해버릴지 모른다.
아무리 변명을 한다 하더라도 이것은 용서할 수 없는 일이다.
지금은 변명보다는 자숙의 기간이 필요하다.
해서 나에게 내린 처방은
최대한 많은 시간 동안 나를 고통스럽게 하는 일이다.
성숙이라는 아픈 길을 걸어야겠다.
물론, 나를 위해서.

18

내가 아닌 녀석!
그러면서도 항상 내가 되어버리고 마는 녀석.
그 녀석이 다녀갔다.
그 덕에 일주일을 꼬박 누워 있었다.

나는 그 녀석을 만날 수 없다는 것이 문제다.
녀석은 나를 빙자하는 것이 취미가 되어버린 모양이다.
어느 한순간 나를 농락하는 녀석.
그것이 낙이 되어버린 녀석.

뚫어지게 거울을 들여다보다가 갑자기 헛웃음이 나왔다.
녀석은 내 귀에 피어싱 하나를 더 달아주었다.
아마도 그날 새벽이었을 것이다.
온전히 자신의 몸으로 인정하고 치장하는 녀석.
그렇다고 치고받고 싸울 수도 없다.
녀석의 세상과 나의 세상이 다르기에.
녀석과 나는 노는 물이 다르다.

결국은 나를 장악해 버리고 마는 성질 더러운 녀석!
오늘따라 왜 이렇게 녀석이 두려운지 모르겠다.

녀석은 무슨 일을 저지를지 모른다.
스스로 바보가 될지도 모른다.
스스로 악마가 될지도 모른다.
녀석은 충분히 그러고도 남을 놈이다.

이러다가 영영 나를 되찾을 수 없게 되는 것은 아닌지.
어쩌면 잘못된 시간 여행으로 어느 공간에 갇히게 될지도 모르겠다.
젠장!
그러나 너는 내가 될 수 없다.
네가 나를 괴롭히는 것이 낙이라면 나 또한 나를 괴롭힐 테니까.
네가 내가 되기 전에 말이다.

19

네가 보이지 않는다.
다만 아른거릴 뿐이다.
마치 다가갈 수 없는 먼 곳에 있는 것처럼.
어쩌면 좋을지 모르겠다.
이글거리는 어둠의 터널 저편!
기약할 수 있을지 모르겠다.
언제까지 이곳에서

너만을 바라보고 있을지 장담할 수도 없다.
계절이 오고 가면서 너는 점점 희미해져 간다.
어떻게 해야만 선명해질 수 있을까?
너는 나를 의식하지 못하겠지.
한 공간에 있으면서도
저편에서 네가 나를 바라보기에는 터널이 너무 좁다.
어쩌면 나는 너에게 평생 그런 의미일지도 모르겠다.
하지만 슬퍼하지는 않겠다.
나는 단 한 번도 너의 시각을 원망해 본 적이 없다.
물론 앞으로도 그럴 것이다.
너는 그냥 그곳에,
내가 바라볼 수 있는 곳에 있으면 된다.
그것만으로도 나는 의미를 잃지 않을 터이니.
나는 너의 앞에 나타날 생각이 없다.
그냥 멀리서 바라보며 너의 변화하는 모습을 지켜보며
익숙해질 것이다.
너의 주변인도 원하지 않는다.
가까이에 있으면 금세 나의 마음을 들킬 것이기에.
혼자만 너를 사랑하겠다.
그래.
나는 너에게 사랑을 원했던 적이 없다.
나만의 사랑을 내 나름대로 해석하다가 잊을 것이다.

가슴 아파도 어쩔 수 없다.
서글픈 숙명이다.

20

시험을 보고 온 녀석이 그런다.
"아빠. 오늘은 제가 쏠게요."
쫄래쫄래 녀석을 따라나섰다.
짜장면과 낙지짬뽕.
그런데 뭔가 이상하다.
계산대에서 반값을 내는 게 아닌가.
이런! 행사 기간이었어.
그런데 그 맛없던 **짬뽕은 어디 가고
이 생소한 상호는 또 뭐냐?
하긴 그 맛이 고만고만하다.
다음은 녀석의 차례다.
녀석이 무엇을 원할지 아직 감을 잡을 수가 없다.
하지만 녀석의 대견함에 무엇이든 아까울 것이 없을 것 같은데.
녀석은 대가를 꺼내놓지 않는다.
이 불안함은 또 뭐지?
시험을 잘 봐서?

시험을 못 봐서?
도통 녀석의 속내를 알 수가 없다.
녀석은 그렇게 내 품에서 벗어나려 한다.
나도 이제 나이가 들었구나!
나도 녀석의 나이일 때 그랬었나?
너무 먼 곳에 계신 아버지가 보고 싶다.

21

26번째 윤초라지.
오늘 오전 9시 이전의 단 1초 추가.
나는 공간이동에 성공할 수 있을까?
실패하더라도 상관없다.

영원히 그 미지의,
예정에도 없던 어둠에 갇혀 스스로 자책할 수도 있다.
그러나 그 1초에 무엇을 할 수 있는가가 중요하다.
부디 그대들도 성공하시길!

어디로 갈까?
고심 중이다.

하지만 목적지를 정하기도 전에 그 1초가 흘러 버렸다.
너무 신중했던 탓이었을까?
그 순간 차라리 나 자신을 생각할 걸!
그랬다면 나는 그 1초 만에 살아온 내 삶의 구석구석을
마음 놓고 휘젓고 다녔을지도 모른다.
그래 그 1초는 내 속의 공간이었는지도 모르겠다.
너무 많은 생각이 문제였다.
다음을 기약해 본다.
그때는 내 속의 공간을 들여다볼 생각이다.

22

지난밤 녀석을 나열했다.
너는 말없이 차만 우려냈다.
어차피 얻은 것 보다는 잃은 것이 많은 흐름뿐이었다.
함께할 수 없는 녀석은 그 자리에 남겨두고,
이제는 다른 흐름이 있을 뿐이다.
그렇게 흐름에 익숙해지는 지금의 내가
낯설어지는 순간.
지금의 지금이,
오늘의 오늘이 무기력해지고 만다.

어쩔 수 없는 것인가?

나란 녀석!

너란 녀석! 그리고 그 녀석!

녀석은 나를 모른다고 했다.

나도 녀석을 모른다고 했다.

그 기억들은 다 어디로 갔을까?

기억하고 싶지 않았던 모양이다.

나열하고, 삭제하고, 그러다 보면 슬픔만

남을 것이기에 그것이 두려웠는지도 모르겠다.

물론,

그 시절에는 내가 있었고, 네가 있었고, 녀석이 있었다.

그렇게 우리가 있었지만, 지금은 그렇지 않기에

잊고 싶었던 것이었겠지.

아픔이었겠지.

모자라지 않을 안주가 되었을 터인데!

23

한국판 심야 식당을 보고 있다.
일본판을 보기는 했지만.
나름 이 심야 식당도 보기 좋다.
나도 그런 심야식당을 꿈꿔본다.
아마 정감 때문일 것이다.

삶은 역시 가볍지가 않은 모양이다.
그래서 어쩌면 지치지 않을지도 모르겠다.
그러나 어느 길 위에서 한동안은 망설이겠지.
그런 사람은 나에게로 오라.
새벽까지 마음 둘 곳 마련해 놓을 터이니.
대화의 공간으로 만들고 싶다.
철 지난 이야기, 미래에 관한 이야기, 흔한 사랑 이야기.
결국은 오늘의 이야기가 되겠지만 후회되지는 않을 것이다.
나름의 이야기가 공존할 수 있을 것이기에.
흔하든, 평범하든, 야하든 상관없다.
마주 앉아 서로의 눈을 바라보며 꾸밈없이 이야기할 수
있다면 그 공간은 탁하지 않은 투명함을 지닐 것이다.
칸막이는 놓지 않겠다.
누구든 마음만 먹으면 엿들을 수 있는 자리였으면 좋겠다.

시비를 걸어도 좋겠다.
폭력만 없다면 말이다.
대신 무시하거나 따돌리는 이가 있다면 아무리 단골이어도
쫓아낼 것이다.

24

그러고 보니 내 레시피가 없다.
딱히 생각나는 레시피도 없다.
특별한 레시피가 필요한데.
어쩌면 나는 삶을 마감하는 그 날까지
내 레시피를 만들지 못할지도 모르겠다.
그것참!
레시피가 없다고 음식을 못하는 것은 아니다.
나름 음식 맛을 내는 비법이 있기는 한데
그것이 정리되지 않았다는 것뿐이다.
오늘부터 레시피를 정리할 생각이다.
하지만 때로는 어머니의 손맛이 그리울 때가 있다.
기분에 따라 달라지곤 하던 그 정든 맛!
알고 보면 레시피는 균일화시킨 맛이다.
어디 어머니의 손맛에 비할 수 있겠는가.

나는 그 정든 맛을 남기고 싶다.
레시피로 남지 않을지도 모른다.
그러나 그 정든 맛, 집 밥의 맛을 포기하고 싶지 않다.
입맛은 시시때때로 변하지만 언제나 그리운 맛은
있는 법이다.
소금에 사랑 가득 담은 맛!
내 레시피는 언제나 평범할 것이다.

25

냉장고를 털었다.
뭐 모양이 대수냐?
혼자 먹는데 무슨 상관이랴?
약속을 털리고 시간도 털렸다.
나는 대충이다.
그냥 먹고 본다.

어떨 때는 혼자가 편할 때도 있다.
격식을 차리지 않아도 되니 말이다.
마음대로 마시고, 먹고, 즐기고, 떠드는 일.
왁자해야 하지만 그렇다고 조용하지 말라는 법은 없다.

다시 냉장고를 털었다.

이번에는 오래된 음식물을 털었다.

쌓인 먼지처럼 털려 나가는 음식물들.

두 달에 한 번은 그렇게 털어줘야 냉장고가 좋아한다.

신이 나서 빠릿빠릿하게 달린다.

냉장고에 남은 음식물이라고는 김치뿐이다.

일주일간은 대충이 없을 것이다.

그냥 먹고 보는 일은 있을 테지만.

묵은김치를 찢어 따끈한 밥에 올려 먹으면 일품이다.

오늘처럼 가끔 약속을 털렸으면 좋겠다.

홧김에 냉장고를 털어 버리게.

하지만 시간이 털리는 것은 전혀 원하지 않는다.

26

병원에 다녀왔다.

그냥 걷다가 보니 땀이 우수수.

아이스 아메리카노 들고 걷다가 보니

어느새 마누라 앞이다.

더워서 못 살겠다.

작년에는 7부가 유행이더니

요즘은 다들 5부를 입고 다니더라.
옷 좀 사주라!
그래서 득템한 반바지 2개와 빨간색 파란색 티 2개.
"마누라! 집에 엄나무 있잖아. 닭 한 마리만 사줘라. 토종닭 11,000원이더라."
했더니 마누라 하는 말.
"내일모레 초복이다. 그때 드셔!"
난 지금 먹고 싶단 말이다.
집으로 오는 길 주머니 탈탈 털어 5,000원짜리 생닭을 사 왔다.
혼자 먹으려니 미안해서 인심 쓰는 척
매장에 선풍기 한 녀석 벽에 달아주고 왔다.
비는 언제 오는 것이냐!
몹시 덥다.

아 미치겠다.
어제도 귀신같이 냄새 맡고 집으로 와
내 양장피를 홀랑 먹어치우더니.
또 이 딸내미 좀 보소.
문 열고 들어오자마자 하는 말.
"혼자 먹으니까 좋냐? 어디에 있어? 나도 키가 커야 한다고."
헉!
중1에 키가 170이면 됐지 뭘 더 먹겠다고.

27

아! 미치겠다.

이 녀석은 또 어떻게 냄새를 맡은 거냐?

닭 다리 두 개와 날개 하나를 딸내미한테 뺏기고

소주 한잔 기울이는데

아들 녀석이 땀을 삐질삐질 흘리며 들어왔다.

“여자 사람도 같이 왔어요!”

“카드 줄 테니 알아서 시켜먹어라!”

녀석이 냉장고 검색을 마치고 와서는 하는 말.

“아빠, 새우 볶음 해주시죠?”

헐!

냉동실 깊숙하게 숨겨둔 새우는 언제 또 본 것이냐.

냉장고를 잘못 털었다.

이럴 줄 알았다면 아이들 시험이 끝난 후에나 털었어야 했는데.

일만 늘었다.

아이들의 식성은 몰라보게 왕성해졌고 나는 고무줄 몸무게다.

어쨌든 몸은 힘들어도 마음은 배부르다.

이 가뭄에 낚시라도 떠나고 싶지만 사치다.

제기랄!

녀석들 냄새 하나는 잘 맡는다.

28

마땅히 할 일도 없고 해서 간만에
개가 아닌 사람이 되어 걸었다.
그렇다고 오라는 곳도 갈 곳도 없었다.
바람이 그렁그렁해서 따라 걸었다.
비가 왔었다고 하는데 나는 비를 보지 못했다.
식자재 판매점 한 바퀴 돌고
시장으로 들어서니 사람들이 왜 이렇게 많은 것이냐?
그렇구나.
초복이구나.
그런데 아무것도 먹고 싶은 것이 없다.
입맛은 한여름 우물가에서 말라버렸다.
이열치열이라고 녹차나 우려야겠다.
초복이라고 꼭 보양식을 먹으라는 법은 없다.
까짓것 먹고 싶은 것 먹으면 그것이 보약이지!
요즘은 보양식이 따로 없다.
오늘의 처방전은 팥빙수 한 그릇이다.

29

비록 싸구려 칼이지만 무뎌졌다.

어쩌면 사랑은 시퍼런 비수가 되어 되돌아올지도 모르겠다.

이제는 골목길을 걷지 않는다.
인적 없는 골목길에 쓰러져 삶을 갈망하느니
차라리 대로가 낫다.
얼굴들, 얼굴들, 또 얼굴들.
골목길보다는 더 넓은 길에서 쓰러져야 사람들 눈에 잘
뜨일 테고 두려움도 덜 하겠지.

몇 개의 칼이 사라졌다. 발이 달렸나?
그래.
그렇게 도망가거라!
시퍼런 비수가 되지 않기만을 바랄 뿐이다.
다시 되돌아오지 않기를 바랄 뿐이다.
어디든 꼭꼭 숨어라.
나의 또 다른 내가 찾을 수 없도록!

칼이 점점 무뎌진다.

칼이 점점 뭉뚝해진다.
내 얼굴이 점점 흐릿해져 알아볼 수가 없다.
하지만 오늘은 싸구려가 아니다.

30

오늘이 싫고
또 내가 싫어지는 막연한 날이다.
쥐구멍에라도 숨고 싶지만
오늘은 벌써 와버렸고
내일도 별수 없이 오늘이 되어 다가올 것이다.
문제는 나에 대해
점점 책임질 수 없을 정도로
나 스스로가 너무 많이 변해버렸다는 것이다.
객기가 넘치거나, 개가 되기도 하고,
기분이 알 수 없이 고저를 이루며 나를 채근하곤 한다.
형편없이 부서진 기억들.
이제 다가가고 싶지 않은 시간.
무엇을 위해 나는 앞으로 걸어가고 있는 것인가?
그러나 억지로라도 오늘을 걸어야 한다.
어쩌면 나를 숨기는 일은 무리일지도 모르겠다.

처음부터 이 행성으로 오는 것이 실수였다.

그러나 이 행성에 갇힐 일은 절대 없을 것이다.

그렇다고 낙오가 되지 말라는 법은 없다.

낙오되면 그냥 사라지는 것이다.

이 행성의 틀에서 우리는 그저 낯선 이방인에 불과하기 때문이다.

떠나야 할 시간이 다가오는데 몸은 왜 이렇게 무거운 것이냐?

차라리 사라질까?

이것도 저것도 아니면 영혼으로 남을 수 있을까?

그래.

여기까지 걸어온 이상 멈출 수는 없다.

좀 더 걸어가자.

이제 내게 필요한 것은 오기다.

열 걸음

1

언제부턴가 변하기 시작하더니
감정이 제각각 흩어지기 시작했다.
그러더니 어느 순간부터는 감정 조절이 힘들어졌다.
머릿속에 미친개가 들어오더니
급기야 도둑고양이까지 들어와 살기 시작했다.
처음에는 그러려니 했다.
빈틈을 준 것이 화근이었다.
아마도 그만큼의 여유가 있었기 때문이었는지도 모르겠다.
그러나 지금은 스스로 갇혀버리고 말았다.
이 끔찍한 두려움은 뭘까?
어쩌면 나는 스스로 담을 쌓고
나 자신을 꺼내놓지 못할지도 모르겠다.
염병할!
난 변함이 없지만 다른 시선은 나에게서
오만과 편견을 발견하는 모양이다.

감당할 수 없는 나 자신이
저 먼발치에서 나를 바라본다.
가까이 다가가면 다가간 거리만큼 멀어지는 나.
물러서면 물러선 만큼만 다가오는 나.
그 거리만큼 변하긴 변한 모양이다.
언제나 그렇듯 나는 그런 나를 부정하지만, 이제는
부정할 여력도 남아있지 않다.
우기는 것도 이제는 지쳤다.
받아들이긴 받아들여야 할 모양이다.
우긴다고 대수가 아니라는 것을 알기 때문에.
그래.
난 변했다. 그리고 내가 변한만큼 녀석들도 많이 변했다.

2

이제는 죽는 게 무섭다.
처음에는 겁이 없었다.
혼자일 때는 그랬다.
그래서 우리 노마님이 더 서러웠나 보다.
아버지도 그러셨겠지.
가슴에 대못을 더 박기 싫으셨을 테니.

오늘도 그나마 아내가 화장실 문을 따고 들어와
욕조에 누워 시퍼런 칼날을 세운,
젖은 내 혈관을 막았다.
난 전생에 백정이었는지도 모른다.
그나마 독한 약으로 아내는 수렁에서 나를 꺼냈다.
그렇다.
또 실패다.
손목에 작은 흉터만 남았다.
가슴에는 작은 흉터보다 더 큰 상처가 곪아가고 있다.
죽고 싶지 않은데 왜?
내 머릿속에 사는 그 녀석들의 짓일 것이다.
아마도 이 행성이 시간 여행자에게는 맞지 않은 모양이다.
나만 적응하지 못하고 있는 것일까?
마치 바이러스에 감염된 것처럼.
아직 여행 일정이 끝나지 않은 모양이다.
일정이 끝나는 날 갑자기 사라지겠지?
그때는 미련이나 후회 따위는 없었으면 한다.
물론 우는 건 더 궁상맞겠지?

3

비가 추적추적 내린다.

비 사이로 가려다가 그냥 맞았다.

아프다.

손가락을 미친개에게 물려 열방을 꿰맸다.

인대도 살짝 나갔다.

집에 돌아와 그런 와중에도 기름 냄새를 풍겼다.

비가 오는 날은 부침개가 제격이다.

어젯밤 아내에 대한 서운함을 부침개에 듬뿍 담았다.

매운 고추를 듬뿍 넣었으니 배가 좀 아플 테다.

아내는 너무 맵다고 투정을 부리면서도 맛있다며 모두 먹어치웠다.

이럴 줄 알았으면 매운 고추를 더 많이 넣을 걸 그랬나?

나는 한 조각도 먹지 않았다.

천성적으로 자극적인 맛에 익숙하지 않은 탓이다.

해서 일부러 매운 고추를 많이 넣었는데 실패다.

소심한 복수는 어처구니없이 끝나고 말았다.

그러고 보면 어처구니없는 것은 나 자신이다.

복수한다고 그 부산을 떨었으니 말이다.

아내는 맛있다며 부침개 몇 장을 더 부쳐달라고 했다.

나는 묵묵히 부침개를 부쳤다.

이번에는 고추를 많이 넣고 부추를 적게 넣었다.

어디 당해보라지.
그래도 맛있단다.
매운 고추가 맞나?
고추를 한입 씹어 보았다.
눈물샘을 자극하는 이 서러운 맛!
눈물 콧물이 말이 아니다.
내가 아는 아내는 매운 것을 못 먹는 것으로 알고 있는데.
언제부터 매운맛을 좋아하게 된 것일까?
이 배신감.
꿰맨 손가락까지 통증을 잊게 하는 맛, 다음부터는
아내가 싫어하는 것만 잔뜩 만들어서 나만 먹을 것이다.

4

불면증은 나를 끝없이 괴롭혀 왔다.
익숙해질 만도 한데
나는 가끔 삶과 죽음의 사잇길에서
넋을 놓고 만다.
어제도 그랬다.
내게 평온한 밤과 새벽은 없다.
작업하다가 넋을 놓고 과호흡을 했다.

위생봉투를 입에 대고 호흡을 가다듬었다.
소용없었다.
비틀거리며 다른 방에서 자고 있던 아내 옆에 쓰러졌다.
아내는 가만히 내 등을 토닥였다.
한 시간여의 사투 끝에 흔들리던 정신을 바로 잡았다.
약도 소용없는 그 두려움의 끝에
간신히 매달려 있던 나.
아프면 나만 손해다.
아내는 그런 나를 그냥 그러려니 한다.

아내가 딸내미의 손에 돼지족발을 들려 보냈다.
반은 냉동실에 반은 솥으로.
한번 데쳐내고 푹 고아냈다.
이른바 족탕이다.
냄새 없다.
자른 것은 4시간이면 충분하다.
뭐 그 이상도 상관없다.
자르지 않은 것은 두 시간이면 족발이다.
지난밤이 마음에 쓰였던 모양이다.
그러나 아내는 나에게 족탕을 한 번도 끓여준 적이 없다.
보기만 해도 징그럽다며 외면해 버린다.
닭조차도 느낌이 이상하다며 만지지 않는 아내.

식성이 다른 아내에게 더는 요구하지 않는다.
결국, 먹고 싶은 것이 있으면 스스로 해먹어야 한다.
대단한 사람이다.
자식들이 아플 때면 죽이라도 끓여주면서 남편이 아프다고 하면
알아서 끓여 먹으라고 뒤도 돌아보지 않는 여편네.
코만 드렁드렁 곯아대는 여편네.

5

걷다가 지쳐버린 오늘이다.
오랜만의 외출과 택배 사이에서 밀고 당기고 하다가
결국 길을 나섰다.
나서기 전에는 팔팔 끓는 커피도 마실 기세였지만
제아무리 아이스 아메리카노도 나를 돌이켜 세우지 못했다.
결국, 간단한 쇼핑을 하고 되돌아왔다.
무더운 실외에서 제 몸을 태워가며
열나게 달리고 있을 실외기가 불쌍한 오후다.
덥다.
눈밭에서 뒹굴던 그 강원도의 힘이 그리운 날이다.
하지만 나는 친구 녀석을 잃은 후
강원도에는 단 한 번도 가 본 적이 없다.

어디든 떠나야 할 것 같지만 차마 떠나지 못하고 약을 먹는다.
언제,
불쑥 그 녀석이 나를 납치해
어쩌면 그곳에 내던져 놓을지도 모르겠다.
바닷가로 이사 간 친구는 주말이면 친구들을 기다린다고 했다.
지난 5월 그의 어머니와 나는
떠나간 녀석을 밤새도록 그리워했다.
여름에 다시 오겠노라고 했는데도
어머니는 아쉬운 눈으로 하룻밤 더 자고 가라며 끝까지 잡았다.
모르겠다.
다시 그곳에 가게 될지 어떨지.
나는 이미 더위에 장악되어 버렸으니
이번 여름은 모두 녀석의 것이다.

어제 아내의 매장 이모의 생일이었다.
미역국, 새우 철판볶음밥, 가쓰오 해물 철판 우동 볶음을 만들어 보냈다.
이놈의 철판은 왜 이렇게 무거운지.
잠깐 신경을 쓰지 않았는데 제멋대로 모가 났다.
삼겹살 좀 먹여야겠다.
그래야 그 까칠함도 부드러워질 것이다.

6

별 볼일 없이 걸었다.
걷는 것이 불편하지 않은 새벽.
그러나 상쾌함보다는 땀이 먼저 흘러내렸다.
비의 계절은 끝났나 보다.
어쩌면 비의 계절은 기억 저편에서
더는 되돌아오지 않을지도 모르겠다.
두어 번 흩뿌리고는 줄행랑친 녀석.
오늘 같은 날은 녀석의 목덜미를 잡아끌고
생떼를 쓰고 싶다.
우산 한번 펴보지 못한 서운함 때문이다.
이제 남은 것은 태풍뿐인가?
그래,
계절은 인생사와 그리 다르지 않다.
새벽길을 걷다가 무리라는 것을 알았다.
배가 부르다.
매미들이 어찌나 음탕한 욕을 해대는지.
야 인마,
야 이 자식아.
등등의 욕이란 욕은 다 얻어먹었다.
귀 기울여 듣다 보면 녀석들은 타고난 욕쟁이다.

특히 대놓고 너하고 하고 싶다는 성추행은
악착같이 내 귀에 달라붙어 떨어지지 않는다.
괜히 걸었다.
그래도 나는 내일 또 걸어야 한다.
그것이 녀석들의 살아가는 방식이기에 녀석들을 탓하지는 않는다.
대뜸 하자고 달려드는 녀석들의 대화가 가식 없어서 좋다.
얼마나 좋은 계절인가?
땀은 나겠지만.
따져보면 밤꽃도 그러지 않았던가?
생이 그러지 아니한가?
알고 보면 모든 것이 정감 있는 모습들이다.
그렇게 이 행성이 병들지 않았으면 좋겠다.

7

꿰맨 손가락을 무시했다.
그리고 술이 부른 미친개에게 된통 당했다.
그러고도 또 하루는 술을 마셨다.
그 하루가 속상하여 또 하루가 되고,
그 하루가 말을 걸어와 대꾸하느라 하루가 되었다.
5일이 되기도 했고,

결국 2주가 지났다.

드레싱은 빼먹지 않고 했다.

그동안 병원에 고작 두 번 갔다.

덧나지 않아 다행이다.

오늘 실밥을 뽑을까,

내일 뽑을까 생각 중이다.

물론 귀찮아서 병원에는 가지 않을 생각이다.

그 돈으로 미친개를 불러낼지도 모르겠다.

미친개가 저지른 일이니 미친개에게 따질 심산이다.

하지만 녀석은 나를 슬금슬금 피한다.

다른 녀석을 내보내 나를 놀리기도 한다.

못된 녀석들.

뒷감당은 나에게 모두 떠넘기는 녀석들.

그래도 그 원인은 정작 나에게 있으니 감수해야 한다.

내친김에 소독을 하고 가위를 준비했다.

손이 모자란다.

한 손을 아들에게 빌렸다. 그리고 툭, 툭, 툭.

손가락에서 실밥이 잘려나갈 때마다 느껴지는 해방감.

손가락은 적당히 자리를 잡았다.

다시 소독하고, 거즈를 대고 밴드를 붙인다.

이제 개에게나 줘버리는 하루를 만들지 않을 것이다.

8

걷다가 배고프지도 않은데 식당으로 무작정 들어갔다.

나만 혼자다.

그래도 시원해서 다행이다.

그러고 보니 언제부턴가 내 옆에서 친구들이 하나둘 사라지기 시작했다.

그래서 어쩔 수 없이 혼자 걷는다.

돈을 빌린 적도, 빌려준 적도 없었다.

더군다나 사기 친 적도 없었다.

내게 사기 친 녀석,

혼자서 먼 길 떠난 녀석!

가까이 있어도 전화도 없는 녀석들.

가까이 있어도 절대 전화를 받지 않는 녀석.

지금은 그 친구들을 일 년에 고작 3번 만난다.

내가 많이 변했단다.

하여 주말이면 자기들끼리 놀고 자빠진다.

도대체 뭐에 틀어진 것일까?

있음에도 느끼는 이 소외감!

나 스스로 창살을 만들어 가둔 것은 아닐까?

무더위가 뒤통수를 치는 시간.

눈 내리는 겨울,

그때의 그 도시로 순간이동을 해본다.

내 알 바 아니다.
자기들끼리 다니다가,
또 흩어지다가,
다른 놈과 죽이 맞아 시시덕거리든 말든.
쪽팔리는 오후다.
내가,
그리고 너희가.
짬뽕을 먹는데 난데없이
슬프지도 않은 눈물 한 방울 떨어졌다.
집에 들어가 겨자를 숙성시켜 눈물겨운 소스를 만들어야겠다.
그리고 뜨거운 밥에 매운 겨자 소스를 듬뿍 넣고 비벼 먹어야겠다.
오늘의 엉뚱한 밥상이다.
짬뽕을 반도 먹지 못하고 나는 음식점에서 기어 나왔다.

9

혼자 꿋꿋하게 먹는다.
까짓것 친구는 사치다.
이 식당에서 나는 누가 뭐라 해도
지글지글 익어가는 삼겹살을 폭풍 흡입할 것이다.
외롭고 쓸쓸함을 외면해 버릴 테다.

10인분이 뭐 대수인가?

여긴 무한리필이다.

한 사람에게는 팔지 않으니 두 사람 몫을 내야 하겠지만

구더기 무서워 장 못 담그랴?

익어라 살들아,

뒷담화를 소스로 찍어 먹을 테다.

그래도 귀가 간질거릴 테지만.

뭐 상관없다.

나만 아무렇지 않으면 된다.

나도 녀석들의 뒷담화를 안주 삼아 소주를 한잔하면 그만이니까.

사치가 되어버린 것이 너무도 많다.

그만큼 나이가 먹어간다는 말이겠지.

녀석들을 쌈에 싸서 꼭꼭 씹어 삼킨다.

그런데 오늘따라 왜 이렇게 느끼한 것이냐.

너무 많은 사치를 늘어놓았나?

조금만 아주 조금만 줄여 보자.

굳이 같은 사람이 될 필요는 없지 않은가.

나는 오늘 이후로 더 뻔뻔해질 것이 분명하다.

내가 뻔뻔해지는 것만큼 녀석들도 더 단단해지겠지만 말이다.

뭐 나는 개의치 않겠다.

그렇지만 변화할 가치는 있다.

굳이 혼자 외롭게 살아야 할 이유는 없으니까.

굳이 자신을 괴롭힐 필요는 없으니까.

10

녀석을 만나러 갈 준비를 하고 있다.

내 레시피를 녀석은 피해가지 못할 것이다.

그 순간 너는 내가 되는 것이다.

그해 9월을 잊지 못한다.

열흘 내내 비가 내리던 파로호.

이번에는 더위로 나를 숨죽이게 할 그 파로호!

그리고 비웃고 있을 바로 너!

걸어놓은 넥타이를 아직도 매고 있을까?

대물을 만나는 일은 그리 쉬운 일이 아니다.

무조건 기다림이다.

비만 퍼붓지 않는다면 충분히 기다릴 만하다.

문제는 물때다.

수위가 어느 정도인지 알 수 없기에 대물을 장담할 수는 없다.

무작정 기다릴 참이다.

이 기다림이 언제부터 시작되었는지는 모른다.

나는 어느 순간부터 늘 기다리고 있었고 지칠 때도 있었다.

실패할 때도 있었다. 그때는 패잔병의 모습으로

돌아서며 다시는 오지 않겠다고 다짐했던 적도 있었다.
그러나 나는 번번이 그곳에 앉아 있었다.
대물이 도대체 무엇이기에.
손맛 때문만은 아니다.
어쨌든 준비한 내 레시피를 맛보고 평하시라.

네가 웃을지 네가 비웃을지는 어디 두고 볼 일이다.
녀석아!

11

아!
아직도 어제인 오늘인가?
아니면 내일인 오늘인가?
대책 없는 소나기 그림자 되어
비 쫄딱 맞고 미친놈처럼
뛰어다녔다.
어제도,
오늘도,
혹시 내일도?
이런 데자뷔 같은 현실은 딱 질색이다.

반복되고 있다는 것을 인지시키려는 듯,

마치 기다렸다는 듯이 쫓아다니는 미행에 이제는 치가 떨린다.

내가 아니어도 그럴까?

그렇게 쫓아다니면 사람의 넋을 빼놓을까?

진저리가 처지는 오늘,

그리고 또 다른 오늘.

어쩌면 좋을까?

반복을 인정해야 하나?

새로운 흐름이라고 우겨야 하나?

생각 없이 오늘을 받아들여야 할까?

이럴 거라면 차라리 기억만을, 추억만을 먹고 살겠다.

그러는 것이 속 편할 것 같은데.

그렇지만 언제까지 그렇게 살 수는 없다.

오늘을 찾아야 한다.

찾지 못한다면 나는 아마도 영영 현실을 인지하지 못할 것이다.

12

여긴 불판에서 지글지글 매미가 운다.

언제 올지 모를 그 녀석을 기다리고 있다.

그리고 그녀들, 지박령은 아니고 부유령이었을

그녀들을 기다리고 있다.

그해 여름 그때의 그 만남이 나는 아직도 아쉽다.

꿈이었을지도 모른다.

하지만 나는 결코 그녀들과의 만남이 꿈이라고

단정 짓지는 않겠다.

그해 여름 분명 그녀들은 있었고 나 또한 그 자리에

있었기 때문이다.

짧으면서도 길었던 만남.

그녀들의 영혼은 맑고 깨끗했다.

그 어디에도 꾸밈이나 가식은 없었다.

그 밤, 우린 친구가 되었고 많은 이야기를 나누었다.

그리고 그날 밤 이후 그녀들은 다시 나타나지 않았다.

그녀들은 머물지 않는다고 했다.

언젠가는 끝내야 하는 여행 중이라고 했다.

그녀들의 여행은 아직도 계속되고 있을까?

아니면 벌써 끝이 났을까?

다시 만나고 싶은 그녀들.

아직 여행 중이라면 어느 길 위에서 우연히 만날 수도 있겠지.

아니면 지금 곁에 와 있는데

내가 알아채지 못하고 있는지도 모르겠다.

그때처럼 눈과 마음이 맑지 않으니.

대물은 불시에 내 레시피를 노릴 것이다.
이제 너와 나의 싸움이다.
이제 올 시간이다.
너는 결국 내가 될 것이다.

13

젠장!
돌이킬 수 없는 길을 걸었다.
이 계절을 걷는 것이 아니었다.
차라리 그 계절에 남아 있어야 했다.
속절없이 그냥 아프다.
혼해서 아프다.
아파서 아프다.
지금은 어느 길 위를 걷고 있는 것일까?
자꾸만 몽롱해진다.
자꾸만 맥없이 흐트러진다.
다시 모였다가 이번에는 어지럼증이 뒤를 잇는다.
어디에도 안주할 계절이 없어서 아프다.
좋아하는 계절이 없어서 더 넋을 놓는다.
걷다가 쓰러질지도 모르겠다.

아니, 더는 걸을 수조차 없을 것만 같아 더 아프다.
무엇이 이런 상처를 남겼을까?
불쌍하게 보이고 싶어서가 아니다.
동정을 원해서도 아니다.
아프기 때문에 아픈 것을 어쩌란 말이냐?
어딘가 내가 모르는 상처가 있을 것이다.
곪고 곪아서 터져버린 상처, 아물래야 아물 수 없는 상처!
누구나 그런 상처 하나쯤 가슴에 있겠지만 나만 유별난 것일까?

낮술이 개를 꼬시면 미친개가 되는 것은 시간문제다.
술 사러 간다.
닭갈비에는 소주가 제격일 터!
냉장고에는 살을 발라낸 닭 뼈만 쌓여간다.
날 선 칼은 언젠가 내 심장을 노릴지도 모르겠다.

14

집 나가면 개고생이라고 했던가?
맞다.
며칠 노숙을 시험 삼아 감행했다.
텅 빈 머릿속,

텅 빈 나,
싫증 나는 시간과 공간 사이에서
처참하게 흔들리는 꼴이라니
눈을 뜨니 아내가 "어때?" 하는 눈으로
나를 바라보고 있다.
나는 고개를 돌렸다.
아내의 눈을 똑바로 볼 수가 없었다.
차마 노숙을 했다고 말할 수도 없었다.
아내는 지금 다른 상상을 하고 있을지도 모르겠다.
외도, 불륜!
소심한 내 성격에는 어울리지 않을 단어들일 것이다.
아내는 애써 내색하지 않는다.
그러나 가끔 악착같이 달려들어 소리를 지르곤 한다.
그 성질머리를 고치고 싶었는지도 모르겠다.
어쩌면 반항이었을지도 모르겠다.
한두 번은 모르는 척하겠다는 아내의 그 무표정에
나는 그만 주눅이 들고 말았다.
아내는 이혼의 밤을 생각했을지도 모르겠다.
그 거창함에 스스로 나를 차버리며 속을 끓였겠지.
뭐 상관없다.
하지만 일주일 정도 노숙을 하게 된다면 사정은
바뀌어 버리겠지.

돈만 있으면 집 나가도 개고생은 아니다.
나는 다만 텅 빈 머릿속과 텅 빈 내가 되고 싶었을 뿐이다.
그러나 그 텅 빔이 이제는 무섭다.
무엇이든 허겁지겁 채워야겠다.
책을 읽는 것도 좋은 방법이겠다.

15

보잘것없는 시간을 낳았다
항상 그런 식이다.
불면은 나를 장악하고 내 정신을 흩뜨려 놓지만
정작 나는 아무것도 할 수가 없다.
부디 이 계절에는 즐길 수 있기를 바라보지만
나는 언제나 그 언저리를 빙빙 돌고 있을 뿐이다.
시간은 어쩌면 그렇게 나에겐 무의미할지도 모르겠다.
그러나 존재의 소중함은 늘 간직하고 있으니 다행이다.
이 계절을 간직할 수 없어도 좋다.
내가 이 계절에 있었다는 것은 변함이 없을 테니까.
이 계절을 걸었을 테니까.
의미만을 고집할 이유는 없다.
무의미도 때로는 의미가 될 수 있고, 소중할 수도 있으니까.

희미해지는 나를 마주하더라도 욕심을 부리지 않겠다.
보잘것없는 시간도 그러할 것이다.
모든 것이 시간으로 통하는 세상이지만
그것만이 전부라고 생각하지는 않는다.
가끔 계절을 걷고 있다는 것, 시간을 걷고 있다고 느낄 수 있다면
그것으로 충분하다.
짜증도 내고 웃기도 하면서,
행복함을 느끼면서 지루해하는 사소함을 느낄 수 있다면
그것으로도 충분하다.
전부가 아닌 일부를 찾는 것도 나름 흥분일 것 같다.
그 무엇에도 얽매이지 않겠다.
그저 솔직한 마음으로 나를 바라보겠다.

16

사진을 지운다.
기억을 지운다.
너를 지운다.
소용없음을 안다.
너를 지운다는 것이 결국 나를 지우는 일임을 알았기에.
나는 내가 아닐 수도 있다.

머릿속이 온통 뒤죽박죽되는 시간.
그 구석의 누군가일 수도 있다.
어쩌면 존재에 대한 체념일 수도 있겠다.
점점 희미해지는 나.
나는 나 자신을 오래전에 잊어버렸는지도 모르겠다.
스스로 다가서면 벌써 저만큼 멀어지는 나.
그 차가운 등을,
자신 없이 축 처진 뒷모습을 보며 걸어가는 것 같아
숨이 막힐 때가 있다.
계절의 뒤꽁무니만 따라가거나,
혹은 계절을 피부로 느끼지 못하는 그 흐름이 못마땅하지만
그래도 어쩔 수 없다.
내게서 계절이 의미 없어졌기 때문인 것을.
그래도 아직 '나'라는 존재의 자체가 남아 있으니
얼마나 다행인가.
삶은 나를 찾아가는 길면서도 짧은 여정일지도 모르겠다.
나는 이미 존재하지 않는 과거의 나,
즉 메모리 된 퍼즐의 한 조각인지도 모르겠다.
완성된 큐브의 한 부분인지도 모르겠다.
시간은 기억과 추억을 먹고 일률적으로 흐르는 흐름인지도
모르겠다.
나도 한 부분이다.

17

지난 3일간 삶과 죽음에 대해서 생각했다.
아니 시달렸다.
꿈속인지 아니면 현실인지 알 수 없는
그 몽환 속의 길.
앞서가는 내가 있으면 머물려는 내가 있었고
자꾸만 뒷걸음치는 나도 있었다.
아무것도 할 수 없었다.
그리고 내린 결론은 아직도 나는 숨을 쉬고 있다는 것이며
삶에 대한 미련이 많이도 남아 있다는 것이다.
그래 걷자.
그러다가 그냥 가끔 쉬어가며 살아가자.
나인 너에게 항상 말하지만 섣부른 판단으로
제발 나를 흔들지는 말아다오.
이제는 참지 않고 너의 귀싸대기를 갈길 터이니!
아니,
너를 무시할 수도 있다.
너를 나에게서 완전히 배제할 수도 있다.
삶과 죽음은 시작과 끝이 아니라는 결론을 내렸다.
시작이 있으면 끝이 있는 것이 아니냐고?
당연한 말이다.

하지만 이 세상에는 시작도 끝도 아닌 흐름이 있다.

결국, 시간이다.

자꾸만 늘어나는 시간.

어느 순간 팽창하다가 폭발할지도 모르겠다.

우리는 결국, 그곳에 있는 것이다.

18

또 버릇이 도졌다.

4일 사이에 전화번호를 두 번이나 바꾸었으니.

이젠 아무도 내 전화번호를 모른다.

내가 다가서기 전에는 말이다.

이제는 쉽게 다가서지 않을 생각이다.

이렇게 사람들의 기억 속에서 사라질지도 모르겠다.

하지만 당분간이다.

누군가는 궁금할 테고, 또 누군가는 연락이 닿지 않아

답답할 것이다.

그러든 말든 상관없다.

어차피 전화 올 곳은 없으니까.

살갑게 지내온 이들도 없으니까.

그러고 보니 나 외로운가 보다.

아니다. 가진 것도 없으면서 배짱을 부리고 있는지도 모르겠다.
어차피 얼마 지나지 않아 전화번호 바뀌었다고
먼저 전화할 거면서.
제 버릇 남 못 준다고 했나?
내가 그런 편이다.
앞으로 얼마의 숫자가 나를 스쳐 지나갈지 모른다.
소유하고 싶은 번호, 소유하고 싶지 않은 번호, 금세 질리는 번호.
나는 많은 번호를 버렸다.
온전히 나를 감추고 싶다는 생각에서였다.
발가벗겨지면서도 말이다.
이번에는 또 얼마나 갈까?
차라리 휴대전화를 없애버릴까?
그러면 나는 숨을 수 있을까?

19

유독 번호에 연연하는 나를 볼 때마다 두렵거나 슬프다.
나를 거쳐 간 그 수많은 번호.
그러나 기억나는 번호는 없다.
시간 여행자의 무뎌짐이라고나 할까?
어쨌든 내게서 번호나 숫자는 귀찮은 존재일 뿐이다.

차라리 번호나 숫자가 없어졌으면 어떨까 하는 생각을 가져본다.
전화번호를 수도 없이 바꾸는 연유는 거기에 있다.

컴퓨터를 켜고 클릭 두 번이면
전화번호를 바꿀 수 있는 이 자유로움이 얼마나 좋은가?
나는 나에게 말한다.
절대 연연하지 마라.
연연하는 순간 족쇄가 될 것이며 수렁이 될 것이다.
그냥 흐르자.
그래야 언제든 숫자를 버릴 수도, 얻을 수도 있으니.
어쩌면 얻지 못하더라도 행복할 수 있을 터이니.
잡설이다.
그러나 한 달에 전화번호를 6번씩 바꾼 적도 있다.
그러고 보면 내 기억 속에서 사라진 숫자들이 꽤 많구나.
그러나 버려지는 순간 그 숫자의 조합들을
기억하지 못한다.
그 조합들은 더 이상 존재하지 않는 내 기억이다.
때로는 반갑지 않은 기억일 수도 있다.
그래서 철저하게 삭제되는지도 모르겠다.
내 일부에서 떨어져 나간 조각들, 모으고 싶지 않은 분해된
숫자에 불과하다.

20

이맘때에는 당신이 생각납니다.

늘 외면하기는 했지만 그렇다고 기억에서 지운 것은 아니었습니다.

단지 일상의 핑계였습니다.

이 만추에 당신을 생각하는 것은 참을 수 없는 그리움 때문일 겁니다.

당신이 떠난 날!

다시는 되돌아오지 않을 거였다면

당신을 그렇게 쉽게 보내지는 않았겠지요.

그래요.

욕심과 미련만 남는 계절입니다.

그래서 더더욱 꼼짝할 수가 없습니다.

아파서, 괴로워서, 슬퍼서,

그것을 안주 삼아 소주를 마셨습니다.

막걸리도, 맥주도 마셨습니다.

미친개가 되고 싶은 그런 날입니다.

삶을 살아가면서 사연 없는 사람은 없을 테지요.

나도 그런 사람들의 한 사람이 되고 싶었습니다.

오늘만은 말이죠!

이제 다시 당신을 외면해야 할 시간입니다.

나는 이제 괴물이 되어버렸습니다.

그 괴물은 점점 자라나기 시작하더니 결국,
나를 집어삼켰습니다.
당신을 기억하는 것도 용합니다.
아직 기억이 시들지 않아서 다행입니다.
당신을 생각하면 내가 얼마나 거대한 괴물이 되었는지 알 수 있습니다.
그래서 당신을 기억해 낼 때마다 겁이 납니다.
그래도 그리운 것은 어쩔 수 없는 모양입니다.
괴물이 된 나를 보면 당신은 어떤 생각을 하게 될까요?
혹시 길을 가다가 마주치더라도 우리 모르는 척 지나갑시다.
어쩌면 당신도 괴물이 되었을지 모르겠네요.

21

그런 날이 있다.
먹는 것조차 힘이 들 때.
어디 아픈 것도 아닌데 물조차 한 모금 넘기지 못할 때.
무슨 배부른 소린가 욕하겠지만
차라리 욕이라도 실컷 얻어먹는 것이 낫다고 생각할 때.
바로 오늘이다.
목젖을 타고 올라오는 불쾌한 이물감과
언제 한순간 흩어질지 모를

시간의 울타리에 아슬아슬하게 기대어 서 있는 모양새 하며.
한심하다.
눈 뜨고 숨 쉬고 먹고 배설하는 것이 삶이랴?
오늘은 뭐든 한 가지를 빼고 싶은데
자연스럽게 먹는 것이 빠지게 생겼다.
또 모르지 새벽에 입으로 음식물을 마구 쏟아 넣을지도.
하지만 먹는 것이 제일 만만한 대상이다.
그러면서도 주체할 수 없는 욕구가 되기도 한다.
사랑보다도 더 절실한 삶의 자극이 되기도 한다.
나를 망치는 일부가 되기도 한다.
그렇지만 오늘은 아니다.
어쨌든 오늘은 그냥 그런 날이다.

22

녹차를 우렸다.
이 시간, 이 얼마나 잔인한 맛이 있을까?
당신은 알고 있을까?
그 많은 시간 동안,
그 서글픔을 잊기 위해 그 얼마나 많은 차를 우려내고
또 커피를 마셨는지?

그래도 나는 당신이 원망스럽지 않았다.
당신에게는 미안한 일이지만 나는 당신을 포기한 지 오래다.
그 불면의 밤, 차와 친구 하며 내가 가고 싶은 길을 걸었다.
그뿐이다.
겨우 잠든 이른 아침
당신이 깨워도 이제는 소용이 없다.
나는 다만 나를 사랑할 뿐이기에.
당신으로 인해 그 누구도 믿을 수 없는
나에 대해서 알았기에.

녹차는 처음 우릴 때보다 두 번째 우릴 때가 더 맛나고 그윽하다.
이제야 알았다.
철부지 첫사랑의 아픔을.
깊은 상처를 외면했던 나를 용서하길 바란다.
이 시간 너의 마음을 고이 접어 불에 태웠다.
불나방이 되어버린 너!
잘 가라.
너도 그러길 바랄 터이니.
나에게 이제는 통증 같은 것은 남아 있지 않다.
너도 그러길 바란다.
어느 길 위에서 만나더라도
아무 거리낌 없이 스치고 지나갈 수 있기를 바라며.

그런데 꼭 그렇게까지 정해놓지는 말자.

23

아마도 환절기를 가을로 착각했던 모양이다.
아니면 여독이 덜 풀려 가슴앓이를 하고 있는지도 모르겠다.
그것도 아니라면 누군가 내 뒤를 졸졸 쫓아온 것 같기도 하고.
그럴 거였다면 차라리 떠나지도, 되돌아오지도 말았어야 했다.

올겨울은 많이도 추울 것 같다.
그리움 때문에 얼어 죽지 않기를 바랄 뿐이다.
외로움은 언제든 아픔과 마주하고 서 있다.
그러면서도 자신이 없는 것을 보면 많이 지치기도 한 모양이다.
쥐 죽은 듯이 호흡을 가다듬는다.
누군가가 나를 한입에 삼키고 딴짓을 할 것 같은데.
아니면 슬금슬금 소리 없이 다가와 날카로운 발톱으로
나를 짓누를 것 같은데.

당분간은 제자리에 숨죽이고 있어야 할 듯하다.
그런데 너무 조용하다.
무슨 일이라도 벌어질 것 같은 무시무시한 날!

이렇게 된 거 차라리 앓아눕자.
오늘을 못 본 척하자.
하루가 부담스러워 어지러운 오늘.

24

간만에 거울을 보았다.
아, 이럴 수가.
밤사이에 누군가 다녀갔다.
머리는 가위로 듬성듬성 잘려져 있었고 얼굴의 꼬락서니는
넝마주이나 다름없었다.
아마도 주폭이 하수구에 자신을 잘근잘근 씹어 뱉은 꼴이었다.
인증사진을 남기려다가 포기했다.
왜 나는 나 자신을 괴롭히지 못해 안달하는 것일까?
스스로 무너지고 만 시간이었다.
다시는 생각하고 싶지 않은 시간의 멈춤이었다.
어디 쥐구멍 없나?
개구멍이라도 있으면 머리를 처박고 싶은 지경이다.
얼마나 개가 되지 못해 안달했을까?
돌아보고 또 돌아보아도 나는 전생에 개였던 것이 분명하다.
입에 거품을 문 개!

미장원에도 갈 수 없는 머리였기에
그냥 집에서 전기이발기로 머리를 밀었다.
아마도 3년 만인 것 같다.
자신의 잘못을 인정하지 못하는 이 빌어먹을 눈물이라니.
그냥 잊고 싶다.
그래서 아마 가출했던 내 머릿속의 너는
아직도 되돌아오지 않는 모양이다.

25

나무가 쌓였다.
그리고 마음도 쌓였다.
나는 무슨 생각으로 그렇게 나무를 쌓아 놓은 것일까?
그 옆에는 술병도 쌓여 있다.
이것으로 무엇을 만들 수 있겠는가?
어쩌면 티끌인 당신을 위해 환하게 불을 붙여 놓고
빈 소주병 바라보며 당신이 오기를 기다릴지도 모르겠다.
그러나 당신은 이미 다녀간 것을.
어쩌면 나무를 쌓아 둔 것은 욕심이었는지도 모르겠다.

지난 3월 술을 녹였다.

겨우살이, 야관문, 구기자, 가시오가피, 엄나무, 등등의 그리움.
지금은 내 혈관을 빨고 있는 모기 암놈의 날카로운 침이 삐걱댄다.
그래 어쩌면 내 혈관을 노리는 너희가 그 당신인지도 모르겠다.
당신이 왔을 때 나 당신에게 서러움의 음식
70가지는 후딱 만들어 줄 수 있는데.
당신이 입맛을 잃지 않았다면,
그 서러움 아주 맛있게 먹어 줄 터인데.
인증사진도 찍을 틈 없이 가버린 당신.

언제나 당신의 여행이 행복했으면 좋겠다.
시간 여행자는 늘 외롭고 슬프니까.
당신과 나의 시간은 이미 엇갈렸으니.
그래도 나, 당신을 언젠가 만날 수 있으리라 믿는다.
우린 공간여행 단짝이었잖아.
그나저나 당신이 나를 알아볼 수 있을는지.
그것이 궁금하다.
그땐 우리 했던 말 잊지 말자
"바람을 따라가. 뒤돌아보지 말고"
그것이 우리가 배운 것이니까!

26

꿈속에서 당신을 보았습니다.

나는 삶을 정리하고 있었습니다.

뭐가 그리도 서럽던지.

아마도 가지고 있는 것보다.

준비할 것 없는 삶이 서러웠던 모양입니다.

가진 것 정리하는 데도 많은 시간이 걸렸습니다.

그것이 뭐라고 그렇게 아껴두었던 것일까요.

소유할 수 없음이 안타까워지는 순간이었습니다.

그러나 언젠가는 고스란히 남겨 둘 것들입니다.

모두 버리기로 했습니다. 미련까지도.

그러니 남은 것이 없었습니다.

보이는 건 내 앞에서 환하게 웃어 주는 당신의 모습뿐.

그래요.

가끔 그렇게 오셔서 나의 욕심 하나둘 가져가세요.

언젠가는 당신에 대한 기억도 버려야 할 때가 오게 될 테지만

그것은 나중에 생각할게요.

언제나 다시 만나길 바라요.

당신!

27

수영장 미끄럼틀을 타고 내려오는 여자.
그 여자를 보며 무표정한 얼굴로
걸어 올라가는 나.
그 중간에 말이 한 마리 있었다.
그 검은 말총이 유난히도 윤기가 났다.

하필이면 미끄럼틀을 타고 내려오는 꿈이라니.

계절을 잊기 위해 머리를 밀었던 것뿐이다.
그런데 그날부터 앓기 시작했다.
어쩌면 다가올 계절에는 집에 틀어박혀
다음 계절을 기다려야 할지도 모르겠다.
어쨌든 아프지 않은 것이 최고다.
아프면 지는 거다.
지지 않기 위해 악착같아야 한다.
이 계절에는 조용히 지내기로 했다.
당분간은 몸을 사려 충전을 해야 할 것 같은데.
오늘도 그냥인 오늘임을 바라면서
그 윤기 있는 말총을 잡아 본다.
개꿈이기를 바라면서.

그래도 걷는 것을 보면 오늘이 명쾌하지만은 않다.
참 희한한 일이다.
예전에는 집 없는 개도 종종 있었다.
그런데 요즘은 길고양이의 앙탈만 늘어가는 골목만 남았다.
개꿈 때문에 더 그런 생각이 드는 걸까?

28

익숙해진다는 것.
또 사라진다는 것.
오늘이 그렇고 내일이 그렇다. 그리고 삶이 그렇고 일상이 그렇다.
알면서도 무뎌지는 것들.
우리 스스로가 너무 무뎌지고 있는 것은 아닌지 모르겠다.
다가서면 한 발짝 앞서 가거나 아니면 한 발짝 뒤로 물러서는 것.
시간의 농간이 아닐까도 싶은데.
그렇다고 특별한 것을 원한 것도 아니다.
그런데도 이 시간이라는 녀석은 제 갈 길만 악착같이 간다.
맑거나 흐리거나, 덥거나 추워도 아랑곳없이 제 갈 길만 간다.
누가 재촉하는 것도 아니다.
한발 앞서 걸어가면 그 흔적이 사라지고 마는 것을.
뭐 어쩌랴!

그놈의 성깔을 누가 가늠하겠는가?
오고 가는 정이 없는 매정한 녀석.
제가 걸어간 길을 애써 지우려는 매정한 녀석.
그래서 나는 익숙해지는 것이 두렵다.
사라지는 것도 아쉽다.
시간을 수학 공식처럼 나열할 수는 없는 것일까?
그렇다면 시간 여행도 훨씬 쉬워질 텐데.
그러나 아쉽게도 공식이 없어서
나는 위험한 시간 여행을 즐길 수밖에 없다.
제기랄!
익숙해지는 것과 사라지는 것의 상관관계를 알면서도
그 거대한 힘에 이끌리는 내가 싫다.
짧은 오늘,
그 속에 해답이 있는 것만은 확실하다.
하지만 바보같이 오늘도 익숙해지고
내일도 익숙해지면서 1년을 살아가고, 계절을 살아간다.
얼마나 아파야 온전한 오늘을 가질 수 있을까?
또다시 아파본다.
또다시 그리워해 본다.
또다시 무기력해지며 무뎌진다.
네 본심을 읽고 싶다.

29

당신은 계절이었으면 좋겠습니다.

콕 찍어 어느 계절이라고 말할 수 없는 계절이었으면 좋겠습니다.

모호한 환절기는 사양하겠습니다.

당신은 성깔이 있어야 합니다.

당신의 얼굴이 수시로 변했으면 좋겠습니다.

계절로 다가와 나를 안아 주었으면 좋겠습니다.

그래야 내가 계절을 진실로 느낄 수 있을 것 같기 때문입니다.

오해는 하지 마세요.

단지 계절만으로 당신을 받아들이고 싶지 않으니까.

당신으로 인해 계절을 깨닫고,

당신으로 인해 진정 계절을 사랑하고 싶기 때문입니다.

당신은 도구가 아닙니다.

언제나 내 마음속에 당신이 있습니다.

그 계절의 낙엽을 밟고 싶지만, 엄두가 나질 않습니다.

당신,

내가 불렀을 때 뒤돌아보지 말았어야 했을 당신.

미안합니다.

그래도 당신은 계절이어야 합니다.

일상 속에 찌든 당신의 모습이 안쓰럽습니다.

당신의 계절에 나도 초대해 주세요.

마음 같아서는 영원히 즐길 수 있을 것도 같습니다.

당신이 지닌 계절은 영원한 사랑입니다.

배부르지 않은 사랑입니다.

미운 정, 고운 정 다 갖춘 마음입니다.

누군가 그 길을 함께 걸었네

초판 인쇄 2016년 3월 10일
초판 발행 2016년 3월 15일

지은이 장순
펴낸이 진수진
펴낸곳 혜민라이프

주소 경기도 고양시 일산서구 가좌동
출판등록 2013년 5월 30일 제2013-000078호
전화 070-5015-3931
팩스 070-8230-5332
전자우편 meko7@paran.com

ISBN 979-11-5732-150-6

값 13,000원